南宋温州詩話

张声和 著

温州市文史研究馆 出品

凤凰出版社

图书在版编目（CIP）数据

南宋温州诗话 / 张声和著. -- 南京 : 凤凰出版社,
2023.9
ISBN 978-7-5506-3982-9

Ⅰ. ①南… Ⅱ. ①张… Ⅲ. ①诗话—诗歌研究—中国
—南宋 Ⅳ. ①I207.22

中国国家版本馆CIP数据核字(2023)第157362号

书　　名　南宋温州诗话
著　　者　张声和
责任编辑　杜锦瑞
特约编辑　彭子航
装帧设计　陈贵子
责任监制　程明娇
出版发行　凤凰出版社(原江苏古籍出版社)
　　　　　发行部电话025-83223462
出版社地址　江苏省南京市中央路165号,邮编:210009
照　　排　南京凯建文化发展有限公司
印　　刷　江苏凤凰通达印刷有限公司
　　　　　江苏省南京市六合区冶山镇,邮编:211523
开　　本　880毫米×1230毫米　1/32
印　　张　10.5
字　　数　245千字
版　　次　2023年9月第1版
印　　次　2023年9月第1次印刷
标准书号　ISBN 978-7-5506-3982-9
定　　价　98.00元
　　　　　(本书凡印装错误可向承印厂调换,电话:025-57572508)

一都巨会　温州诗韵浓（代序）

永嘉郡为温州古称，南朝时郡守丘迟赞叹永嘉郡地域是“控带山海，利兼水陆，实东南之沃壤，一都之巨会”。明嘉靖《温州府志》记述建置沿革曰：

温州府，《禹贡》扬州之域，天文斗牛女分野。春秋战国时并属越。秦属闽中郡。汉初为东瓯王国，后为会稽郡之回浦县地。东汉为章安县地，又分置永宁县。三国吴属临海郡。晋置永嘉郡，治永宁县。隋初废郡改县，曰永嘉，属处州，大业初属永嘉郡。唐改为东嘉州，后废为县，属括州。上元初改为温州，以其地恒燠少寒，故名。天宝初复为永嘉郡，乾元初复为温州，建靖安军。五代吴越建靖海军。宋为应道军，建炎初复为温州，咸淳初改为瑞安府。元为温州路。国朝为温州府。

温州有两千多年的建城史，一千七百年的建郡史。在温州城市发展史中，诗歌的美好永远存在，是温州城市的一片祥云，是城市最重要的文化印记。

谢灵运山水诗是温州城市文化标识

建郡九十九年（即公元422年）后，谢灵运任永嘉太守，创立了中国山水诗的地域文化标识，至今在温州城市里，我们仍可寻觅到一千六百年前诗的遗踪。他写下《登池上楼》，池上楼成为温州城市中的名楼；他写下《登江中孤屿》，使瓯江中小岛成为中国的四大名屿之一；他写下《游南亭》，南亭现已重建在市区纱帽河路口，风光再现；他写下《北亭与吏民别诗》，展示的不仅是太守的别情，更是民众对谢灵运的崇敬之情。

谢灵运在温州身体力行探索着山水诗世界的深度，以徒步与舟楫，打开中国山水诗之门，为温州城市烙下深深的五言隔行押韵、对仗的诗体印记，为后来的山水诗奠定了基础。

永嘉学人诗文是温州城市浓浓的宋韵

“人物满东瓯。别我江心识俊游。”南宋状元陈亮《南乡子》的开篇之句，是对温州学术人物和学术氛围的赞许。陈亮所指的“人物”，是学人、哲人，也是诗人，他们由学者、官员、士子等阶层组成。他们创变诗风、抱团写诗、以诗议政，形成了地域性极强的温州诗风，形成了学人、士人、诗人为一体的艺术之链，这便是浓浓的宋韵。

温州“元丰九先生”，即赵霄、张辉、周行己、刘安节、刘安上、许景衡、戴述、蒋元中、沈躬行，是永嘉学派早期的代表人物，也是北宋温州的主要诗人，开启了温州宋韵。

周行己《示负书》说的是读书万卷，心中起经纶，阐明了悟得中庸、取得本真的道理：

平生万卷漫多闻，一悟中庸得本真。从此尽将覆酱瓿，只于心地起经纶。

周行己诗赞沈躬行曰：“晚得沈夫子，学问有根柢。矫矫流辈中，颇识作者意。欢然慰吾心，归此同好嗜。”这说明永嘉学人作诗写文章起于学问根柢。

许景衡历仕哲、徽、钦、高宗四朝，官至尚书右丞、资政殿学士。《宋史》评价说：“景衡得程颐之学，志虑清纯，议论不与时俯仰。”许景衡《再和戴尧卿游灵隐》曰：

云房相与话浮生，此乐须知未易名。释子命题良有自，老人琢句得能清。倚天楼殿三吴胜，落日湖山万古情。诗社若容追故事，未饶五字有长城。

诗中表达了学人的理性追求，体现了分题拈韵的乐趣。

刘安节、刘安上兄弟均为永嘉学派学者，其诗局门宽、记述性强。如刘安上的《寄叔静》是对中原战事的牵挂：

频年京阙暗胡尘，窃发桐庐更骇闻。食尽犬羊还自毙，火炎蝼蚁却须焚。中原已有汾阳将，二浙谁驱下濑军。州郡虽严防守计，可将知略佐忠勤。

《小饮》中有“时序将遒尽，翻惊壮士心”，体现了温州学者的爱国情怀。

郑伯熊诗文气象不凡，叶适《致郑景望二首》称其“爱护元身如宝玉，节宣时序戒螟蠡”。《次韵陈倅瑞岩之什》体现了其学术的多元性：

诗到南昌老更奇，固知流派自江西。滕王阁下秋涛壮，孺子堂前春鸟啼。我似痴蝇思骥尾，君如野鹤趁鸡栖。十年翰墨元犹白，不识微言为指迷。

薛季宣擅诗，《宋诗钞》评：“其诗质直，少风人潇洒之致。然纵横七言，则卢仝、马异，不足多也。”他的《游竹陵善权洞二首》《春愁诗效玉川子》等诗，为历代选家所重。他写江心屿的《雨后忆龙翔寺》二首，忆古明今，记述了宋高宗驻跸温州江心屿的历史事件，并赋以禅意：

窣堵东西岌两峰，王宫今日梵王宫。潮船八面来勍敌，都入禅师燕坐中。（其二）

陈傅良是薛季宣学术的承继人，叶适《温州新修学记》评价薛、陈二人："永嘉之学，必弥纶以通世变者，薛经其始而陈纬其终也。"楼钥《宝谟阁待制赠通议大夫陈公神道碑》道："研精经史，贯穿百氏，以斯文为己任，综理当世之务。"陈傅良所作的是学问诗、交友诗、时务诗，《汪守三以诗来次韵酬之·其二》写出了南宋温州繁荣平和气象：

江城如在水晶宫，百粤三吴一苇通。桑女不论裘粹白，橘奴堪当粟陈红。弦歌满市衣冠盛，鲒讼无人刀笔穷。多荷弱翁今少霁，更能携客谢岩东。

叶适是学问家，是永嘉学派的集大成者，也是文学家、诗人。刘克庄《后村诗话》对叶适有如此评述："水心大儒，不可以诗人论。"而叶适晚年时的学生吴子良在《荆溪林下偶谈》中说："水心诗早已精严，晚尤高远，古调好为七言八句，语不多而味甚长。其间与少陵（杜甫）争衡者非一，而义理尤过之。"叶适《西江月》一词，是对永嘉学人诗文的精辟概括：

识贯事中枢纽，笔开象外精神。传观弓力异常钧。衣我六铢羞问。　　周后数茎命粒，鲁儒一点芳心。啄残楼老付谁论。谩要睡余支枕。

"四灵"诗风在莺飞草长的温州盛起

"永嘉四灵"的诗风，受到永嘉学派的影响，于莺飞草长的温州盛起，有很强的生命力，越千年而不衰。

叶适是"永嘉四灵"的力挺者，无微不至地关怀和培育了四人。叶适在《徐文渊墓志铭》中言简意赅地阐明了“四灵”的艺术取向：

初，唐诗废久，君（徐玑）与其友徐照、翁卷、赵师秀议曰：“昔人以浮声切响单字只句计巧拙，盖风骚之至精也。近世乃连篇累牍，汗漫而无禁，岂能名家哉！”四人之语遂极其工，而唐诗由此复行矣。

南宋诗坛从江西诗派到“永嘉四灵”，是取而代之的嬗递过程。严羽《沧浪诗话》也评定“四灵”：

近世赵紫芝、翁灵舒辈，独喜贾岛、姚合之诗，稍稍复就清苦之风。江湖诗人多效其体，一时自谓之唐宗。

“永嘉四灵”的“苦吟”诗脍炙人口。如赵师秀的《约客》：

黄梅时节家家雨，青草池塘处处蛙。有约不来过夜半，闲敲棋子落灯花。

这是闲适诗，是风光诗，也是南方雨季的情景诗。翁卷的《乡村四月》：

绿遍山原白满川，子规声里雨如烟。乡村四月闲人少，才了蚕桑又插田。

这是田园诗，真切质朴，让南方人读来亲切，让北方人读了不禁叫美。徐玑的《酒》：

凉从荷叶风边起，暖向梅花月里生。世味总无如此味，深知此味即渊明。

此诗写的是酒，却眷顾人间的冷暖，又归于陶渊明的田园世味。徐照的《题江心寺》：

两寺今为一，僧多外国人。流来天际水，截断世间尘。鸦宿腥林径，龙归损塔轮。却疑成片石，曾坐谢公身。

此诗写出了江心屿的历史、环境、人物和温州对外宗教交流的盛况，是流传千年的纪实诗。

“永嘉四灵”的“苦吟”与“瘦精神”流传久远，但存诗不多。徐照二百六十一首、徐玑一百七十首、赵师秀一百六十三首、翁卷一百四十五首，四位诗人一共也只有七百余首。他们在中国诗史上占有重要地位，这有赖于他们在文化上的群体意识，将个体优势整合成团体力量，其作用与效应发挥到了极致。

温州当时有诸多诗社，并形成了以“永嘉四灵”为主的诗歌圈子，其主要诗人有潘柽、戴栩、潘亥、刘植、赵汝回、卢祖皋、陈昉、薛师石、曹豳、戴溪、戴蒙、叶绍翁等。其中一些诗人在诗坛上占据了重要位置。如潘柽对南宋温州诗风的形成，以及确立温州诗歌在诗坛的地位起到了重要作用。叶适评价潘柽说“永嘉言诗，皆本德久”，明确了潘柽在温州诗坛“始倡唐诗”的地位。潘柽的《次韵酬陆放翁》，充满野趣，清雅恬淡，有节奏感：

瘦藤白苎岸乌纱，随分酬春领物华。西崦三椽休问舍，南湖一带近栽花。眼昏客忧多储菊，肺渴僧庖屡借茶。无事闲门便早睡，清灯唤起为吟家。

《雪上简娄舜章》中则有孟浩然“故人具鸡黍，邀我至田家”的唐风，风格上也完全可以看作是“四灵”的先声。赵师秀的“有约不来过夜半，闲敲棋子落灯花”，就有很深的潘柽诗风印记：

鸡头旋煮莲新拗，簇凤排花鲙更鲜。清夜故人情客到，小船载酒大船边。

叶适是温州诗坛的精神领袖，是力挺“永嘉四灵”抱团写诗的导师。薛师石《水心先生惠顾瓜庐》写出了叶适受温州诗人崇敬的形象：

未成三径已荒芜，劳动先生杖棹过。数朵葵榴发深愧，一池鸥鹭避前呵。路通矮屋惟添草，桥压扁舟半没河。再见缁维访渔父，却无渔父听清歌。

南宋温州知州是诗人

宋朝的三百一十九年中，温州共到任过一百七十七位知州，其中北宋七十位，南宋一百零七位。温州的知州们留下的诗词，是温州城市文化的经典。高宗驻跸温州之后，温州在地域上便有“尝驻六龙，觉山川之增壮”的特殊地位。从弘治《温州府志》的南宋职官表中可发现，高宗一朝高级别官员到温州任职的较多，如：洪拟，绍兴元年（1131）以龙图阁待制知温州；韩肖胄，北宋名相韩琦曾孙，绍兴三年（1133）以端明殿学士、同签书枢密院事知温州；范宗尹，宋朝最年轻的宰相，史称“近世宰相年少，未有如宗尹者”，绍兴四年（1134）以资政殿学士知温州；南宋四名臣之一的李光，绍兴六年（1136）以端明殿学士知温州。

南宋前期是剑与火的时代，朝廷中的战与和、战与降的斗争不曾止息。温州由于远离战事，环境相对平和，外地来温州做官的知州们在这里执政生活、交往作诗，温州的好山好水，激扬了他们的诗情，让他们留下了众多珍贵的诗词。

如赵汝铤，是“最爱是温州”的官员之一。他的仕宦生涯中，最后一任出知温州，时为理宗淳祐五年（1245）。赵汝铤的年龄与“永嘉四灵”相近，与赵师秀、徐玑都有诗歌唱和。他后期的山水诗产生于温州农村的阡陌林港，诗中浸染着民生疾苦和风土人情，反映了南宋温州的田园生活。如《秋夕》的“窗开月到床”，如同“床前明月光”般朗朗上口，浅到寻常百姓家中，亲到平民农人身边：

秋风动梧井，无顿许多凉。夜静滩喧枕，窗开月到床。道心便冷淡，世事莫思量。只被浇花累，朝朝却用忙。

《耕织叹二首》则直书农民生活，刻画丰收景象，用厚重的仄声韵抒情，特别是“我身不暖暖他人”一句，艺术感染力很强。

楼钥是南宋重臣、文学家，在温州任职时间较长，历官温州教授、温州知州。楼钥在南宋温州文化圈里很有影响力，他留下的诗歌是研究温州人文的重要文学史料，他的温州山水诗，行文大气，有谢灵运之风。如《永嘉天庆观》极目东瓯大地，其中“斗口横安华盖山”一句，写出了温州斗城的风水特色，“东挹江山穷望眼，西临阛阓笑尘寰”，概览温州地望。《大龙湫》记述了“龙湫天下无”的景象。《入雁山过双峰》大胆借用杜甫《登高》的“无边落木萧萧下”和苏轼《题西林壁》的“不识庐山真面目”，写出了雁荡山的气势：

眼前未见古龙湫，望望前山景自幽。红日一门千嶂晓，翠峰双笋半空秋。风高落木无边下，气劲闲云逐处收。要识雁山真面目，直须霜后一来游。

楼钥在温州曾经请益于薛季宣，又问学于陈傅良。在《送陈君举舍人东归》中，他对陈傅良的才气和在朝的影响力大加褒扬：

皇天生人物，千载非偶然。冲和兼万人，始得一英贤。夫君乃其人，人一己百千。飞黄欲追风，况复勤着鞭。文阵蚤奔放，气欲摩青天。

在温州的任职时光，对楼钥来说是刻骨铭心的，以至他向后来到温州任职的官员大力推荐温州。如《送王正言守永嘉》就指出谢灵运开辟了温州诗风：“永嘉名郡太守尊，灵运后来诗绝少。”其中写温州台风灾害的有：“去年海水上平地，大风驾浪从天杪。”其中感受温州人文环境的有：“斋铃静处定得句，不待池塘梦春草。”全诗读下来，无一处空白，是温州文化、风光、民俗的美文。

吴泳是南宋后期巴蜀作家群体中成就仅次于其师魏了翁的文人。吴泳在温州写下的鹿鸣宴诗词，是关于温州科举的史料。《永嘉鹿鸣宴》曰：

人间富贵易浮沈，只有斯文无古今。义理工夫元坦易，圣贤言语不艰深。莫随近世诸儒辙，要识开山一祖心。待得了他科举债，梅花月下听瑶琴。

第二年，吴泳又写下《谒金门·温州鹿鸣宴》：

金榜揭。都是鹿鸣仙客。手按玉笙寒尚怯。倚梅歌一阕。　柳拂御街明月。莺扑上林残雪。前岁杏花元一色。马蹄归路滑。

山水诗自谢灵运始创之后，温州就成为历代诗家们向往的远方。李白写下多首有关永嘉和谢灵运的诗句，如：“脚著谢公屐，身登青云梯。”“我乘素舸同康乐，朗咏清川飞夜霜。”“梦得池塘生春草，使我长价登楼诗。”杜甫写下赞颂江心屿的诗句：“孤屿亭何处，天涯水气中。”孟浩然呼唤诗人们都来此题诗：“众山遥对酒，孤屿共题诗。”苏轼则将文化的“江山”定位在永嘉：“自言官长如灵运，能使江山似永嘉。”状元陈亮在江心屿发出赞叹：“人物满东瓯。”

从谢灵运到“永嘉四灵”，再到宋元之季的谢幕诗人林景熙，历代都有好诗，涌现大量名诗人。温州是诗的故乡，是宋韵最浓的城市。

目录

永嘉学人诗人

温州知州诗人

附　录

永嘉学人诗人

王十朋　英风凛凛尚如生

状元王十朋赏梅图

八百多年前的南京状元王十朋，为后人留下了二千多首诗词，数量可观且史料珍贵。这些诗词对于王十朋所处的那个时代和他所任职的地域来说，是史料书、教科书，可谓“灵均千载。九畹遗芳在”。

王十朋（1112—1171），字龟龄，乐清人。他历仕高宗、孝宗两朝，为南宋中兴名臣。绍兴二十七年（1157），高宗赞其“经学淹通，议论醇正”，亲擢为进士第一。他的一生历官绍兴府佥判、秘书省校书郎兼建王府小学教授、国史院编修、起居舍人、侍御史，出知饶、夔、湖、泉四州，以龙图阁学士致仕。朱熹曾对王十朋给予高度评价：“当是时，听于士大夫之论，听于舆人走卒之言，下至于闾阎市里、女妇儿童之聚，亦莫不曰天下之望，今有王公也。”

谪仙去后　风月今谁有

王十朋的诗词品性高洁，按主题可分亲情、酬唱、纪行、述史、咏物和时事等，其中咏物占了相当比重。他的十九首《点绛唇》，浪漫之中，汇纳万状，李白、韩愈、陶潜都活现在词中。如《点绛唇·酴醾》，引典为助，旁搜广涉，并推出谪仙领衔，占得风月：

野态芳姿，枝头占得春长久。怕钩衣袖，不放攀花手。　试问东山，花似当时否。还依旧。谪仙去后。风月今谁有。

《点绛唇·温香芍药》中的芍药平淡自然，却又灵动活泼；全词禅意隽永，最后还带出狂意：

近侍盈盈，向人自笑还无语。牡丹飘雨，开作群芳主。　柔美温香，剪染劳天女。青春去。花间歌舞。学个狂韩愈。

《点绛唇·冷香菊》中的“为花辞职。古有陶彭泽”，用句大胆，着实少见：

霜蕊鲜鲜，野人开径新栽植。冷香佳色，趁得重阳摘。　　预约比邻，有酒须相觅。东篱侧。为花辞职。古有陶彭泽。

而《点绛唇·国香兰》写的是兰花，却不见兰花字眼，幽姿之下可见灵均：

芳友依依，结根遥向深林外。国香风递，始见殊萧艾。　　雅操幽姿，不怕无人采。堪纫佩。灵均千载。九畹遗芳在。

王十朋用律诗写时令花木，取法老杜浑厚与韩愈苍劲，并有东坡遒逸，如《咏柳》一诗，渗透着四时情趣：

东君于此最钟情，妆点村村入画屏。向我无言眉自展，与人非故眼犹青。萦牵别恨丝千尺，断送春光絮一亭。叶底黄鹂音更好，隔溪烟雨醉时听。

王十朋描绘植物特色往往出人意表，《刺桐花》中他对泉州刺桐花的大胆描绘，让现为泉州市花的此花更具文人雅趣：

初见枝头万绿浓，忽惊火伞欲烧空。花先花后年俱熟，莫遣时人不爱红。

《丁香》是一首五言绝句，将丁香花为花、为药的双重性写到极致：

雨里含愁态，枝头缀玉英。为花更雅目，变乱药中名。

值得一提的是《林下十二子诗》，这一组诗作于绍兴二十四年（1154），他将每一绝句的题目做了勾勒，用一字写出了每一种花草或事物的个性：

万木萧疏怯岁寒，子修相见喜平安。世间宁有扬州鹤，休讶平生肉食难。（竹子修）

席量泓泓井子深，客来车辖总能沉。定须再筑新亭覆，不负先君好事心。（井子深）

竹外溪头手自栽，群芳推让子先开。好将正味调金鼎，莫似樱桃太不才。（梅子先）

学仙深愧似吴郎，赖有吾庐两子苍。疑是广寒宫里种，一秋三度送天香。（桂子苍）

国香入鼻忽扬扬，知是光风泛子芳。林下自全幽静操，纵无人采亦何伤。（兰子芳）

天上星郎字子仙，结根拳石傍清泉。豨苓方入医师手，谁识仙姿解引年。（昌阳子仙）

保绿轩前黄子嘉，非松非柏亦非花。故应唤作思人树，数十年前阅我家。（黄子嘉）

雨底含愁雪里芳，琉璃叶映小何郎。世人竞重熏笼锦，子素何曾怯瑞香。（丁子素）

夹道青青柳子春，自从栽植几番新。如今已作参天树，应笑衰迟老主人。（柳子春）

方苦炎炎畏日长，欣蒙子夏惠清凉。三槐雅是王家物，为榜新亭拟旧堂。（槐子夏）

子秀霜中色更嘉，金钱粲粲满庭阶。渊明异日开三径，端仗兹花慰老怀。（菊子秀）

场屋虚名且罢休，归来聊效晋人游。林间诸子总非俗，肯与野人为友不。（王子野）

诗评古人　春秋美恶不嫌同

王十朋阅历丰富，参透历史，看透世事，如《观郡守题名》，对春秋人物评述得当：

春秋美恶不嫌同，老子韩非一传中。壁上题名二百辈，卓然名世两三公。

滥与江湖岳牧群，于中最爱范希文。人才相远心相似，均是忧时与爱君。

秦国从商鞅到韩非、李斯没一个好结局，后人提到韩非、商鞅有这样评论："说难死韩非，法蔽叹商鞅。"（程俱《得小圃城南用渊明归田园居韵》）王十朋说司马迁把韩非和老子写在同一篇传记里，嫌韩非不配，但这是儒家立场下的经典态度，就有了"春秋美恶不嫌同，老子韩非一传中"之说。

王十朋受江西诗派的影响比较少，甚至反对江西诗风，这对后来叶适力挺的"永嘉四灵"影响很大。在《陈郎中赠韩子苍集》中，王十朋赞赏摆脱江西诗派局囿，"非坡非谷"自成一家的韩驹：

唐宋诗人六七作，李杜韩柳欧苏黄。近来江西立宗派，妙句更推韩子苍。非坡非谷自一家，鼎中一脔曾已尝。

在《送黄机宜游四明》中，王十朋对江西诗派的末流之弊进行批评，提出"人如元祐""诗不江西"的观点：

游宦东州识老成，坐间谈笑欲风生。人如元祐气尤直，诗不江西语自清。雪棹非缘寻旧隐，夜床端欲对难兄。行闻太史奏星聚，四皓联珠临四明。

《读东坡诗》更是表明了王十朋的诗学观点。诗前有小序："学江西诗者，谓苏不如黄，又言韩欧二公诗乃押韵文耳。予虽不晓诗，不敢以其说为然。因读坡诗，感而有作。""胸中万卷古今有，笔下一点尘埃无"，将唐宋大家评述得透彻：

东坡文章冠天下，日月争光薄风雅。谁分宗派故谤伤，蚍蜉撼树不自量。堂堂天人欧阳子，引鞭逊避门下士。天昌斯文大才出，先生弟子俱第一。天人诗如李谪仙，此论最公谁不然。词无艰深非浅近，章成韵尽意不尽。味长何止飞鸟惊，臆说纷纷几元稹。浑然天成无斧凿，二百年来无此作。谁与争先惟大苏，谪仙退之非过呼。胸中万卷古今有，笔下一点尘埃无。武库森然富摘掞，利钝一从人点检。莫年海上诗更高，和陶之诗又过陶。地辟天开含万汇，少陵相逢亦应避。北斗以南能几人，大江之西有异议。日光玉洁一退之，亦言能文不能诗。碑淮颂圣十琴操，生民清庙离骚词。春容大篇骋豪怪，韵到窘束尤瑰奇。韩子于诗盖余事，诗至韩子将何讥。文章定价如金玉，口为轻重专门学。向来学者尊西昆，诗无老杜文无韩。净扫书斋拂尘几，瓣香敬为三夫子。

义乌人喻良能与王十朋交好，经常相互酬唱。他有一首《送黄机宜叔愚归省四明》，与王十朋的观点相同：

洒落孤标第一流，笑谈倾座气横秋。聊参机密东州幕，曾与风流玉局游。听雨忽惊形梦寐，临风那肯更迟留。橘堂想像多佳致，恨不追参李郭舟。

王十朋的诗风如江山河海在胸，他的《洞庭湖》，格局大，眼界高：

江山好处未经眼，人道岳阳天下无。入笔波澜自今阔，胸中已有洞庭湖。

《题何子应金华书院图》是王十朋对杜甫疏放诗风的肯定，他倡导诗人的疏放性格，以率性展开自己的心路历程：

君不见杜陵野客老更狂，浣花溪上结草堂。又不见谪仙世人皆欲杀，匡山读书头如雪。二公同时鸣有唐，文章万丈光焰长。钧天无人帝呼去，草堂书馆今荒凉。太平宰相张居士，外甥似舅金华子。胸中万卷杜陵翁，笔下千篇谪仙李。向来衣冠拜伪楚，我乃宋臣惟有死。何曾著眼痴宰相，况肯低颜骢御史。天边卿月落九疑，口诵离骚吊湘水。诛茅筑室小东山，天下苍生望公起。种梅志欲调商鼎，持斧梦刀聊尔耳。公生长安我东嘉，天遣邂逅鄱江涯。笔头一语真戏剧，却将铁面拟金华。金华自是金闺彦，金口褒扬两朝眷。未须归去金华山，行将入侍金华殿。

幽情畅叙　一觞一咏细论文

状元出身的王十朋朋友圈很广，王十朋榜的进士有四百四十五名，他还与很多当朝名士有交游，并与陆游、杨万里、赵蕃、喻良能、吴芾、戴复古等名家多有酬唱。诗坛名家对王十朋评价很高，称他为政、为诗、为文，鸣于当世。从诗友吟唱中可以看出王十朋的交游风格，以及经纶济世的理想与浩然之气。

王十朋与喻良能唱和最多，其中《和喻叔奇集兰亭序语四绝》，巧妙地引用了王羲之《兰亭集序》中的妙句：

群贤少长毕经过，曲水流觞忆永和。一代风流已陈迹，世殊事异感伤多。（其三）

茂林修竹未成往，游目骋怀聊自欣。畅叙幽情有齐契，一觞一咏细论文。（其四）

《读喻叔奇游庐山诗》，表达友情，随性自然，如同对话，朗朗上口，不乏感染力：

前年我亦到庐山，杖屦烟霞缥缈间。万里东归如倦鸟，不知飞过只知还。

路经湓浦叹匆匆，不及从君访远公。忽见庐山真面目，在君二十一时中。

王十朋与刘凤仪（字韶美）也有诗交，他的《韶美归舟过夔留半月语离作恶诗二章以送·其二》，笑谈人生，从弱羽写至暮景：

弱羽年来正倦飞，夔门邂逅故人归。人生一笑难开口，世事多端合掩扉。况是桑榆俱晚景，何曾富贵已危机。明朝怅望仙舟远，百尺高楼上静晖。

王十朋将平民百姓也当作朋友看待。如《游灵岩辉老索诗至灵峰寄数语》是他在家乡游雁荡时应酬“辉老”和尚的诗作，平声亲语，诗慰老禅：

雁荡冠天下，灵岩尤绝奇。烟霞列屏障，日月明旌旗。岩前有卓笔，可以书雄词。天聪况非遥，洞然听无疑。愿起灵湫龙，霖雨行何为。愿用真柱石，永支廊庙危。愿煽造化炉，四海归淳熙。愿招鸾凤友，朝廷相羽仪。何人梦石室，妄诞夸一时。那能了世缘，未免贪嗔痴。名山误见污，公议安可欺。愿借灵湫水，一洗了堂碑。诗以寄老禅，狂言勿吾嗤。

《乐清僧寮有过客钱之翰题二绝有伤时之叹因次其韵》是写给家乡僧人的，他将南渡的艰辛融入字里行间，诗情中也激荡着恢复山河的热望：

终日伤心泪溅花，干戈满眼恨无涯。衣冠南渡如东晋，安得车书混一家。（其一）

有僧人送菖蒲，王十朋以《开先僧赠石菖蒲》答谢，诗中有苏轼的豪放旷达，兼有韦应物的活泼明快，这种诗风直接影响了南宋后期诗人：

结根拳石伴孤僧，对我还同道眼青。莫遣尘埃侵九节，会须重作玉衡星。

王十朋善于描写山水，如《七月三日至鄱阳》，音调清雅：

我来鄱君山水州，山水入眼常迟留。绝境遥通云锦洞，清音下瞰琵琶洲。于越亭前晚风起，湖入鄱阳三百里。晓来一雨洗新秋，身在江东画图里。

《三峡桥》则再现了三峡在唐宋时期的交通状况，也是一则交通史话：

三峡桥边杖履游，此身疑已到夔州。题诗欲比真三峡，深愧词源不倒流。

滟滪瞿唐在眼前，便应从此上青天。秋风脱叶随流下，疑是十帆出峡船。

三峡怎么会有桥？唐宋时期三峡地区建有水驿，置有驿船。由于水文地质情况复杂，人们发明了一种“峡船”。唐末宋初入蜀为官的王周曾撰有《峡船志》，其中记载：“峡山之船，与下之船，大抵观浮叶而为之，其状一也。”王十朋此诗正好佐证了志书所记。

东嘉夫子　笔端游戏成琼瑰

古代士人之间交往，诗词是最雅的“伴手礼”，年代越久远，这种“伴手礼”越能成为人们可寻可觅的“叶下琼葩”，从中可了解更多信息。友人赠予王十朋的诗，就是“伴手礼”。如陆游《送王龟龄著作赴会稽大宗丞》是写给要到自己家乡赴任的王十朋的，诗中表达了对王十朋的崇敬，并将王十朋与范仲淹相提并论：

有越逾千载，何人不宦游。向来惟一范，真足壮吾州。高躅今谁继，先生独再留。登堂吊兴废，想像气横秋。

大将上兵符，军容备扫除。恭惟陛下圣，方采直臣书。忽报分司去，还寻入幕初。宗藩虽旧识，莫遣得亲疏。

而同榜进士喻良能在《次韵王龟龄状元西湖赏梅》中对王十朋的赞誉也用足了笔墨：

乘闲选胜真修哉，正见千树冰花开。天寒日暮湖面净，疏影著水清无埃。杏桃畏寒不敢吐，春榜占作群花魁。广平无人何逊死，睥睨欲赋嗟无才。东嘉夫子一何妙，笔端游戏成琼瑰。繁英丽句斗清好，不用白鹭双飞来。要令奚囊出佳什，故遣渔唱传清杯。西湖处士骨虽槁，一唤暗香风味回。

戴复古，黄岩人，江湖诗派诗人，曾有诗《题泉州王梅溪先生祠堂徐竹隐直院谓梅溪古之遗自渡江以来一人而已》，对王十朋在朝的影响有很高的评价：

堂堂大节在朝廷，名重当时太华轻。乾道君臣千载遇，先生议论九重惊。人歌黄霸思遗爱，我颂朱云有直声。一瓣清香拜图像，英风凛凛尚如生。

吴芾，字明可，台州人，绍兴二年（1132）进士。他的《和王龟龄待制贡院落成二首》写出了王十朋在湖州学界的主盟地位，称他重振了衰弱已久的文场：

扁舟犹记拂洲蘋，转眼年华几度新。愧我今年双白鬓，喜君来驾两朱轮。一时令不从如水，千里威行敬若神。拟访旧游观盛事，一官何苦绊吾身。

主盟湖学属何人，赖有公来为作新。士俗似闻衰也久，文场今见美哉轮。挈还旧观人争睹，赋就新诗笔有神。苕霅儒风从此振，文翁端恐是前身。

而另一首《送王龟龄得请还乡·其一》对归老回乡的王十朋畅述了乡谊：

两驰章奏叩天关，只愿归来老故山。愧我尚留牵吏役，羡君先去得身闲。冥鸿已逐高风举，倦鸟终随落照还。尚拟杖藜寻旧约，雁峰深处共跻攀。

出知四州　忠怀雅合杜陵诗

王十朋担任过四州的地方官，在地方任职时所作的诗中，无抱怨的悲情，无愤懑的语言。王十朋知饶州时，曾与何麒、王秬、洪迈、陈之茂等组成“楚东诗社”，以诗言志。他离任饶州时，同僚相送，王十朋写下《同官酌别》，将东汉开国功臣寇恂作为榜样：

无德于民愧寇恂，断桥留我荷鄱人。同僚送别四十里，满酌不辞三数巡。

王十朋五十多岁时知夔州，在入夔途中、宦寓夔州、离夔路上创作了三百余首诗歌，诗中充满了对夔州的爱意。如《初到夔州》：

分甘易守不劳麾，梦已先予到古夔。谶语端符楚东韵，忠怀雅合杜陵诗。

又如《枕上闻鼓角》，他念念不忘少陵语：

五更枕上梦还醒，初听夔州鼓角声。悲壮端如少陵语，它时送我更多情。

王十朋为人正直，每以诸葛亮、颜真卿、寇准、范仲淹、韩琦、唐介自比。在任职湖州期间，他写诗赞颂颜真卿、苏轼等人。如《谒颜鲁公祠》：

下山苕溪高且清，鲁公祠堂貌如生。言言千古英雄在，吉吉一点仙丹成。奸臣必欲置之死，天下不敢呼其名。当时节义谁可并，常山太守公难兄。

在湖州，王十朋带头出资兴学办教育，湖州贡院最终得到修葺。《贡院上梁》是他对贡生的希冀：

清绝湖山映白蘋，翚飞梁栋眼中新。雪花先作晓来瑞，桂魄正圆天上轮。夫子庙还元气象，水晶宫发旧精神。书生战艺真余事，移孝为忠要致身。

王十朋在泉州任职时有诗作二百多首，读他的诗，如同翻阅泉郡史书。如《戊子八月二日得泉州》写出了五年之中改迁三州的奔波：

五年符竹换三州，乞得祠宫欲少休。名姓误蒙君相记，泉南千里又分忧。

南宋时泉州九日山有“三十六奇”，有一奇名为“无名木”。此树原生长于东峰西南麓，树高参天，树荫铺地。今“无名木”已不存，但状元知州的诗碑还在，成为一道人文风景：

一木苍然老更奇，肯将名与世人知。我来不具知名眼，深愧平生不学诗。

落木萧萧　琉璃叶下琼葩吐

历代名人对王十朋的评价多，赞誉多。

朱熹说：“盖其所禀于天者，纯乎阳德刚明之气，是以其心光明正大，疏畅洞达，无有隐蔽，而见于事业文章者一皆如此。海内有志之士闻其名，诵其言，观其行而得其心，无不敛衽心服。”

明代温籍名臣黄淮序《王文忠文公集》时说：“王公十朋，家食时敏于力学，博究经史，旁通传记百家。由博反约，择精守固，其于天理民彝之懿，忠孝立身之本，体认真切，凝然以斯道自任。……每为权要忌嫉，而执德不回。……粤在侍从台谏时，屡上奏疏……剖析详明，论议鲠直，皆足以阐圣道，垂世教，惜乎当时不能尽用也。其为郡时，布上恩，恤民隐，导掖抚摩，直欲底之于平康之域。身在外服，而心存朝廷，汉唐循吏，殆不是过。其著为杂文、诗歌，率皆浑厚雅淳，和平坦荡，不离于道德仁义。……盖其当代之立德、立功、立言，可谓无愧者矣。”

清代史臣朱轼说：“观十朋之言行，昭昭乎若揭日月而行也。语云：世之所少者，非才也，气也。有是气者，浩然塞乎天地之间。其于物也，不约而信，不令而从。成功立事，非可以意拟言谈而数计也。十朋若用于时，其几于是矣。”

纪昀赞誉道：“十朋立朝刚直，为当代伟人。应辰称其于文专尚理致，不为浮虚靡丽之词。其论事章疏，意之所至，展发倾尽，无所回隐，尤条鬯明白。珙称其诗浑厚质直，恳恻条畅，如其为人。今观全集，淳淳穆穆，有元祐之遗风。二人所言，良非溢美。曹安谰言长语仅称其祭汉昭烈帝、诸葛亮、杜甫文各数语，未足以尽十朋也。”

杨万里是南宋“中兴四大诗人”之一，他在《王龟龄挽词》中对王十朋的离世表示了无尽的惋惜：

佛以偏师胜，天能一手回。横空立万仞，不为作三魁。道大身无著，人亡世却哀。溪梅那解事，寂寞为谁开？

王十朋的诗歌传承唐诗的现实主义传统，是衔接北宋、南宋诗派的重要诗人。研究其对温州地域文化的影响，是个重要的课题。

郑伯熊　郑伯英　终当作大厦　积功在云壑

郑伯熊郑伯英兄弟酬唱图

“终当作大厦，积功在云壑”，叶适将郑伯熊、郑伯英兄弟视为永嘉学派的一座大厦。他们兄弟同是永嘉学派的主要人物，学界称之为“大小郑公”。郑氏兄弟存诗不多，郑伯熊存诗九首，郑伯英存诗五首。

郑伯熊（1124—1181），字景望，学者称“敷文先生”，永嘉城区（今温州市鹿城区）人。郑伯熊二十二岁中进士，二十七岁出任黄岩县尉，后任婺州司户。隆兴初（1163），召试馆职，除太常博士，出为福建提举，后任江西提刑、婺州知州。乾道三年（1167）入为吏部员外郎兼太子侍读，后以直龙图阁知宁国府，移知建宁，任上曾设书院印行“二程”之书，聚生徒二百余人，亲临教授。郑伯熊继承和发扬洛学与关学，叶适、陈亮亦曾向他问学。遗著有《郑景望集》《郑敷文书说》等。

郑伯英（1130—1192），字景元，号归愚翁，永嘉（今浙江温州）人。孝宗隆兴元年（1163）进士，调秀州判官，自度不能俯仰于时，遂辞官，终身不复仕。有《归愚翁集》，已佚。

周前郑后　旧学新知一身

无论是南宋的浙学，或者是浙东学派，郑伯熊都是属于上承下传的重要学术人物。叶适在《温州新修学记》中说：“昔周恭叔首闻程、吕氏微言，始放新经，黜旧疏，挈其俦伦，退而自求，视千载之已绝，俨然如醉忽醒，梦方觉也。颇益衰歇，而郑景望出，明见天理，神畅气怡，笃信固守，言与行应，而后知今人之心可即于古人之心矣。故永嘉之学，必兢省以御物欲者，周作于前而郑承于后也。”这里所说的“周作于前而郑承于后”，就是指周行己开启在前，是郑伯熊承接于后。古代学术的连接，靠的是师门学术传承，即使学者研究的重心不同，相同的学术倾向是有轨可循的。

清代学者王梓材曾在一篇文章中说到陈亮曾尊称郑伯熊之

为"吾郑先生"，陈亮也承认自己曾入郑氏之门。他在《郑景望书说序》中称："永嘉郑公景望，与其徒读书之余，因为之说，其亦异乎诸儒之说矣。至其胸臆之大，则公之所自知与明目者之所能知，而余则姑与从事乎科举者诵之而已。"《宋元学案·龙川学案表》也注明陈亮为"郑氏门人"。陈亮在多处行文中阐明了"纲理世变""因时制宜"是郑伯熊学术的中心主题。

郑伯熊存诗不多，但却是学问之诗。他赞同江西诗派，这与后来叶适与"永嘉四灵"崇晚唐诗风是两条路径，从中也可以体会到这个时期温州学术思想的演变导致了诗风的改变。如《次韵陈倅瑞岩之什》中说到"二程"的微言大义等，将严谨的学术问题流淌在诗韵中，经典之外亦有浓墨：

诗到南昌老更奇，固知流派自江西。滕王阁下秋涛壮，孺子堂前春鸟啼。我似痴蝇思骥尾，君如野鹤趁鸡栖。十年翰墨元犹白，不识微言为指迷。

胡予实《郑敷文书说序》对郑伯熊"探圣贤之心于千载之上，识孔子之意于百篇之中""抽关启钥，发其精微之蕴"的义理大加颂扬，而郑伯熊做学问能发精微之蕴，也体现在酬唱吟诗中，可深切玩味。如《北园送关简州分得古字》的"朱墨浪自妍，笔削竟何补""着鞭输子先，寤歌独怀古""故人分龙符，江色映修组"，这些诗句不同于一般诗人的作品，有"歌罢水云寒"之意：

我歌白云篇，送君水云浦。歌罢水云寒，伫立听鸣橹。江湖昔在手，短蓑钓烟雨。轩裳误羁馽，滥趋群玉府。朱墨浪自妍，笔削竟何补。高鸿堕秋枕，归梦纷莫数。着鞭输子先，寤歌独怀古。中年况作别，心事复谁吐。故人分龙符，江色映修组。话旧定何时，新知日旁午。

郑伯熊写有一联句"胡床倚春风，池亭自花柳"，风趣自然而颇有气象。又如《过万年山望罗汉岭上大松》是首很简朴的七绝，却让他写得很有气势：

苍髯白甲老烟云，万大丛中独挺身。一柱擎天须此物，执柯它日属何人。

历代学人评论郑伯熊都是从学术角度考量的，而对于他的诗词却少有赞美之辞。郑伯熊是永嘉学派旧学中的承接人，新知中的启蒙人，如果细读他的诗词，可能会产生另一种意境。

廿二中进士　学界称率渠

郑伯熊出生于永嘉一个士人家庭，父亲郑熙绩曾任温州州学学录，母亲陈氏出身官宦人家，外祖父陈豫赠奉直大夫，舅舅陈一鹗官至朝散大夫。郑伯熊二十二岁中进士。当时温州参加解试的士人多达万人，而郑伯熊及其胞弟伯英能从中脱颖而出，可称为学子中的领袖。《宋元学案·周许诸儒学案》记载说："乾（道）、淳（熙）之间，永嘉学者，连袂成帷，然无不以先生兄弟为渠率。"

郑伯熊的诗风与后来的"永嘉四灵"是完全两样的。一是他生活的年代要早一些，正好是南北宋之交，比"四灵"中赵师秀要早四十多年（郑伯熊1124年出生，赵师秀1170年出生）；二是他们生活与做学问的方式不同，郑伯熊做的是比较严谨的学问，而"四灵"则一直反对以学问为诗。

郑伯熊的诗文体现了"渠率"之风。如《枕上》虽多描写简单的生活细节，但他信手拿捏，气候、人事都在其中。"丈夫属有念，功名乃余物"，格调升华，是仕途之悟：

飘风不崇朝，骤雨不终日。清寒入絺绤，御袷有余郁。天时不能调，人事那可必。清灯耿孤窗，万籁助飕飘。忧愁从中来，起坐发屡栉。丈夫属有念，功名乃余物。突兀万间屋，此意何时毕。长吟答寒螀，四壁转萧瑟。

叶适在《郑景元墓志铭》中称赞郑伯熊兄弟说：“方秦氏（桧）以愚擅国，人自识字外，不知有学。独景元（郑伯英）与其兄（郑伯熊），推性命微眇，酌今古要会，师友警策，惟统纪不接是忧，今天下以学名者，皆出其后也。”郑伯熊在建宁为官时，还有二百多学人跟随他学习。

他在黄岩任县尉时写下一首《黄岩县楼》，写的是县楼，吐露的是“道德作梁栋”的观点。其中“平时心匠微，斤斧袖不用。少施见其余，规画已惊众”，正是潜心规划、简朴营造的思想：

飞甍郁峥嵘，万井交错综。俯仰各有则，静以御群动。平时心匠微，斤斧袖不用。少施见其余，规画已惊众。姬公昔营洛，道德作梁栋。东家有余材，凤衰无复梦。帝方议明堂，行矣与君共。

《清畏轩》是郑伯熊君子思想的艺术展现，用“小草生涧底，雨露无恩私”来喻修行仁义：

树蕙余百亩，艺兰当路岐。清风一披拂，香气无不之。纫为楚累佩，辱我幽靓姿。小草生涧底，雨露无恩私。不入儿女玩，岁晚得自持。所以古君子，清德畏人知。

年德加前辈　受师友尊崇

郑伯熊存诗不多，不能充分反映其交往状况，因此从永嘉学派主要人物的评价中可以知道更多的信息。薛季宣有《送郑景望赴国子丞诗二首》，其中有“不须愁国步，之子栋梁材”的赞誉。薛季宣比郑伯熊年轻十岁，是学界晚辈，虽是送行，却有深深的崇敬之意：

风喜樯乌顺，知难唤酒杯。好溪寒已半，京洛暖应回。僧舍方飘雪，江篱欲放梅。不须愁国步，之子栋梁材。（其一）

薛季宣有《读书三首寄景望》，其中分述春秋、山海经、韩文，虽说是读书体会，其实就是学术见解，字里行间可以看出薛季宣诗赋方面的才情，体会到他对郑伯熊这位学术长者的敬重：

非复东都会，书王春又春。退风飞宋鹢，远狩获西麟。孔志知安在，豳诗难重陈。焚香掩卷坐，歌咏忽臣邻。（春秋）

帝江无目面，歌舞识成音。形天断厥首，操干意岑崟。大化浩难量，悬解在明心。舒啸东皋上，薰风五弦琴。（山海经）

退之强解事，刚不信神仙。所作古意诗，甘心玉井莲。沈疴痊不见，险绝恸虚传。赖得华阴令，聱书言岂然。（韩文）

真正从郑伯熊那里继承永嘉之学并对后世有影响的是陈傅良，而且陈傅良在许多诗作中吐露出与郑伯熊的师生关系。如《怀宁国守郑少卿景望》，诗中的恳切之语让人倍感师友情的亲切：

一日一度过短墙，三日风雨挠我觞。天球河图在东序，保障茧丝分晋阳。我欲从之苕水远，搔首不见月满廊。笑看儿女罗列拜，老人星下烧夜香。

陈傅良有多首《送郑少卿景望知建宁》，其中“百年中古少，一笑万金轻”“若逢知己问，犹解课儿书”“海内言华萼，谁名动搢绅”“公余如促膝，剩把古书陈”等句，表达了他对郑伯熊的崇敬之情：

有志须身健，关心在岁寒。一时诸老尽，多见大名难。湖

海方连旱，瓯闽适少宽。为州人不乏，千万强加餐。（其二）

海内言华萼，谁名动搢绅。岂无当世志，能忍十年贫。酒兴新来减，交情老更亲。公余如促膝，剩把古书陈。（其四）

《宋史·陈傅良传》说："永嘉郑伯熊、薛季宣皆以学行闻，而伯熊于古人经制治法，讨论尤精，傅良皆师事之，而得季宣之学为多。"实际上，陈傅良是先受学于郑伯熊，后来郑伯熊受薛季宣事功学说影响，将陈傅良介绍给薛季宣。此事陈傅良致郑伯熊的一封信中说得比较清楚：

拜违诲席六七载，百无一进。独幸于毗陵（常州），从百九兄（指薛季宣）游半年，平生气息为之迟缓，推挽之赐，何敢废忘？……芮祭酒（烨）仅及家，易箦；刘大著（夙）、王詹事（十朋）皆竟不疗。海内贤者，相继凋丧，令人丧气。

信中有"推挽之赐，何敢废忘"，说明陈傅良能从薛季宣读书于常州，得益于郑伯熊的推荐和介绍。

叶适是陈傅良的弟子，其《送郑景望二首》高度赞扬了郑伯熊在永嘉学界的地位：

两地旌旗一闰中，十年监牧九卿崇。安舆遍就东南养，遗俗将陶雅颂功。爱护元身如宝玉，节宣时序戒螟蠡。遥知独上千山路，处处梅花逐暖风。

江左诸凤尽凋落，迩来名字未深知。愿公年德加前辈，救世勋庸莫后时。国重四维人建立，天还一统道藩篱。弥纶康济何曾极，自古忠臣不远期。

诗词能弥补书信和著述的不足，从薛季宣、陈傅良、叶适等人诗文中的描述来看，每首诗、每封信叠加在一起，可佐证永嘉学派发展过程中的师友关系和学术承接。

学人诗笔　采撷犹雪芳

永嘉学派是有独特的思想和文风的群体，其学人们既有学术才华，也有良好的文风和不俗的诗风。郑伯熊作为承上启下的永嘉学者，从他的诗风中可以看出，下笔若轻，却也雪芳尽采撷。

《四月十四日至广陵》是歌颂春天的诗，这首诗一反学问家的严肃笔调，诗中收尽了雪芳，割残了云穗，乡谣、野饭、子规都在郑伯熊的客愁里：

春归村坞绿阴迷，又向山腰转马蹄。收尽雪芳犹采撷，割残云穗再扶犁。乡谣到处无音律，野饭黄昏只笋齑。惟有客愁消不得，隔溪篁竹子规啼。

问津楼在当时不是名楼，而郑伯熊《问津楼》一诗写得活泼，看楼说事，纵论历史：

周道直如矢，亡羊古无有。利欲蚀本心，眼花大如斗。适燕南其辕，之越乃北走。四海阮嗣宗，臧否不挂口。一恸激流俗，新荑发枯朽。斯人向千载，此意谁复剖。问津非名楼，端以觉蒙蔀。

《婺舟道中》是比较平常的行旅诗，诗中有我，我在境中，显得很有意境：

笋舆时得并溪行，溪水秋来似鉴清。仰眷云山劳眼力，临流照眼却分明。

慨然力行　为后学表率

郑伯英与其兄郑伯熊同样私淑于周行己，兄弟二人的事业成就密不可分。叶适在给郑伯英写的《归愚翁文集序》中，将郑伯英对永嘉学的贡献说得十分到位：

余尝叹章、蔡氏擅事，秦桧终成之，更五六十年，闭塞经史，灭绝理义，天下以佞谀鄙浅成俗，岂惟圣贤之常道隐，民彝并丧矣。于斯时也，士能以古人源流，前辈出处，终始执守，慨然力行，为后生率，非瑰杰特起者乎？吾永嘉二郑公是已。

叶适认为，永嘉之学虽是区域学术，但它与整个洛学的兴衰有着共同的社会背景和政治现实。因此，无论是二郑“以古人源流，前辈出处，终始执守”，还是郑氏之雕刻二程著作，对于洛学在温州的传播来说，都是一个续接的举动。二郑以慨然力行，为后学表率。

据《宋元学案》，郑伯英与其兄郑伯熊齐名，“时人称为大郑公、小郑公。……资性俊健果决，视其兄又别为一格。每慷慨论事，自谓一日得志，必欲尽洗绍圣以来弊政，复还承平之旧”。

郑伯英是进士出身，但很早离开官场，潜心做学问，兄弟相互提携，这些都是他做学术的条件。永嘉学派主要人物之一的蔡幼学是郑伯英的女婿，他于嘉定间调任福州知州，在福州刻印了其师陈傅良的《止斋集》，又刻印了其岳父郑伯英的《归愚集》。吴子良《荆溪林下偶谈》载：“（景元）晚自号归愚翁。有《归愚集》，其婿蔡行之帅闽，为之锓版三山。”

永嘉学派的发展过程中，薛季宣是事功学说的发端人，郑氏兄弟是积极的唱和者。薛季宣将消除“高者沦入虚无，下者凝滞于物”的两隔，改变“语道乃不及事”却会妄言“不学而能”的局面，作为学术使命。郑伯英在给薛季宣所作的祭文中说：

圣贤不作，道丧文弊。问学事功，歧而为二。事功维何？惟材与力。问学维何？书痴传癖。学不适用，用者无学。为己为人，在在乖错。公之探讨，专用律身。推而放之，于以及人。

郑伯英赞同薛季宣的学术方向，薛季宣自身的学术很大程度上影响了南宋浙学此后的学术路径。叶适说：

薛士隆愤发昭旷，独究体统，兴王远大之制，叔末寡陋之术，不随毁誉，必摭故实，如有用我，疗复之方安在！至陈君举尤号精密……铢称镒数，各到根穴，而后知古人之治可措于今人之治矣。故永嘉之学，必弥纶以通世变者，薛经其始而陈纬其终也。

彭永捷主编的《中国政治哲学史》将南宋浙东学派发展出的事功思想，视为两宋政治思想的真正重心，并将把握此思想全旨的儒者按传统地域划分为两系："一为永嘉之学，由薛季宣发其端，郑伯熊、郑伯英兄弟唱和之，陈傅良承续之，而叶适总其成；一为婺州永康之学，吕祖谦、陈亮、唐仲友等人为其杰出代表。其中，吕祖谦思想兼具理学与事功学之特征，其与朱熹、张栻并为当世理学三贤。若以学派特征衡量，非但东莱，即便季宣、傅良、陈亮，也或深或浅兼受理学传统之影响。而至叶水心，则洗去这一重色彩，深入质疑理学玄思之虚妄，把这一脉新儒学的政治性逻辑推演至极。"

吕祖谦、陈亮、叶适的政治思想在当时声闻赫赫，足以与朱、陆之理学分庭抗礼。郑氏兄弟在这场政治思想的演变中起到"唱和"的作用，是值得记述的，其学术价值仍需被重新认知与估量。

乘兴上南楼　诗中记倦游

郑伯英虽为进士出身，但他辞官后终身不复仕，因此在家乡的时间比较长，留下的均为风景诗。如《和清卿雪溪泛舟晚登华盖亭》是郑伯英在华盖山游玩时写的诗：

满江风雨酿清愁，坐啸烟波一叶舟。目送飞花千里去，身随空碧一鸥浮。兜罗世界成游戏，欸乃声中自唱酬。试问剡溪回棹客，可能乘兴上南楼。

《清明泛舟》写出了清明前后塘河一带的景色，“花却余寒红尚瘦，柳融初日黛犹轻”是一幅好联：

风雨连朝忽转晴，天还着意作清明。簿书共了公家事，尊酒聊酬我辈情。花却余寒红尚瘦，柳融初日黛犹轻。一年春事才如许，又作明朝祓禊行。

《放龟》则生动记述了龟的生活与生态，民间的放龟习俗也一并记之，是珍贵的地方民俗史料：

城中有四灵，麟凤神龙龟。凤翔兮千仞，麟兮不可羁。天用莫如龙，在在风云随。拙哉老督邮，何时列于斯。浪言莲上巢，甘作床下支。床支木为辱，刳剔良可悲。陂塘溢春水，爬沙闯晴曦。渔师舍网罟，掇取如拾遗。解甲伏碪硖，哀鸣极呜咿。卜师更安忍，钻灼无完肌。有身不自灵，昔闻今见之。百金出敝楮，骈首还清漪。千岁善保汝，左顾非我期。愿言贻日者，吉凶访蓍著。

《石桥煎茶》是一首茶诗：

白发青衫故倦游，何人能办钓鳌钩。却逢大士开青眼，现出茶花五百瓯。

新昌至天台有一条古道，晋唐以来多有名人路过，目前开发为唐诗之路，新昌县也在规划唐诗之城的建设。郑伯英《自新昌入天台》有一定的史料价值：

升高无过胡孙擂，行险胜于老鼠梯。何事将身来试此，要参大士石桥西。

合抱更连理 好文近乎儒

永嘉地域“好文近乎儒”，学者有重文的传统，为后来文坛上形成的永嘉文派打下了基础。郑伯熊、郑伯英兄弟均为好文的学者，而众多师友的赠诗足以反映郑伯英的学术面貌及交往情况。

陈傅良与郑氏兄弟是学术上的师生关系，其《简郑景元》曰：

西风肃万物，于卦曷为兑。说言就凋蛰，之死矢靡悔。方当春和时，动植出草昧。喧号聒穹苍，怒长弥大块。纷纷谁则敢，所待盖有在。

楼钥曾为温州教授、知州，其《谢景英送郑景元篇末见属次韵》的“绝怜父子为知己，时把文章得细论”，将永嘉学术代有承继说得很贴切：

张罗清似翟公门，门外都无野雀喧。可但风流追鲍谢，直教高论到羲轩。绝怜父子为知己，时把文章得细论。个里是非何足较，乍贤乍佞一王尊。

叶适在其多篇文章中对郑伯英的学问作了总结，《送郑景元》一诗中的“终当作大厦，积功在云壑”，更是对其学术的礼赞：

兄弟同升难，高材自摧角。官多复不记，四载礼南岳。一朝尽室去，菲食遭岁恶。丈夫轩豁意，快紧出鹰鹗。忍事得无惭，信有古人学。建安虽闽壤，桂树美可乐。合抱更连理，丛生荫州郭。岁月历悠长，根株见龃腭。终当作大厦，积功在云鏊。尚友如此君，苍天未为薄。

许及之与郑伯英是同年，他的《以端研送郑景元同年》充满了友人情怀：

贵公宝研如宝璧，书生摩墨但摩石。有文无研正不妨，有研无文亦堪惜。渐老只愁才力尽，片歙拳端宁不靳。吾家面样什袭珍，色如马肝肤理润。昔言眼为石之病，此论不公吾有证。星辰在天珠在渊，此石睛光鸜鹆莹。文字之祥吾敢颛，郑侯一见心拳拳。百年石交吾与汝，更有甚者吾当捐。儿曹旁观俱唧唧，儿曹莫痴翁岂失。郑侯自有无价珍，持献于人吾惴慄。愿侯珍研如所有，少时光芒须逼斗。会看落笔中书堂，却试玉堂挥翰手。

薛季宣与郑氏兄弟在学术上相互补进，开永嘉事功学说先声。其《送郑景元赴秀州判官诗》曰：

恢炱煽炎毒，万里无来风。殿阁少微凉，况乃陌路中。纨扇可把挥，秋高网丝虫。冰山岂足恃，见晛聿消融。进退信惟谷，黄尘奈匆匆。郑君冰雪姿，干将依崆峒。竭蹶救头然，巾车佐元戎。生人在炽炭，吾何惮爞隆。往闻开元帝，逃暑绣岭宫。逼仄政浩叹，木阴见姚崇。烦溽顿以消，语识静胜工。相期在此行，山泉养童蒙。

郑伯英留在仕途中的时间不长，学术上的声名也被兄长遮掩，但他的事功学术倾向，显示了他在永嘉学派的地位，并在很大程度上影响了南宋浙学的学术路径。

王自中　中兴文字须公等

王自中（1140—1199），字道甫（道父、道夫），号厚轩，平阳人。少年气度超迈，孤愤激昂，得叶梦锡、周葵、吴芾、王十朋赏识，十八岁时被叶衡（南宋孝宗时宰相）聘为塾师。乾道四年（1168）因事触怒权贵，送徽州听读。

淳熙五年（1178）中进士后，王自中一辈子只在州县的官职上徘徊。先是任舒州怀宁主簿，后为分水（现桐庐）令，诏赴都堂审察，除籍田令，出为郢州（今武昌一带）通判。淳熙十四年（1187）知光化军（今襄阳）。绍熙二年（1191）改知信州（今江西上饶），次年丁忧去职。庆元四年（1198）差知邵州。五年卒，终年六十岁。叶适作《陈同甫王道甫墓志铭》，而将两个文化名人的墓志合写十分少见。

王自中是南宋温州诗名很高的诗人，《宋史》、弘治《温州府志》、民国《平阳县志》均有传。可惜的是，他所著《厚轩集》《孙子新略》《王政纪原》等均佚。其事迹，除在史志上可寻，也能在魏了翁《宋故藉田令知信州王公墓志铭》、陈傅良《王道甫圹志》、叶适《陈同甫王道甫墓志铭》、吕祖谦《东莱集》、杨万里《诚斋集》、周必大《文忠集》、孙衣言《瓯海轶闻》等著述中找出诸多的文字记载。

《全宋诗》中只收录王自中诗二首，而其诗还被误传为杨万里之作。王自中诗学杨万里，二人风格相近，互相酬唱，其诗附在了杨万里的诗集里，人们就粗心地将王诗当成杨诗了。

王自中的《迓杨诚斋》是首有故事的诗，也确有杨万里的风格：

江东使者行部归，信帆一只桨四枝。昨夜水深泥三尺，系在谁家屋外篱。我欲遣人问消息，个样船多人不识。却有一事差事征，隔船听得哦诗声。

此诗《东瓯诗存》有题注：“《丛谈》，王道甫守信州，杨诚斋（杨万里）以江东使者行部，颇有意督过之，道甫迓以诗云云，全效诚斋诗体，公一见大喜。”这首风格清新的诗，比起庸俗恭维的话语更有用。杨万里从“有意督过”，到读诗之后“一见大喜”，既再现了中国官场文化的人情世故，也体现出文人交往淡如水，倾心全在诗句中。

《夜卧舟中闻有唱山歌者倚其声作二首》俨然是竹枝词的笔调：

生来不识大门边，一片丹心石样坚。闻道阿郎谁得妇？无媒争得到郎前。

种田不收一年事，娶妇不着一生贫。风吹白日漫山去，老却郎时懊杀人。

这两首类似于山歌的诗广为流传。至清代，平阳诗人张綦毋的《船屯渔唱》中题藻溪的公婆石诗，也是这样的风格：“种田不收一年事，娶妇不着一生贫。请看山前石翁姥，兀然相对却如宾。”张綦毋诗的前两句，完全借用了王诗。

王自中的这两首诗得以保存下来，与杨万里诗集里保存的和诗有关。杨万里《和王道父山歌》曰：

东家娘子立花边，长笑花枝脆不坚。却被花枝笑娘子，嫁期已是蹉春前。

阿婆辛苦住西邻，岂爱无家更愿贫。秋月春风担阁了，白头始嫁不羞人。

《题敬荣堂》是王自中的应酬诗，诗中称赞四兄弟和睦相处，白首同居，能敬能荣，可以成为乡里典范。诗不高调，却有深刻的劝诫之意。他将律诗写得如此朗朗上口，实在难得。这也是王自中诗作的可贵之处，写诗如写歌，百姓都能读得懂：

白首同居四弟兄，由渠能敬故能荣。细看鸿雁飞翔意，可见鸤鸠均一情。绝少分甘贫亦乐，较长争夺势终倾。黄堂今日亲行酒，欲与邦人作范程。

王自中与辛弃疾诗词往来最多，因为王自中在任信州时，辛弃疾刚好也在信州定居。辛弃疾的所有词作中，信州词的数量占了绝对比重，而这个阶段也是辛弃疾确立自己词坛地位的重要时期。

这是王自中写的一阕《念奴娇·题钓台》：

扁舟夜泛，向子陵台下，偃帆收橹。水阔风摇舟不定，依约月华新吐。细酌清泉，痛浇尘臆，唤起先生语。当年纶钓，为谁高卧烟渚。　　还念古往今来，功名可共，能几人光武。一旦星文惊四海，从此故人何许。到底轩裳，不如蓑笠，久矣心相与。天低云淡，浩然吾欲高举。

王自中的词，似有劝慰辛弃疾的话要说，也有自我明志。虽有自嘲，“到底轩裳，不如蓑笠，久矣心相与”；却又踌躇满志，“天低云淡，浩然吾欲高举”。而与此阕情感相近的，则是辛弃疾的《念奴娇·和信守王道夫席上韵》：

风狂雨横，是邀勒园林，几多桃李。待上层楼无气力，尘满栏干谁倚。就火添衣，移香傍枕，莫卷朱帘起。元宵过也，春寒犹自如此。　　为问几日新晴，鸠鸣屋上，鹊报帘前喜。揩拭老来诗句眼，要看拍堤春水。月下凭肩，花边系马，此兴今休矣。溪南酒贱，光阴只在弹指。

两阕词读来让人想起如此场景：两位词人在祖国只存半壁江山

的形势里，借酒消愁，“待上层楼无气力”。他们以诗为友，与同志者共鸣，唱出的是“月下凭肩，花边系马”“揩拭老来诗句眼，要看拍堤春水”的雅怨。但从“光阴只在弹指”的词句里可以体悟到，辛弃疾壮志未衰，“风狂雨横”的气质仍在。

辛弃疾的词集中，还有多首经典的词，均是和王自中的，可惜的是王自中的原作却没有保存，但从中也可以看出一些精神来。《临江仙·和王道夫信守韵》虽咏唱的是“记取年年为寿客，只今明月相随”，却心存不安；“海山问我几时归”，仍有豪气与国忧乡愁，体现了辛弃疾时刻惦念着重归战斗，为社稷立功：

记取年年为寿客，只今明月相随。莫教弦管便生衣。引壶觞自酌，须富贵何时。　　入手清风词更好，细书白茧乌丝。海山问我几时归。枣瓜如可啖，直欲觅安期。

辛词最为出名的是《青玉案·元夕》：

东风夜放花千树。更吹落、星如雨。宝马雕车香满路。凤箫声动，玉壶光转，一夜鱼龙舞。　　蛾儿雪柳黄金缕。笑语盈盈暗香去。众里寻他千百度。蓦然回首，那人却在，灯火阑珊处。

而他的另一阕元夕词《好事近·席上和王道夫赋元夕立春》，也十分精彩：

彩胜斗华灯，平地东风吹却。唤取雪中明月，伴使君行乐。　　红旗铁马响春冰，老去此情薄。惟有前村梅在，倩一枝随着。

强敌压境，国势日衰，南宋统治阶级却不思进取，偏安江左，沉湎于歌舞享乐。洞察形势的辛弃疾，欲补天穹，却恨无路请缨。他满腹的激情、哀伤、怨恨，交织成元夕立春的“平地东风”之叹。

王自中的诗词朋友圈中既有状元出身的陈亮，也有永嘉学派的领军人物陈傅良、叶适等，而他们的共同志趣也体现在诗词往来中。如陈亮《鹧鸪天·怀王道甫》：

落魄行歌记昔游。头颅如许尚何求。心肝吐尽无余事，口腹安然岂远谋。　　才怕暑，又伤秋。天涯梦断有书不。大都眼孔新来浅，羡尔微官作计周。

这阕词是陈亮对王自中生平的真实写照。王自中登第后，长期屈居微职，夙志渐灰，陈亮为之不平。“心肝吐尽无余事，口腹安然岂远谋”，从中可以看出陈亮与之共勉的态度和他们的挚友之情。另外，王自中的才气曾在陈亮的其他文章中得到反映，如陈亮称王自中的书法是“韩筋柳骨，笔砚当独步”。

宋代韩淲有两首致王自中的《九日登跨鹤台有怀》。韩淲为韩元吉之子，诗中称王自中为“落魄使君”，叫人读了很是伤感：

山头跨鹤旧登台，今日那知我独来。忆昨儒先追杖屦，因尝乡老共尊罍。呼儿且伴闲身健，好客何由笑口开。落魄使君王道甫，几回和月醉崔嵬。

西风吹我上危台，鹤驾仙人跨海来。虽少菊花犹破帽，既多枫落合倾罍。玉溪净泻秋容淡，灵岫森罗夕照开。老去悲伤易如许，人心何苦自崔嵬。

韩淲还有一阕《水龙吟·七月二十六日信守生朝》，说王自中是“志在神皋，气雄云梦”的不得志之人：

从来江左夷吾，大名迥诸出公右。金堂玉室，瑶林琼树，龙麟蟠走。志在神皋，气雄云梦，十吞八九。问三槐盛事，当年初度，人应羡、青毡旧。　　说与文章太守。庆千秋、好为亲寿。冰桃雪藕，霞裾月佩，莺鸾歌奏。雨熟西畴，星躔南极，宝香凝昼。趁新凉，便约乘云绕日，饮天浆酒。

落魄行歌記昔游頭顱如許尚何求心肝吐盡無餘事口腹安然豈遠謀才怕暑又傷秋天涯夢斷有書不大都眼孔新來淺羨爾微官作計周

南宋狀元鷓鴣天懷王道甫

王自中道甫為陳亮少年時代好友 宋史本傳稱其少年負氣自立崖岸 力主抗金蔑視權貴長期屈居微職 東嘉修志人 嚴和

陈傅良与王自中是温州同乡，他对王自中的学问和为人是了解的。他有两首写给王自中的诗，均为田园生活诗，应是王自中已经回到家乡居住，陈傅良也在瑞安仙岩过着“黄卷青灯自卷舒”的生活了。其中一首为五律诗：

论定千年后，心宽万事平。吾方惭鼠伎，安敢道鸿冥。门户虽入境，溪山亦世情。半天乔木立，尽日好禽鸣。

另一首是七律诗，也是劝慰之诗。陈傅良劝王自中学学谢灵运，动动荷锄，也是在描述自己十年不论时事的生活：

森森万木一精庐，黄卷青灯自卷舒。却肯追随三舍远，不论闻问十年疏。遗贤公已长怀玉，老圃吾方欲荷锄。安得谢岩题壁处，一尊相伴看芙蕖。

叶适与王自中有很深的交往，其诗集中有六首诗是写给王自中的。在《因在秀州寄王道夫诗三首》中，叶适风趣地向王自中相求二顷地，用于归耕。赏读叶适这三首田园生活诗，家常话中蕴含着他对家乡平静生活的向往：

衮衮红尘五月留，来时落木不胜秋。只今春事浓如许，万里沧浪又一舟。

鱼龙远避水光浮，草木怒长山意豪。独立和风清宿酒，晚云收尽月痕高。

潘君狂甚诗能古，叶子文高世莫惊。何处有田求二顷，向来三月决归耕。

《次王道夫舟中韵三首》则颇有竹枝词之味：

鸜鹆收声避鹈鴂，田家蚕麦已知秋。西湖风物无人供，时有跳鱼入过舟。

櫜弓听乐心肝尽，拔剑论功目眦豪。鸣鸟不闻千仞远，抟风鹰隼顿能高。

旧读恺歌追小雅，近看羽檄过西京。中兴文字须公等，容我春山带犊耕。

王自中身处南宋偏安之世，不但是好诗人，而且有经世致用的理想，有浓厚的事功倾向。于兵法，他著有《孙子新略》；于历代制度沿革，他著有《历代年纪》《王政纪原》。“中兴文字须公等”，这是叶适对王自中的极高评价，他将王自中归于南宋学术与文学的领军人物之列。当时，陆游、杨万里、范成大、尤袤并称为南宋“中兴四大诗人”。但是王自中的地位不高，上不了“四大”的层次，可叶适却如此抬举，也是难得。

薛季宣　已自东山誉高洁

薛季宣（1134—1173），字士龙，号艮斋，南宋哲学家，永嘉学派创始人。薛季宣自幼丧父，由伯父薛弼抚养，并随伯父薛弼宦游各地。十七岁时，任职荆南的岳父孙汝翼，征辟他书写机宜文字。孙汝翼藏书多，为薛季宣的学术生涯打下了坚实的基础。在岳父处读书时，他又有机会师事袁溉。袁曾从程颐求学，薛季宣得其所学，开始了对伊川之学的研究。薛季宣生命短暂，因痔疾为庸医所误，逝世时年仅四十岁。他生前历任鄂州武昌县令、大理寺主簿、大理正、湖州知州。

在学术上，薛季宣促使永嘉学盛起，开创事功学派，对陈傅良、叶适的学术产生很大影响。他著有《古文周易》《古诗说》《书古文训》《春秋经解》《春秋指要》《论语直解》《小学》诸书，惜多不传。《四库全书总目》称其“学问淹雅，持论明晰，考古详核，立说精确”。

长落潮音逐磬声

薛季宣学问之余，好作诗，《四库全书总目》卷一百六十评薛季宣诗“于诗则颇工七言，极踔厉纵横之致”。《宋诗钞》

评论薛诗："其诗质直，少风人潇洒之致。然纵横七言，则卢仝、马异，不足多也。"他存诗五百余首，其中《游竹陵善权洞二首》《雨后忆龙翔寺》《春愁诗效玉川子》等诗，为历代选家所重。

薛季宣写温州的诗很多，乡情重，韵味长。《雨后忆龙翔寺》是薛季宣的代表作，也是江心屿的品牌诗。尤其是第二首，禅意很深，其中"都入禅师燕坐中"的意境让人称绝。薛季宣所处的时代是南宋初期，诗中忆古明今，以禅意说王事：

二峰高峙夹禅扃，长落潮音逐磬声。老僧睡起绝无事，不管波涛四面生。

窣堵东西岌两峰，王宫今日梵王宫。潮船八面来勍敌，都入禅师燕坐中。

温州是山水田园诗的故乡，《远景图》是薛季宣田园诗的代表作：

芦花飞雁烟村静，一点青山波万顷。人在孤舟唤不譍，儿言客写潇湘景。

惨澹平烟波浩渺，隐月余光飞白鸟。依稀一舸是渔舟，独钓寒江天未晓。

此诗题称为"远景图"，诗如图画，点染欲出，首句七字就有三个景观，芦花、飞雁、烟村，接着就是青山、河波、孤舟、人客。一首绝句二十八个字，容纳了丰富的景观，并在最后一句点题而出，"儿言"是潇湘景色，实际上就是家乡温州的田园景象。

《村居秋暮》是薛季宣的另一首田园诗，"縠纹平"和"笔架横"是景观里的文气，也写出了气度：

风回偃水縠纹平，林末它山笔架横。场圃未闲黄叶下，鹁鸠啼雨忽啼晴。

《江村闻笛》也是一首简单的风光诗，“金吹寒”“钓红蓼”用字精准，可为妙句：

江村风色秋江渺，林薄无人闹幽鸟。长笛一声金吹寒，知有渔舟钓红蓼。

《闻蝉》是咏物之诗，借咏物来寄寓自己的真情实感。我们虽不觉得此时的他有什么激情与怀抱，但从“凉生六月寒”“东山誉高洁”等诗句中，已经感受到了一种清凉与洁静的境界。后来的徐玑有“凉从荷叶风边起”，现代诗人苏渊雷也有“化为清风六月寒”：

自辟筠乡五亩阴，蝉声无处不相寻。炎天唤起秋萧索，便拟乘风绕邓林。

新蝉无数咽琅玕，引惹凉生六月寒。已自东山誉高洁，未须丹翅拟笙鸾。

薛季宣等文人在温州创作的诗歌，将对自然景物的关注程度提升到了一个新高度，这也是“四灵”的先声，使山水诗以全新的面目出现在沉寂已久的诗坛。薛季宣常借四季变化来隐喻世事，如《芦花》是借物感叹的作品，眼中的芦花有生命，景色里的芦花“摇夕阳”“凌高节”“声凄切”，倾诉了南宋知识分子“国破山河在”的心绪：

秋风摘索铺寒雪，败叶枯条互明灭。淡荡闲塘摇夕阳，横斜断岸凌高节。无言咄咄日书空，执礼拳拳意绵蕝。望极氍毹铺纠结，渔歌何处声凄切。

《十四日从诸同官登西山郊坛冈次孟监务韵·其三》中同样有此感叹，虽是怀念赤壁周瑜却意在北方的战尘：

清游无是亦无非，陡绝圜坛一强跻。赤壁望中公瑾在，战尘何日静征鼙。

薛季宣是一位敢说的诗人，他曾经在江苏宜兴的周将军庙前写下《周将军庙观岳侯石像二首》纪念岳飞，“沈碑千古蛟川恨，留与无穷客断魂”，让后人读来顿生无穷悲恨：

万死何知狱吏尊，威名盖代古难存。二桃岂为功高赐，一舸不容身退论。几为饮江思道济，缪因图像削王敦。沈碑千古蛟川恨，留与无穷客断魂。

军声良苦听南风，说礼敦诗也不容。斗蚁达聪良是病，战蜗流血可同宗。亲疏间入联镳话，真假言从蹑足封。趣诏河阳长已矣，隆中悲切起人龙。

《重阳无菊》是咏物诗，在重阳看不到菊，却把菊的特性写得如此高雅，写出了“黄裳美”，写出了“清人服”，表达了“借使渊明在，渊明更悽蹙”的重阳情绪：

二九节重阳，高风振群木。彼菊东篱下，金英粲清馥。中有黄裳美，雅称清人服。岁旱靡百草，芽蘖渠能育。冷淡登高会，怅望矧可复。空酌茱萸酒，帽堕慵举目。愧乏渊明流，诚为渊明缩。借使渊明在，渊明更悽蹙。

诗里有生机　觉道乐耕莘

薛季宣是永嘉学派前期的主要人物，既是理学家，也是史家、文学家。从哲学角度出发，薛季宣写有多首针对历史人物的评述诗。这些诗人物性格突出，历史个性强烈，不人云亦云，突出了自己的立场与见解。如他对荆轲这个历史人物的评论就不是一味地颂扬，“轻生终不是良谋”是对荆轲过激行为的批评：

妙算尝闻胜五侯，轻生终不是良谋。秦王未许论生劫，毕事还同擦虎头。

刘叉是唐代诗人，以“任气”著称，喜欢评论时人。韩愈接待天下士人，他慕名前往，赋《冰柱》《雪车》二诗，名声在卢仝、孟郊二人之上。《读刘叉集》一诗对他评价很高，后两句正是薛季宣自我性情与仰慕之情的流露：

汤文不作几经春，叉也贤乎隐泽民。古剑胸中尽磨淬，宁如觉道乐耕莘。

《读书三首寄景望·春秋》是写给郑伯熊论春秋的，虽不是那么明显地吐露观点，却如古风袭来，周礼歌咏犹在：

非复东都会，书王春又春。退风飞宋鷁，远狩获西麟。孔志知安在，豳诗难重陈。焚香掩卷坐，歌咏忽臣邻。

薛季宣比陈傅良大三岁，比叶适大十六岁，他们同是永嘉学派的重要人物。薛与陈有师生关系，《止斋和七五兄次渊明止酒诗韵》是写给陈傅良的和诗，与陶渊明的止酒诗同韵，但比田园诗更多了一种思辨，可谓哲人之诗：

知止良独艰，吾兄独安止。不止郊园外，只止尘埃里。修为止至善，孝爱止为子。眷言兄止之，得止以为喜。至止内泓澄，非心止弗起。止静有余欢，止中得妙理。勿谓止为难，止躬徒正己。止乎吾未见，致知知止矣。兄乎止孰似，兄止无端涘。艮止视兼山，止斯千万祀。

《孔子》一诗，大气磅礴，广大深透：

荡荡东家丘，百世人叵识。出类只夸辞，太极无合德。尧舜未可过，远贤真货殖。我欲究遗编，言非是奇特。从之如有立，卓尔既吾力。大哉赞乾元，一语觅不得。

《李斯》一诗，对李斯灰烬诗书与他的误身因果进行评述：

诗书灰烬便秦文，便得秦王却误身。斯具五刑秦再世，六经还有表章人。

薛季宣是位重感情的学者，《外舅孙帅挽诗》是写给岳父

字學從前小藝林誰論終古可傳心
毛錐刻劃龍蛇動筆陣縱橫劍戟
森須備六書兼八法由來一字值千金
世人不解張顛聖剛把碑文鎮日臨
薛季宣觀法帖　近書樓嚴和

孙汝翼的祭祀诗。孙汝翼，字端朝，毗陵（常州）人是薛季宣学术与仕途的引路人。薛季宣在诗中陈述了孙汝翼的一生业绩，泪碑与陌祭化成爱的诗文，感人肺腑：

行谊推前辈，繄公学大成。博通行秘府，威德般长城。笔力千均重，词源三峡倾。怀珠飙跃浪，杖策稳登瀛。奇节为绳直，危言袭凤鸣。弦歌风四甸，领袖服诸生。任付即山铸，章分煮海程。钱流邦货重，利半国租赢。政抑豪民折，人知公道行。绣衣休直指，彤矢赐专征。剑戟森营垒，边陲卧鼓钲。正辞平楚狱，折简罢蛮兵。治水防云固，为鱼患不萌。蕴含荆玉润，廉与蜀江清。流马追前躅，轻裘拥后旌。鸾声仍哕哕，蝇矢自营营。毋谓镠金铄，其如衡石平。功名书册在，冠冕掷瓢轻。棠棣辉方韡，琼瑰梦忽惊。人间傅说谢，天上岁星明。有美称遗爱，无穷企令声。泪碑兼陌祭，西蜀又南荆。

《春愁诗效玉川子》是薛季宣仿效卢仝的诗体所写的作品，后人评价薛诗在气势上超过卢诗：

春阴苦亡赖，巧解穷雕锼。入我方寸间，酿成一百万斛伤春愁。我欲挹此愁，寸田无地安愁刍。沃以一石五斗杜康酒，醉心还与愁为谋。愁肠九转疾车毂，扰扰万绪何绸缪。愁思傥可织，争奈百结不可紬。我与愁作恶，走上千尺高高楼。千尺溯云汉，只见四极愁云浮。都不见铜盘之日，缺月之钩。此心莫与明，愁来压人头。逃形入冥室，关闭一已牢。周遮四壁间，罗幕密以绸。愁来无际畔，还能为我添幽忧。我有龙文三尺之长剑，真刚不作绕指柔。匣以明月通天虹玉烛银之宝室，可以陆剸犀象水断潜伏之蛟虬。云昔黄帝轩辕氏，用斩铜头铁额横行天下之蚩尤。拟将此剑斩愁断，昏迷不见愁之喉。若士为我言，子识愁意不。愁至不亡以，愁生有来由。闲愁不足计，空言学庄周。日中之景君莫避，处阴息景景不留。疾行嫌足音，不如莫行休。因知万虑为萦愁之綍，忘怀为遣累之舟。归来衲被盖头坐，从他鼻息鸣齁齁。取友造物先，汗漫相与游。朝跻叫阊阖，夕驾栖丹丘。天公向我笑，金母为我讴。酌我以琼浆玉液朝阳沆瀣之浓齐，俾我眉寿长千秋。却欲强挽愁作伴，愁忽去我无处踪迹寻行辀。惟有春华斗春媚，一一蒨绚开明眸。又有平芜绿野十百千万头钝闷耕田牛，踏破南山特石头。

文脉缕贯　诗风枝叶扶疏

薛季宣与温州文脉是缕贯脉连的。乾道九年（1173）七月，薛季宣病故，在世只有四十年。在陈傅良、陈亮等人的请促下，吕祖谦于年底写下了《薛常州墓志铭》。墓志铭主要表达了吕祖谦“夫子自道”的观点，也对薛季宣的学术思想做了精彩的评价，称他善于将“疆里、卒乘、封国、行河”等难以分明的学术解释得很清晰，并称颂其分析事物有“枝叶扶疏，缕贯脉连，于经无不合，于事无不可行”的能力：

自周季绝学，古先制作之原晦而不章。若董仲舒名田，诸葛亮治军，王通河汾之讲论，千有余年，端倪盖时一见也。国朝程颢氏、程颐氏、张载氏相与发挥之，于是本原精粗，统纪大备。门人高弟既尽，晚出者或骛于空无，不足以涉事耦变，识者忧之。公（指薛季宣）之学既有所授，博揽精思几二十年，百氏群籍，山经地志，断章缺简，研索不遗。过故墟废垅，环步移日，以验其迹。参绎融液，左右逢原。凡疆里、卒乘、封国、行河，久远难分明，一经公讲画，枝叶扶疏，缕贯脉连，于经无不合，于事无不可行。

吕祖谦笔下的薛季宣是经世致用的大学者，“博揽精思几二十年，百氏群籍，山经地志，断章缺简，研索不遗”。薛季宣治学重德性涵养而不沦入空无，求实事治道而不滞于功利，实现了从内圣之学向外王之域的转向，达到了“于经无不合，于事无不可行”的境界。

“伊洛微言持敬始，永嘉前辈诗书多。”薛季宣是永嘉学派的开创人之一，他是袁溉的弟子，袁溉曾师事程颐，故永嘉学派的学统应源自二程。陈傅良师承薛季宣，叶适入室陈傅良，南宋温州的学问代有承接。

永嘉学派有重文的传统，有文史哲融合的传承。薛季宣的《跋东坡诗案》将历史上著名的“东坡诗案”浅显地描述出来，用南方佳木比喻东坡，用历久愈奇来颂扬一代文豪的气质：

南方有佳木，远在涨海涯。沈水产其节，鸡舌生其肌。结根松柏场，龙脑实离离。蚤獠岂知贵，斧斤斩栾枝。椓为糠秕槽，将食犬与豨。条枚恶鬈曲，芟除弃江湄。沧流荡回波，不与朽壤期。年代知几阅，愈久乃见奇。根株到余沥，复恐分寸遗。终焉盛芬烈，兰荪谢芳姿。

《假山次叶师文韵》借假山自喻，“无论千假须一真，坐对北山南起云”则充满哲理，字里行间尽显正气：

大隐城居无世喧，疑星尘外非人间。武都聊试五丁力，一笑天公为解颜。翠萝散作麻姑髻，枕漱从宜长饭毳。青山元自野人物，版筑徒然饰东第。无论千假须一真，坐对北山南起云。一丘一壑丈夫事，安在穷游探古文。平生乐处天其假，还视王公犹土苴。它时买山归敝庐，定须作屐随高下。

薛季宣的超人才华和卓越成就，全祖望曾总结说：“永嘉之学统远矣。其以程门袁氏之传为别派者，自艮斋薛文宪公始。艮斋之父，学于武夷，而艮斋又自成一家，亦人门之盛也。其学主礼乐制度，以求见之事功，然观艮斋以参前倚衡言持敬，则大本未尝不整然。”而在叶适所描绘的永嘉学派的学术谱系中，薛季宣是“根植六经”“独究体统”的先贤，是“通于世变”“必摭故实”的哲人，是推动永嘉学术从宗性理之学转向尚事功之学的关键人物。在整个永嘉学派的学术传承脉络中，薛季宣扮演了“清芬倍幽远”的形象，这在他的《种兰》中得到了体现：

兰生林樾间，清芬倍幽远。野人坐官曹，兹意极不浅。西窗蔽斜日，松钗架春晚。墙阴莳花木，憔悴根日损。植此山国香，坐与前事反。扶疏可纫佩，心绪端有本。芽生仅盈坛，高风成九畹。群芳颜色好，只自夸园苑。何如淡嚼蜡，草莽曾谁混。对我静无言，忘形如苯蓴。

《欣木亭诗》则是薛氏笔下很形象的人格诗：

寒威折青阳，云雨作朝暮。槎牙粲新绿，寂历晴川树。时至物皆春，岂在云间露。之人止亭上，笑歌谁与晤。眷此荣与华，我亦知嘉孺。来游对溪山，识取亭中趣。

读书残万卷　身后有佳评

薛季宣重德性涵养而不沦入空无，求实事治道而不滞于功利，是一位打通了内圣外王之道的典范。从薛季宣的交往以及他英年早逝后众人的挽诗中足见其风范。

徐嘉言，乾道九年（1173）任温州教授，淳熙二年（1175）纂成《永嘉志》七卷。徐嘉言有《挽薛艮斋二首》：

卓荦才名四十秋，屡摅良策动宸旒。倾河议论谁能敌，唾手功勋未肯休。方快九霄抟鸷鹫，俄惊长坂蹶骅骝。天公应叱六丁下，著述文章尽卷收。

宦游将适郑公乡，众说膺门气味长。欲效然明略陈语，那知叔向罢登堂。毗坛不试新分竹，雩水空瞻旧茇棠。天不慭遗何太早，忍看埋玉向高冈。

徐定，字德操，是“永嘉四灵”之一徐玑的父亲，与薛季宣是学术上的朋友。徐定的《挽薛艮斋》写得很悲切：

今古名流特地奇，生平学术得真师。缵将管乐为操蕴，论切周唐入设施。经理远樵归使节，抚循中道称藩麾。堪惊四十成埋玉，叹息襟期有未为。

魏兴祖，乾道九年为迪功郎、温州司法参军，其《挽薛艮斋》有“今辰恨埋玉”之叹：

奥学传伊洛，平生尽此心。多闻推子贡，一唯妙曾参。知识皆文武，才猷冠古今。斯人苦斯疾，吾党恨尤深。

至理穷微妙，经纶特绪余。鄂城资豫备，淮甸得安居。慨慷陆公奏，详明贾谊书。今辰恨埋玉，恸哭满乡闾。

莫济，字子齐，归安人，绍兴十五年（1145）进士，二十四年（1154）又中博学宏词科。他的《挽薛常州艮斋先生》对薛季宣有“出入九家流”的评价：

今代论儒学，如君德最优。是非千古事，出入九家流。身殁言犹在，官卑志未酬。傥令兴礼乐，端不后程仇。

陈枢才，钱塘人，乾道五年（1169）进士，九年（1173）为迪功郎、温州司户参军。陈枢才的《挽薛艮斋》将薛季宣比作诸葛亮：

耆旧襄阳传，风流月旦评。此翁尤间出，当代总销声。遇事皆迎刃，游谈可伐兵。孰知死诸葛，英气凛如生。

晁董科名累，向雄利禄儒。惟公传洛学，处世类齐竽。湖外严兵戍，神畿析使符。恍然成昨梦，一吊束徐刍。

何伯谨，字诚夫，永嘉人，绍兴二十一年（1151）进士。何伯谨的《挽薛艮斋》令人泪目：

剀切忧时论，慈祥济物心。贾生年尚少，平子虑何深。徒抱经纶志，俄闻讣告音。朔风传薤挽，谁不泪沾襟。

钱佖，乾道九年（1173）为从政郎、温州录事参军。钱佖的《挽薛艮斋》称薛季宣“渊源汉贾生”：

蚤悟传心学，精微造本原。读书残万卷，落笔动千言。孤邑验英略，流民感至恩。颜亡虽可痛，自有不亡存。

伟矣万人杰，精神运五兵。议屯谋甚婉，料敌智尤明。谨厚唐刘氏，渊源汉贾生。斯文嗟遽丧，哀挽泪纵横。

陈傅良师从薛季宣，追随得紧，甚至跟随至常州，筑室于滆湖之上，“茅茨一间，聚书千余卷，日考古咨今其中”。陈傅良在《右奉议郎新权发遣常州借紫薛公行状》中对薛季宣推崇备至：“公自六经之外，历代史、天官、地理、兵刑、农末，至于隐书、小说，靡不搜研采获，不以百氏故废。尤邃于古封建、井田、乡遂、司马之制，务通于今。”

吴子良、楼钥则将陈傅良作为薛季宣的学术承继人进行评说。吴子良说：“从薛常州讲经制之学，其后止斋文学日进。”楼钥说：“中兴以来，言理性之学者宗永嘉，惟薛氏后出，加以考订千载，自井田、王制、司马法、八阵图之属，该通委曲，真可施之实用。……公（指陈傅良）游从最久，造诣最深，以之研精经史，贯穿百氏，以斯文为己任，综理当世之务，考核旧闻，于治道可以兴滞补敝，复古至道，条画本末，粲如也。”

周去非《岭外代答》的地方志属性

周去非（1135—1189），字直夫，永嘉学派创始人之一周行己的族孙。周去非于孝宗隆兴元年（1163）中进士，乾道八年（1172）前往南海之滨的广西钦州担任教授。教授是宋代地方官学中的职务，除了传道授业，还要参与地方文化活动，甚至直接管理地方政务，是当地社会中具有重要地位的人物。此后他历任桂林尉、静江府通判，官终绍兴府通判。

周去非留下的诗歌不多，但其所著的《岭外代答》一直留传至今，是当今研究海上丝绸之路的珍贵史料。《岭外代答》是他在广西钦州任教授期间，通过船舶上的商贾或译者之口收录的边疆资料，不仅是亲历、亲见、亲闻的重要史料，且写法上大有地方志的属性。

张栻高足　范成大诗友

周去非在岭外任职时间长，那里地处偏远，他与友人之间的来往诗文保存较少，但在《岭外代答》和他人的诗文中可寻找出周去非的一些行迹来。其中他与张栻的交往尤为重要。

张栻（1133—1180），字敬夫，又字乐斋，世称“南轩先生”，汉州绵竹人，南宋名相张浚之子。他是南宋大学者、教育家，与朱熹、吕祖谦齐名，时称“东南三贤”。乾道初，张栻主教岳麓书院，讲公私义利之辨。他对朱熹影响很大，也与薛季宣、陈傅良、叶适等永嘉学者交往密切。主要著作有《论语解》《孟子说》《南轩集》等。

张栻于淳熙二年（1175）二月知静江府（今广西桂林）兼经略安抚广南西路。因岳飞三子钦州知府岳霖聘，周去非第二次任钦州教授。张栻《钦州学记》记载说：“安阳岳侯霖为钦州之明年，政通人和，乃经理其州学……又明年，其学之教授周去非秩满道桂，复以侯意来请。”

张栻在静江任职期间，周去非得以向其求学。据史料载，周去非是“张南轩高弟”，“学于南轩，常从之桂林”。可见，周去非与张栻不仅有同事之谊，还有师生之谊，虽然他们之间只相差两岁。

淳熙五年（1178），张栻自静江府离任，十月周去非写成《岭外代答》。周去非在广西六年后东归，于浙东任绍兴府通判，他在广西最大的收获就是写下《岭外代答》。

周去非留下的诗可查到的只有一首《怀巘巘》。此诗作于什么时候，有何背景，已无可考，只是其中对山峦景观的描写，似有怀旧之意：

白云近空山，清风动修竹。竹间何所有，曲涧声谷谷。山迴何可穷，万里来悬瀑。昔有君子庐，清标谢王屋。北山兹正高，邦君见良烛。吾党讵敢忘，封植此佳木。

范成大有一首《送周直夫教授归永嘉》，写于乾道九年（1173），即范成大至静江“履新”初期。时周去非自钦州教授任告假回永嘉“丁忧”，范成大作诗相送。诗中的“知心海内向来少”，道出了他们的宦游交情：

青灯相对话儒酸，老去羁游自鲜欢。昨夜榕溪三寸雨，今

白雲近山谷清風動脩竹竹間何所有曲
澗聲若谷山迴何可窮萬里來懸瀑
昔有君子廬清標謝王屋北山兹正高
邦君見良燭吾黨詎敢忘封植此佳木

右為南宋周去非懷歔歆詩
東嘉修志人張巖和書

周去非存詩僅此一首在任桂林尉時
曾收錄嶺外制度方物著嶺外代答一書

朝桂岭十分寒。知心海内向来少，解手天涯良独难。一笑不须论聚散，少焉吾亦跨归鞍。

回永嘉没多久，周去非二度到广西，任静江府所属古县县尉，成为静江府知府范成大的幕僚。范成大作有《陈仲思陈席珍李静翁周直夫郑梦授追路过大通相送至罗江分袂留诗为别》，是送别五位宦友的。诗中将五人评点一遍，“周子隽拔俗”，说的就是周去非。诗中情感浓郁，惜别伤离：

相送不忍别，更行一程路。情知不可留，犹胜轻别去。二陈拱连璧，仙李瑚琏具。周子隽拔俗，郑子秀风度。嗟我与五君，曩如栖鸟聚。偶投一林宿，飘摇共风雨。明发各飞散，后会渺何处？栖鸟固无情，我辈岂漫与？班荆一炊顷，听此昆弟语。把酒不能觞，有泪若儿女。修程各著鞭，慷慨中夜舞。功名在公等，癯儒老农圃。

精确的地理文献典籍

《岭外代答》所记述地域属于今广西、广东，与范成大《桂海虞衡志》，明代徐霞客《粤西游记》、张鸣凤《桂胜》《桂故》，清代赵翼《粤滇杂记》、李调元《粤风》、吴震方《岭南杂记》等同属两广地区的重要文献典籍。此书设置“地理门”“外国门”“风土门”“法制门”“财计门”“器用门”“服用门”“食用门”“乐器门”“古迹门”“蛮俗门”“志异门”等，分门别类地描述了当地的风俗民情、民族习性、文物古迹、人文地理、物用特产等内容，甚至还记载边境跨地域、跨境、跨文化的异域风貌风情，综合反映出粤西和广西地区历史文化的整体状况。后来学者利用周去非的著作进行学科综合研究，成为桂学跨学科研究的重要门类。

《岭外代答》有相当部分的内容属于地记类，如《五岭》指出了“五岭”并不是山名：

自秦世有五岭之说，皆指山名之。考之，乃入岭之途五耳，非必山也。自福建之汀，入广东之循、梅，一也；自江西之南安，逾大庾入南雄，二也；自湖南之郴入连，三也；自道入广西之贺，四也；自全入静江，五也。乃若漳、潮一路，非古入岭之驿，不当备五岭之数。桂林城北二里，有一丘，高数尺，植碑其上曰“桂岭”。及访其实，乃贺州实有桂岭县，正为入岭之驿。全、桂之间，皆是平陆，初无所谓岭者，正秦汉用师南越所由之道。桂岭当在临贺，而全、桂之间，实五岭之一途也。

如《天分遥》解释一折为“遥”，以此来说明“遥”的来历，今人一读，方知“遥远”另有释义：

钦江南入海，凡七十二折。南人谓水一折为遥，故有七十二遥之名。七十二遥中，有水分为二川。其一，西南入交阯海。其一，东南入琼廉海。名曰天分遥。人云，五州昔与交阯定界于此，言若天分然也。今交阯于天分遥已自占，又于境界数百余里吴婆灶之东以立界标，而采捕其下，钦人舟楫少至焉。

《岭外代答》中也记载一个“天涯海角”，是天涯亭与海角亭的组合：

钦州有天涯亭，廉州有海角亭，二郡盖南辕穷途也。钦远于廉，则天崖之名，甚于海角之可悲矣。斯亭并城之东，地势颇高。下临大江，可以观览。昔余襄公守钦，为直钩轩于亭之东偏，即江滨之三石，命曰钓石、醉石、卧石。富为吟咏，载在篇什。

在温州民间有“初一十五两头潮”之说，即初一、十五每天都有两次潮涨，而《岭外代答》则指出那边的海水每天只有一次潮：

江浙之潮，自有定候，钦廉则朔望大潮，谓之先水，日止一潮。二弦小潮，谓之子水，顷刻竟落，未尝再长。琼海之潮，半月东流，半月西流。潮之大小，随长短星，初不系月之盛衰，岂不异哉！

大秦国，东汉以后屡见于史籍，或指罗马帝国，或指东罗马，或指小亚细亚、叙利亚等地，而《岭外代答·外国门》所言大秦国，就地望言，惟突厥人所建之加兹尼王朝，足以当之。周去非这段文字记得朴实，没有太多的文字装饰，如同现代人的地理采访日记，通俗亦可信：

大秦国者，西天诸国之都会，大食蕃商所萃之地也。其王号麻啰弗。以帛织出金字缠头，所坐之物，则织以丝罽。有城郭居民。王所居舍，以石灰代瓦，多设帘帏，四围开七门，置守者各三十人。有他国进贡者，拜于阶陛之下，祝寿而退。屋下开地道至礼拜堂一里许，王少出，惟诵经礼佛，遇七日即由地道往礼拜堂拜佛，从者五十人。国人罕识王面，若出游骑马，打三檐青伞，马头项皆饰以金玉珠宝。递年，大食国王号素丹遣人进贡。如国内有警，即令大食措置兵甲，前来抚定。所食之物，多饭饼肉，不饮酒，用金银器，以匙挑之。食已，即以金盘贮水濯手。土产琉璃、珊瑚、生金、花锦、缦布、红马脑、真珠。天竺国其属也。国有圣水，能止风涛，若海扬波，以琉璃瓶盛水洒之，即止。

政事与风情并举

周去非在《岭外代答·财计门》的《广右漕计》中记录了当时的税政，并称许了张栻的民本思想：

厥后张南轩为帅，乃请于朝，以三分盐息予诸州，而免诸州民户苗米每一石取二斗之耗。后以诸郡实卖数奏请，其额稍减。

周去非的采访记录详尽，可以看出当时边境外贸的盛况。如《波斯国》：

西南海上波斯国，其人肌理甚黑，鬓发皆拳，两手钤以金串，缦身以青花布。无城郭。其王早朝，以虎皮蒙杌，叠足坐，群下礼拜。出则乘软兜或骑象，从者百余人，执剑呵护。食饼肉饭，盛以瓷器，掬而啖之。

关于瑶族的得名，现在的广西地方志多引用《岭外代答》的说法，这也是《岭外代答》的价值所在：

瑶人者，言其执傜役于中国也。静江府五县与瑶人接境，曰兴安、灵川、临桂、义宁、古县。瑶人聚落不一，最强者曰罗曼瑶人、麻园瑶人。其余曰黄沙，曰甲石，曰岭屯，曰褒江，曰赠脚，曰黄村，曰赤水，曰蓝思，曰巾江，曰竦江，曰定花，曰冷石坑，曰白面，曰黄意，曰大利，曰小平，曰滩头，曰丹江，曰麽江，曰闪江，曰把界。山谷弥远，瑶人弥多，尽隶于义宁县桑江寨。瑶人椎髻临额，跣足带械，或袒裸，或鹑结，或斑布袍袴，或白布巾。其酋则青巾紫袍。妇人上衫下裙，斑斓勃窣，惟其上衣斑文极细，俗所尚也。地皆高山，而所产乃辎重，欲运致之，不可肩荷，则为大囊贮物，以皮为大带挽之于额，而负之于背，虽大木石亦负于背。瑶人耕山为生，以粟、豆、芋魁充粮。其稻田无几，年丰则安居巢穴，一或饥馑，则四出扰攘。土产杉板、滑石、蜜蜡、零陵香、燕脂木。静江五县沿边，唯兴安、义宁县官，任满有边赏。

在军事方面，周去非还记录了边境上的土丁保丁制度，而这种制度有召之即来，来之能战，全民皆兵的好处。“素教其民，一旦有警，则百万之师，可以遽集”，周去非记录的是边疆兵制的珍贵史料：

自侬智高平，朝廷联一路之民以为兵，户满五丁者，以一为土丁；二丁者以一为保丁。熙宁六年，诏依河北义勇例，修立条制如禁军，置都虞候以下六阶以隶之。因其民之资序，而为之阶级，专属经略司调发。其保丁则隶于州县，而以保正统之。八年，广西诸司乞以土丁教阅，今保丁亦教阅也。每岁农隙，会土、保丁，越州若县，教以坐作进退号令旗鼓之法，一季而罢。立法之意，盖以广民凋弱，人无固志，若素教其民，一旦有警，则百万之师，可以遽集。今乃州县私役于教阅之余，浸失初意，然有不可不役者。广西城壁，皆以土为周，覆以屋。一岁不葺，多致腐压。为郡将者，先尽教阅之道，以体立法之意，乃约城屋当用之工，分部竭作，不容私役。旬月集事，即日散之，民亦乐从，而不以为劳矣。

民俗、物产、工艺记周详

民俗是地方志中最主要的内容之一，古志中亦称“风俗门”“风俗篇”“风土记”等。《岭外代答》可以说是我国成书较早、又较为详尽的民俗志，其篇幅之大，叙述之详，域事明确，史料丰富，更是我国一部保存完整的风土专志。

周去非对于民俗记录得很详细。如《斗鸡》记载了番禺人好斗鸡的习俗：

番禺人酷好斗鸡，诸番人尤甚。鸡之产番禺者，特鸷劲善斗。其人饲养亦甚有法，斗打之际，各有术数，注以黄金，观如堵墙也。

凡鸡，毛欲疏而短，头欲竖而小，足欲直而大，身欲竦而长，目欲深而皮厚，徐步眈视，毅不妄动，望之如木鸡，如此者每斗必胜。

人之养鸡也，结草为墩，使立其上，则足尝定而不倾；置米高于其头，使耸膺高啄，则头常竖而嘴利；割截冠矮，使敌鸡无所施其嘴；剪刷尾羽，使临斗易以盘旋。常以翎毛搅入鸡喉，以去其涎，而掬米饲之。或以水噀两腋。调饲一一有法。

至其斗也，必令死斗。胜负一分，死生即异。盖斗负则丧气，终身不复能斗，即为鼎食矣。然常胜之鸡，亦必早衰，以其每斗屡滨死也。

斗鸡之法，约为三间。始斗少顷，此鸡失利，其主抱鸡少休，去涎饮水以养其气，是为一间。再斗而彼鸡失利，彼主亦抱鸡少休，如前养气而复斗，又为一间。最后一间，两主皆不得与，二鸡之胜负生死决矣。

鸡始斗，奋击用距。少倦则盘旋相啄，一啄得所，嘴牢不舍，副之以距，能多如是者，必胜。其主喜见于色。番人之斗鸡，乃又甚焉，所谓芥肩、金距真用之。其芥肩也，末芥子糁于鸡之肩腋，两鸡半斗而倦，盘旋伺便，互刺头腋下，翻身相啄，以有芥子能眯敌鸡之目，故用以取胜。其金距也，薄刃如爪，凿柄于鸡距，奋击之始，一挥距或至断头。盖金距取胜于其始，芥肩取胜于其终，季孙于此，能无怒耶？小人好胜，为此凶毒，使微物不得生，自三代已然！

此书重点记述的是广西世代的风情习俗，但还记有南海诸国与麻嘉（今麦加）国、白达（今巴格达）国、勿斯离（今埃及）国、木兰皮（穆拉比特王朝，中心区在今摩洛哥）国等国家和地区的风情。其中“麻嘉国”条记曰：

此是佛麻霞勿出世之处，有佛所居方丈，以五色玉结甃成墙屋。每岁遇佛忌辰，大食诸国王，皆遣人持宝贝金银施舍，以锦绮盖其方丈。每年诸国前来就方丈礼拜，并他国官豪，不拘万里，皆至瞻礼。方丈后有佛墓，日夜常见霞光。人近不得，往往皆合眼走过。

此条记得真切，实为中国人对千年前麦加城及伊斯兰教朝觐盛况的文字记录。

又，周去非对木兰皮国有如下记载：

所产极异，麦粒长二寸，瓜围六尺，米麦窖地数十年不坏，产胡羊高数尺，尾大如扇，春剖腹取脂数十斤，再缝而活，不取则羊以肥死。

这些条目，在今天读来，趣味十足，并有科教价值。

《岭外代答》中对有特色的、中原地区没有的事物记得较多。如“緂”，其实就是丝绒织成的锦，后来人称这为“土锦”。周去非记曰：

邕州左、右江峒蛮，有织白緂，广幅大缕，似中都（指京城）之线罗，而佳丽厚重，诚南方之上服也。

我国幅员辽阔，由于当时广西的闭塞，用布与当时的杭温一带也有差异。古代将葛、麻等质料织成的较为粗劣的纺织物称为布，而上等的称为锦。周去非将“以稻穰心烧灰煮布缕，而以滑石粉膏之，行梭滑而布以紧”的工艺也记得清楚：

广西触处富有苎麻，触处善织布。柳布、象布，商人贸迁而闻于四方者也。静江府古县民间织布，系轴于腰而织之，其欲他干，则轴而行。意其必疏数不均，且甚慢矣。及买以日用，乃复甚佳，视他布最耐久，但其幅狭耳。原其所以然，盖以稻穰心烧灰煮布缕，而以滑石粉膏之，行梭滑而布以紧也。

《岭外代答》中记录的瑶斑布，类似于现在留存的古法蓝夹缬。宋代以后，此工艺在中原逐渐衰落失传，而转向南方的民族地区。这门染布方式至今在温州的苍南、平阳等地的畲族地区保存着，并升级为非物质文化遗产进行保护：

瑶人以蓝染布为斑，其纹极细。其法以木板二片，镂成细花，用以夹布，而镕蜡灌于镂中，而后乃释板取布，投诸蓝中。布既受蓝，则煮布以去其蜡，故能受成极细斑花，炳然可观。故夫染斑之法，莫瑶人若也。

安南绢，是周去非笔下的丝织品。此条与《诸蕃志》海南条相同，所记的是黎人居住的地区：

安南使者至钦，太守用妓乐宴之，亦有赠于诸妓，人以绢一匹。绢粗如细网，而蒙之以绵。交人所自著衣裳，皆密绢也。不知安南如网之绢，何所用也。余闻蛮人得中国红绝子，皆折取色丝而自以织衫，此绢正宜折取其丝耳。

吉贝，指木棉花，有草、木二种。《新唐书·南蛮传》记载："古（应为吉）贝，草也，缉其花为布。"《代答》本条是指草本，即今天的棉花：

吉具木如低小桑，枝萼类芙蓉，花之心叶皆细茸，絮长半寸许，宛如柳绵，有黑子数十。南人取其茸絮，以铁筋碾去其子，即以手握茸就纺，不烦缉绩。以之为布，最为坚善。唐史以为古贝，又以为草属。顾古、吉字讹，草、木物异，不知别有草生之古贝，非木生之吉贝耶？将微木似草，字画以疑传疑耶？雷、化、廉州及南海黎峒富有，以代丝纻。雷、化、廉州有织匹，幅长阔而洁白细密者，名曰慢吉贝；狭幅粗疏而色暗者，名曰粗吉贝。有绝细而轻软洁白，服之且耐久者。海南所织，则多品矣：幅极阔，不成端匹，联二幅可为卧单，名曰黎单；间以五采，异纹炳然，联四幅可以为幕者，名曰黎饰；五色鲜明，可以盖文书几案者，名曰鞍搭；其长者，黎人用以缭腰。南诏所织尤精好。白色者，朝霞也；国王服白氎，王妻服朝霞；唐史所谓白氎吉具、朝霞吉贝是也。

周去非如此细心记述棉花，可见当时的杭温一带没有棉花种植，甚至没人见过，属于引进的物种。虽然其中所记的是现在很普通的棉花，但各地的使用不同，有品质等级的区分，也是珍贵的考证史料。

特殊地域的“三亲”史料

宋时海外贸易迅速兴起，海外商人和周边诸国来华贸易或朝贡的人数大为增加。周去非的任职地靠近海外世界，中外交往密切，这给了他了解世界的机会。然而此时国人对海外的认知仍旧贫乏。强烈的使命感刺激着周去非去撰写描述海外世界的书。《岭外代答》代表了华夏本土士人对海外世界的认识，也是周去非以亲闻、亲见、亲历的“三亲”口吻记录的珍贵史料。

周去非在《岭外代答》中记录了四十多个国名，记述了二十余国的位置、国情与通达线路。其中涵盖的地域，北起安南，南至阇婆（今爪哇），东至女人国（在今印尼东），西出印度洋、红海、地中海沿岸而达木兰皮（今摩洛哥），涉地甚为广远，且无抄袭前人之迹，不能不叹为奇迹。

《航海外夷》是周去非记述的对外开拓贸易之事。宋代于浙、广、福建三路置提举市舶司，“掌蕃货海舶征榷贸易之事”，福建置于泉州，广南置于广州，“两浙市舶乃分建于五所”。长官称之为“提举”,《诸蕃志》的作者赵汝适就曾担任此职。可见当时朝廷重视海外贸易，相关机构日益健全。《岭外代答》记曰:

今天下沿海州郡，自东北而西南，其行至钦州止矣。沿海州郡，类有市舶。国家绥怀外夷，于泉、广二州置提举市舶司，故凡蕃商急难之欲赴诉者，必提举司也。岁十月，提举司大设蕃商而遣之。其来也，当夏至之后，提举司征其商而覆护焉。诸蕃国之富盛多宝货者，莫如大食国，其次阇婆国，其次三佛齐国，其次乃诸国耳。三佛齐者，诸国海道往来之要冲也。三佛齐之来也，正北行，舟历上下竺与交洋，乃至中国之境。其欲至广者，入自屯门。欲至泉州者，入自甲子门。阇婆之来也，稍西北行，舟过十二子石而与三佛齐海道合于竺屿之下。大食国之来也，以小舟运而南行，至故临国易大舟而东行，至三佛齐国乃复如三佛齐之入中国。其他占城、真腊之属，皆近在交阯洋之南，远不及三佛齐国、阇婆之半，而三佛齐、阇婆又不及大食国之半也。诸蕃国之入中国，一岁可以往返，唯大食必二年而后可。大抵蕃舶风便而行，一日千里，一遇朔风，为祸不测。幸舶于吾境，犹有保甲之法，苟泊外国，则人货俱没。若夫默伽国、勿斯里等国，其远也，不知其几万里矣。

《岭外代答》对华夏文明向南推移是有历史性贡献的。周去非在《西天诸国》中记述了我国边陲地区与诸国的联系，是研究广西等边地发展和地名演变的一手资料:

西方诸国，大率冠以“西天”之名，凡数百国。最著名者王舍城、天竺国、中印度。盖佛氏所生，故其名重也。传闻其地之东，有黑水、淤河、大海，越之而东，则西域、吐蕃、大理、交阯之境也。其地之西，有东大食海，越之而西，则大食诸国也。其地之南，有洲名曰细兰国（指锡兰），其海亦曰细兰海。昔张骞使大夏，闻身毒国在大夏东南一千里。余闻自大理国至王舍城，亦不过四十程。案贾耽《皇华四达记》云："自安南通天竺。"又达摩之来，浮海至番禺，此海道可通之明验也。

周去非在广西任职六年之久，其间两次担任钦州教授，还自愿任官位较低的静江府属县尉，就是为了安下心来做实地调查。"试尉桂林，分教宁越"的经历，让他的收获是"随事笔记，得四百余条"。楼钥说他"曾是半刺，仅得绯鱼"，而周去非舍弃身外声名，不刻意求仕进，用时间磨出了一部风土志。

陈傅良　时务诗与交友诗

陈傅良（1137—1203），字君举，人称“止斋先生”，温州瑞安县帆游乡人，永嘉学派创始人之一。陈傅良与薛季宣、叶适被称为永嘉学派的“三杰”，薛季宣经其始，陈傅良纬其终，叶适集其大成，共同让永嘉学派迎来兴盛时期。

桂阳劝农　记述雨耨风耕

陈傅良具有学者、官员的双重身份，诗中多方面反映了他所处的南宋社会时势、温州经济民风、温州任宦人文。其诗虽不直接表达政治观点，却能在情感勾连、艺术折射中将之反映出来。

陈傅良写过两首劝农诗，像是他的工作记录。古代中国以农耕经济为主，地方官员普遍重视农业。第一首是《桂阳劝农》：

雨耨风耕病汝多，谁将一一手摩挲。幸因奉令来循垄，恨不分劳去荷蓑。凉德未知年熟不，微官其奈月椿何。殷勤父老曾无补，待放腰镰与醉歌。

陈傅良时任桂阳军知军。军是宋代兼有军事职能的地方行政机构，桂阳军治所在今湖南省桂阳县。陈傅良初治桂阳时，在了解农情基础上，写出了指导农业发展的文章，即《桂阳军劝农文》。当时的桂阳军地域内，土地虽然肥沃而谷物产量不高，农业水平远比两浙落后。陈傅良积极地介绍推广自己家乡温州一带使用的龙骨水车、牛耕、施肥等先进技术，并派员为民户传授，终于使这一带的农作物产量得到提高。诗中“谁将一一手摩挲”“恨不分劳去荷蓑”“微官其奈月椿何”等句，形象地记录了作为知军的陈傅良，手把手地教桂阳农民耕种的场景。

另一首《和徐叔子劝农韵呈留宰》写得更有亲历感。“亲从蓑笠问饥寒”，活现了一位亲民的地方官形象；“身归雨露司存后，诗在山川刻画间”，由时务升华至诗人的浪漫，比风花雪月更有色彩。此诗不同于一般诗人的诗，是重视践行的官员之诗，展现了永嘉学派领军人物的经世务实精神和爱民形象：

亲从蓑笠问饥寒，赴诉人人得犯颜。更向棠阴聊憩麦，要令粒食共鲜艰。身归雨露司存后，诗在山川刻画间。饱饭之余能细和，止斋应有几年闲。

《戊申腊桂阳喜雪》也是陈傅良在桂阳军任上写下的，写的是雪天逸兴，诗中仍有农民和农事。“从今湖外岁无饥”，应是他在当地“劝农”的成果：

月不能明雨却稀，山容野色夜辉辉。清霄下际双琼阙，仙杖前驱万玉妃。亘古岭旁冬不到，从今湖外岁无饥。来年此日吾何适，蓑笠寒江一钓矶。

宋室南渡、中原沦陷，时局始终让陈傅良揪心。他的诗中时时关心恢复故土，每每有体恤民心的心结流露。如《游鼓山》中有“东都今何如，胡马鸣蒿蓬”，《除夜用前韵》中有“中原五十载，胡骑乱禹迹”，《和丁少詹韵》中有“落花流水君愁不，南渡于今六十年”，《和陈仲石韵》中有“王事何时暇，神州半陆沉”。这些诗句都有忧民之意。《除夜用前韵》曰：

又添犬马齿，常恐牛羊夕。牙无数株牢，鬓已太半白。六朝贵人家，珊瑚高数尺。复有陵邑豪，沃壤动连陌。居然燕巢幕，忽矣驹过隙。伊傅亦中寿，至今名赫赫。苍苔卧风雨，曾乏断碑额。中原五十载，胡骑乱禹迹。谁当懒折腰，去学陶彭泽。忧端压不下，中夜歌秀麦。昭代岂无人，腰黄眼前赤。鸿儒筹禁苍，壮士守边场。罢歌且杯酒，浇此怀抱积。柴门剥剥响，已有贺年客。

陈傅良就是回到家乡也还是关心国事，如《题仙岩梅雨潭》中有悬瀑般吼声，“晋宋至今堪屈指，东南如此岂无人”，倾泻了诗人心中郁积已久的怒气：

衮衮群山俱入海，堂堂背水若重闉。怒号悬瀑从天下，杰立苍崖夹道陈。晋宋至今堪屈指，东南如此岂无人。结庐作对吾何敢，聊向樵渔寄此身。

诗中再现古代温州场景

陈傅良诗中有他与南宋温州地方官的交往内容，也有地方史料中没有记载的官员事迹。他与地方官唱和场景，就是南宋温州社会的再现。

陈傅良与曾任温州知州的沈枢交往最密，他写有《沈守生日》：

燕寝凝香不记春，宜休堂下柏轮囷。三吴南渡今多士，四皓东宫此一人。雅不欲书名上上，谩令在处岁陈陈。玉卮宴罢思黄发，应合从头第从臣。

沈枢，字持要，安吉人，南宋淳熙十二年（1185）任温州知州。陈傅良曾作《温州重修南塘记》以颂扬沈枢的治水业绩，沈枢以诗来谢，陈傅良次韵奉酬。这是一首长诗，记述沈枢的行事风范，并称颂他为“天下士”“万夫雄”：

周公作雅颂，退然在豳风。功成贵无迹，名大谤亦丛。彼人自标置，刻画岂不工。君看榛莽间，断碑卧颓墉。想当在世时，拳拳效深衷。胡然今弗省，身后议论公。达人悟物情，玄览昭有融。区区强名我，咨尔来何从。沈公天下士，于今万夫雄。邦人见未尝，誉之口不容。请将氏南楼，语尽意未穷。公诗陈谊高，耻与好事同。年登百废兴，解后吾何功。勇去学休影，倦游谢遗踪。吾方笑征南，双双勒坚玒。一以栖山颠，一以没水中。

另一位曾任温州知州的汪义端，字充之，黟县人，也是陈傅良的诗友。《送郡守汪充之移治严陵》记述了汪义端在温州的功绩，在序中陈傅良说：“方郡小旱，汪祷雨甚急，祷三日而雨至。郡人大喜，是日有改刺之命。”诗中叹息粮食市价“明朝升二十”的民间疾苦，也叹出古代官员“春意平铺无剩少”“应笑江湖华发早”的苦楚。诗中记述的求雨之事，也是古代温州的民俗：

挂梁龙骨经时蛰，井井黄云秋已及。十日不雨民未急，使君日膳长蔬湆。澄空飒飒云雾入，馌妇休眠儿觅笠。村舂化出云子粒，市上明朝升二十。农家语圃商语贾，恒愿使君无疾苦。自今一饭吾腹果，健看将母从箫鼓。冯翊扶风天尺五，见说严陵在何所。诏书夺去万舌吐，九重欲扣君门阻。栖乌护巢驹恋皂，东人自视西人好。那知湛露泞秋草，春意平铺无剩少。有客解事翻然笑，元祐治平诸故老，身要人扶功未了。谁知青丝络马横门道，应笑江湖华发早。

《汪守三以诗来次韵酬之》三首同题同韵，说明汪义端调任后，还接连向陈傅良寄来怀念温州的诗。陈傅良酬谢诗的内容，多是南宋温州社会的真实写照，展示了温州经济的繁荣：

清孙锵鸣　书陈傅良《和沈帅持要张漕季长韵》
温州市图书馆

一年春事堕槐宫，却爱清和与政通。乳燕黄鹂相倡和，落花修竹乱青红。羡君有赋非占服，愧我无才可送穷。细与论文一樽酒，它时还忆暮江东。

江城如在水晶宫，百粤三吴一苇通。桑女不论裘粹白，橘奴堪当粟陈红。弦歌满市衣冠盛，鲒讼无人刀笔穷。多荷弱翁今少霁，更能携客谢岩东。

音合桑林律中宫，试听布鼓亦三通。相从壁水浮葱白，一别闽山擘荔红。把钓扁舟将老去，款门多竹未全穷。若为皂盖能忘我，立尽斜阳车不东。

杨兴宗，字似之，长溪人，曾知温州、严州。在杨兴宗去湖南任提举时，陈傅良作《送杨似之提举湖南》：

昨日有客去分符，今朝有客来揽辔。蕨芽掇尽笋可剧，送客焉知老将至。儒雅风流能有几，南宫先生无乃是。十年不复梦蓬山，万里何为隔湘水。叶公岿然地官贰，颜公领袖天下士。星联郎署尤与何，次第诸公迹连茹。一时台省旧名德，十见班行已三四。可令仆马病崔嵬，独抱兰荪吊憔悴。渔樵混迹山穷处，故故肯临人不记。酒半停杯问须发，夜阑秉烛征文字。多时渴见痛折节，万事要看方得意。先生行矣扈甘泉，请自此心扶大议。

陈傅良诗中也常有传统诗人的伤春悲秋之情，但他并没有琐碎记述，且植入了时务性。如《述怀》：

有客盈门饭不足，有书千卷儿懒读。王公劳问炀争灶，樵牧相忘盗骑屋。古来堪笑如我少，生无一事能恰好。独有居闲可引年，我又不然华发蚤。

此诗趣味十足，以“饭不足”说明文人墨客登门多，用“儿懒读”来说明学问须有人承继。“生无一事能恰好”，心如止水，是止斋的心态。

陈傅良还有许多抒情诗。如《晚春》，虽是借伤春之思纾解心情，诗中却充盈着农事的温度：

莫道春归事已非，水边天际绿成围。隔篱听得农家语，雨过田田麦含肥。

陈傅良诗中有思理，议论中或显高深，诗思中或通物理，如“百年又是梅花发，万事何如荔子红”。《海棠绝句》曰：

淡月看花似雾中，遽呼灯烛倚花丛。夜来月色明如昼，却向庭芜数落红。

《题观潮阁》属于景观诗，气势恢宏，以广阔的视野去俯瞰自然，万象俱在笔下；议论人物，颇得高远之致：

俯拾沧溟大，衡陈苍莽多。闽山飞鸟没，吴会一帆过。消长看沙尾，行藏问钓蓑。登临有如此，人物付谁何。

观潮阁旧时在瑞安，叶适《瑞安县重建厅事记》说：“郭西有观潮阁遗址，平视海门，众山葱茏，鱼龙变怪，为一县奇特。”观潮阁今已不存，此诗既留下了可资考证的文字，也是温州学者描绘山水的典型。

止斋书院事　多在诗中见

办书院，培养学生，是陈傅良平生最主要的事业。尤其是在陈傅良晚年归省创办止斋书院之后，对地方教育和学术研究的贡献最大。此时的他，讲学带学生，著述度余生。他在《病余久不趋郡且迁仙岩书院于屋西有怀同志》中写道：

欲往如天际，相期忽岁华。山空明独树，江晚暗连葭。作屋皆三益，藏书可万家。岂无人裹饭，躬自灌园芽。

陈傅良于乾道三年（1167）左右离开城南茶院前往瑞安

仙岩带弟子聚课，这是他由以科举授课为主变为以著述治学为主的华丽转身。薛季宣说："君举已罢茶院之会，见与其徒一二十辈聚课仙岩。尝与之言，似乎成己工夫全未著力。勉之甚相领略，此亦乐事，但未知向去如何尔？"不以科举为目的书院，在当时是会受冷落的。仙岩开书院，比之先前在城南茶院，学生人数只有十分之一，陈傅良对此有这样记述：

余在城南时，群居累数百，及屏仙岩之阳，至者盖十一，而安之实先。越数年，寓会稽之石氏藏书房，至者盖百一，而安之又先。明年繇太学还，过越，安之犹栖然冻馁逆旅以俟。将行天台，则安之荣书僦仆矣。……比至天台，安之已蹙容，俯立户外以请。由是，不以涉事物毫秒分志，而趋于学。余师友虽在数百里外，必往依事。诸公见安之，咸曰："佳士，佳士。"

到了淳熙十一年（1184）陈傅良在家待阙时，又恢复了仙岩书院，帮助他具体经营的，是林渊叔等弟子："懿仲诸友已决谋迁书院于先人垅下，以为来岁过从之地，入春便下手，春暮当奉约矣。"陈傅良又说："近诸友为迁仙岩书塾于屋西偏，今未就工。后月足以奉盍簪之欢……冬间肯来同社，幸甚。"

陈傅良对跟随他进行研学的门人很是感激，他们亦师亦友。在《和林懿仲喜雪韵》中陈傅良写道"忍待明年饱，欣及吾事隙"，说明在仙岩办书院的生活十分清贫：

常旸厥咎何，君相疚朝夕。愧莫慰群黎，凄其望三白。是心与天通，昨夜平地尺。蓑笠在东阡，耰耡在西陌。忍待明年饱，欣及吾事隙。海宇正无尘，草木亦焕赫。遥知紫宸朝，千官手加额。温纶粲龙光，贺牍交马迹。衔枚悬瓠城，仗节居延泽。独拥蓝关马，共饭滹沱麦。更顾吾君相，对此念忠赤。当今挟纩温，恩意到疆埸。有士如有年，要岂旦日积。袁安自甘寝，扫轨无过客。

陈傅良在给学生的书信中强调做学问须“聚课”，他说：“非一二面剖，难以笔舌尽也。”“何当合并，共讲其指。”“访我仙岩之下，何啻百纸相暖耶?”仙岩聚课是以研究为方向，仙岩治学是以师生协作出成果为目的。

仙岩时期的陈傅良体弱多病，感到缺少帮手：“著书最关心，病怀益觉要紧，所恨无朋友共成之，奈何奈何！”特别是他曾有心写成一部研究《史记》的著作，但终究未成：“千五百年之间，此书湮晦。正赖吾党自开只眼，不惑于纷纷之论。谨勿容易，便生疑薄也。老矣，不能自白于后世。常欲落笔，少发所自识破者，为前哲出气，因循未果。”

此外，多首诗中反映了陈傅良在仙岩时的拮据状况，此时他已经感受到做文章事业很难。如《庚子除夜有怀》中有这样长长的叹息：

老益自酌共谁歌，叹息其如此夜何。已觉二毛嗔妇问，可堪一饭患儿多。关河满眼风尘在，天地藏身岁月过。事业文章吾所畏，东阳人亦卧岩阿。

长期追随陈傅良的弟子对他的帮助是很大的，其中以林渊叔为最。陈傅良说：“懿仲（林渊叔）自城南书社从余学，或之他，则亦僦旁舍不去。后二十余年，非余宦游时不可相就，必其有故不能相就也。间尝虚所居室东偏江月楼之下，集其畴人，以待余卒业。”也就是说，除了陈傅良在外做官不便投奔，其他时间林渊叔始终追随，目的是完成学业。完成学业后的林渊叔，还是继续追随陈傅良的讲学事业：“吾州俗尊重师友，前一辈尽，学绪几坠；比懿仲二三子修故事，后一辈趋和之，而复知有师。待星子主簿阙，即不专习举子一经，日自为程，以若干晷课某经，又若干晷课某史，而后诵《楚词》、晋宋间人诗。”

陈傅良《次德修仙岩韵》应是仙岩时期他的著述与交友的写照：

我家仙岩人迹稀，客从何来此何时。岷山之阳适海峤，万里欲写心精微。瀑泉自雨一丘壑，有龙蛰不随群飞。病樵弛檐渴猿喜，虽未作霖良已奇。吾闻岷山天与齐，仰止不见如调饥。君登绝顶小天下，此纵有山安足嬉。翩然肯过非所期，此道辽阔车谁脂。愿言税驾毋遄归，为我更赋崧高诗。

木待问　场屋能摛锦绣文

“少年才气已超群，场屋能摛锦绣文。糠秕在前真有愧，春风得意岂如君。”这是南宋温州籍状元王十朋写给同为温州籍状元的木待问的诗，王十朋是高宗绍兴二十七年（1157）丁丑科状元，木待问是孝宗隆兴元年（1163）癸未科状元。清人梁章钜在《浪迹续谈》中说：“温州科目，南宋时最盛，有一年出身至数十人者，其兄弟同科，祖孙父子接迹，如永嘉吴氏者，不可枚举。状元得五人：绍兴丁丑乐清王十朋、隆兴癸未永嘉木待问、嘉定辛未永嘉赵建大、嘉熙戊戌平阳周坦、淳祐辛丑平阳徐俨夫。”由此可见南宋温州举业之盛。

木待问（1140—1212），字蕴之，号抱经居士，温州人。他是著名学者郑伯熊的学生，又是大学者洪遵（或说洪迈）的女婿。历知吉州（今江西吉安）、宁国府（今安徽宣城）、福州、湖州、婺州（今浙江金华），累官礼部尚书。他长于诗书，交往广泛，与杨万里、楼钥、王十朋、黄府、甄龙友等人相交，可惜其诗作仅存数首。

瑞云自古呈瑞色

木待问与王十朋相似，诗文特点都是比较宫廷化。如《谢和越王诰赋荣庆堂韵》，冠冕堂皇，有庙堂之气：

圣明天子高三皇，耆儒密侍熏天香。迩英日日御赭床，谟训勤诵披云章。自惭载笔陪班行，讫篇锡赉超异常。可庆之语荣可傍，青宫妙墨标中堂。镵碑侈赐昭八方，帝师下顾衡蓬光。龙阶驺哄喧京坊，锦囊杰句畀杨王。珠玑袖出亲传觞，一门趋走如群羊。前瞻几写黼绣裳，抚摩诸子容温庄。相期事业为忠良，戒之力学无荒唐。俾尔后业久且长，此思溟海难等量。

木待问写家乡的诗不多，如《瀑布》是写雁荡山瀑布的：

悬崖滴流留瀑泉，岩下斜阳罅里天。醉坐此中寒欲栗，却消酒力阿谁边。

《游瑞云山赋诗》是木待问的应酬诗。瑞云山，在莆田市涵江区大洋乡境内，横亘在莆田市与永泰县中间。据载，“有云覆其巅即雨，村农遇旱往往瞻此为兆，因以‘瑞云’名之”，说的是这里曾为求雨灵验之地：

闻道七闽邹鲁风，凤公麟祖笑英雄。瑞云自古呈瑞色，一气光芒显德中。

《郊寺》是一首风光诗，李白有“盛气光引炉烟，素草寒生玉佩”，木待问将其化入诗中：

红委墙阴花寂寂，翠滋亭角草纤纤。风翻书叶常交案，雨压炉烟不过帘。

木待问是状元出身，又官至焕章阁待制、礼部尚书，曾掌词命文字，其行文十分规范。如《周必大转通奉大夫制》是木待问担任中书舍人时为朝廷起草的外制，从中能看出其文雄深雅健的风格：

周必大，学根于六艺，文继于两京。以渊乎似道之资，抗卓尔不群之志。遍仪橐徒，嘉谋嘉猷之备闻；亚践政涂，立政立事之无阙。克究经纶之蕴，蔚为廊庙之华。朕述神庙之丕彝，迄献陵之盛际。敷求隽乂，衰次章程。仰观俯察之具陈，大纲小纪之咸载，凡诏厥后，毕志于篇。圣继圣明继明，既全灏噩之体；笔则笔削则削，允资润色之工。兹第赏于劳能，顷实多于论辑。庸超公秩，并衍户畲。萃厥宠章，光其汗简。噫！建八书而广十志，有嘉传信之功；熙庶绩而厘百工，尚赖同寅之助。往祇明训，益懋远图。

木待问还为江心屿兴建罗汉殿一事而作《建罗汉殿疏》，为江心屿留下了一段珍贵的文字遗存：

一水环流，双峰屹立。实境胜地灵之所，乃龙游凤舞之方。昔真歇创成丛林，三十年俄惊一变；今寂光荐兴梵刹，余千日将就全功。唯一乘真诰，尚尔蒙尘；顾四果真人，未归宿地。钦闻乐国，特遣化人，求隆栋之十围，建大厦之百尺。玉枢电绕，春回万仞遍檀林；金锡云开，日有诸天散花雨。愿垂重诺，就此洪因。为江山千载之奇观，资见闻多生之善种。

愁不在离愁在忆

木待问不擅长写田园诗，但对于描写社会环境、平民生活、时代背景的诗歌，却能轻松驾驭。《忍贫》是木待问感慨人生际遇之作。他回乡待阙期间，因“火焚其庐，生事垂罄”，便作诗哀叹忍贫之痛，并以陆龟蒙的耕读生活劝慰自己：

忍贫如忍炙，痛定疾良已。余子爱一饱，美疹不知死。步兵哭穷途，文公谢五鬼。百世贤哲心，可复置忧喜。诵经作饥面，伟哉天随子。九原信可作，我合耕甫里。

《千里思》是一首浓浓的思乡曲，朗朗上口，情意真切，其中“灯前独坐制君衣，泪湿剪刀裁不得”，比起寻常的离愁诗句，更能打动人：

君行千里轻所历，妾驰千里心匪石。春房酌酒意匆匆，愁不在离愁在忆。鸳鸯瓦上昏无色，鹦鹉杯中尘更积。灯前独坐制君衣，泪湿剪刀裁不得。

又如《火后寄诠老》，是木待问在家遭火灾后写下的诗，读来有点悲怆：

搀枪堕九霄，列缺乱阡陌。西城若黔庐，东墟已堆甓。幽栖仅容膝，隐市意自适。天公不我相，同此编户厄。平生一丘壑，未信天地窄。终焉感穷途，万虑集中夕。载观宇宙内，在在等公宅。鄙夫六尺躯，俯仰叹逼仄。炙手事当路，快意已烂额。野子今兀然，乘除付陈迹。此身亦何有，而复身外惑。相逢肯分山，试面九年壁。

邦国之光　乡闾之庆

温州历史上出过七名文状元，有六位出在宋代，木待问是其中第三位。状元王十朋与木待问乡谊深厚，他赞许木待问“蔚为邦国之光，奚止乡闾之庆”。王十朋写有《木蕴之即席和文字韵诗酬以二绝》：

少年才气已超群，场屋能摛锦绣文。糠粃在前真有愧，春风得意岂如君。

回头遥念荡中群，把酒欣论坐上文。臭味聊将比兄弟，大

少年才氣已超羣場屋頻
摘錦繡文饒秕在前真有愧
春風得意豈如君
回頭遙念蕩中群把酒欣論
坐上文其誰聊將比兄弟大馮
君與小馮君
王十朋詩木蘊之即席酬以二絕 毅和

书王十朋《木蕴之即席和文字韵诗酬以二绝》

冯君和小冯君。

楼钥是南宋大臣、文学家，曾官温州教授、知州。《木蕴之国博迁居》一诗，或有劝慰之意，因为状元郎当时境遇不佳，借住人屋：

寄斋今日又迁居，门巷相过五尺余。王子何妨借人屋，渊明不必造吾庐。大千眼里无非奇，三十乘中皆是书。祀灶卜邻无用尔，只今天上有锋车。

楼钥又以此题作了一首五律：

名大人称屈，心闲我自余。言诗今子贡，作赋古玄虚。凤沼定平进，鸥盟殊未疏。潭潭府中去，只作寄斋居。

甄龙友，绍兴二十四年（1154）进士，官国子监簿。《南乡子·寿木状元》是他为木待问祝寿的词：

十月小阳春。放榜梅花作状元。重庆礼成三日后，生贤。第一龙飞不偶然。　　劝酒自弹弦。更著班衣寿老仙。见说海坛沙涨也，明年。此夜休嗔我近前。

喻良能，绍兴二十七年（1157）进士，历任工部郎中、太常丞，出知处州。喻良能为文精深典雅，有《次韵木蕴之状元见寄之作》：

水绕星山木绕庐，江城孤绝政愁予。鸟言为吏居篁竹，乌鬼得鱼欢里闾。照眼梅花寒皎皎，关心烟雨晚疏疏。真山多谢遥相忆，长句新诗细字书。

洪迈（1123—1202），字景庐，号容斋，饶州鄱阳人，官至端明殿学士。他的《王龟龄王嘉叟木蕴之同过小园用郡圃植花韵》中描述了三位文化名人的到访，自是一番盛况，遗憾的是木待问没留下唱和诗：

节到中和暖尚赊，东风随处起芳华。自惭翳翳松三径，相对萧萧马五花。老去醉乡为日月，年来痼疾在烟霞。午桥别墅归公手，早定淮西取白麻。

木待问生活在南宋文化发展的重要时期，他与王十朋、陈傅良、叶适、许及之等人，以士大夫特有的审美情趣和文化素养，尽可能地从俗文化中发掘素材，将其变成雅文化的组成部分。从木待问和友人的诗词唱和中，可以明显看出这种走向。

《夷坚志》中的温州故事

洪迈所著《夷坚志》是南宋的文言志怪集，书中内容有很多温州元素，而温州人木待问、许及之、林熙载等提供了大量的素材。其中木待问提供了许多温州的因果报应故事。

《夷坚志》有七则木待问提供的故事。丙志卷第六中的《温州风灾》记述了台风灾害，“唯江心寺在水中央，山颠二塔甚高峻，独无所损”，台风过后只有江心寺无损：

绍兴三十二年七月十三日，温州大风震地，居人屋庐及沿江舟楫，吹荡漂溺，不胜计。净居尼寺三殿屹立，其二压焉。天庆观钟楼亦仆，唯江心寺在水中央，山颠二塔甚高峻，独无所损。先是两日，有巨商舣舟寺下，梦神告曰：“后日大风雨，为害不细，可亟以舟中之物它徙。吾今夕赴麻行水陆会，会罢即来寺后守塔矣。”商人如其戒。麻行者，村中地名也。继往侦问，果有设水陆于兹夕者。初，郡有妇人，年可四十许，无所居，每乞食于市，语言不常，夜则寄宿于净居金刚之下。诸尼皆怜之，不忍逐。风作之前日，指泥像语人曰：“身躯空许大，只恐明日倒了。”去弗宿。已而果然。

《夷坚志》中也有林熙载提供的《江心寺震》，但不如木待问的《温州风灾》那般层次分明，有时间、地点、人物和台风的规模，说是故事，其实是一则完整的台风记录。

《诸天灵应》则讲述了许及之父亲侍奉神灵而灵验的故事，表现了温州地区的信俗传统。木待问与许及之不但是温州同乡、同年进士，还同为洪家的女婿：

永嘉许及之深甫之父，事诸天甚著灵应。盗尝夜入门，家未之觉。许老梦寇至，为巨人持长枪逐之，惊寤。遽起视，外户已开，略无所失。明旦，见一枪于大门之外，不知从何来，及入诸天室焚香，则神手所持枪失之矣，始悟昨梦。

《天随子》是木待问待阙时发生的故事，是木待问牢骚和怨言的流露：

乾道六年，木蕴之待洪府通判缺，居乡里。火焚其庐，生事垂罄，作忍贫诗曰："忍贫如忍炙，痛定疾良已。余子爱一饱，美疹不知死。步兵哭穷途，文公谢五鬼。百世贤哲心，可复置忧喜。诵经作饥面，伟哉天随子。九原信可作，我合耕甫里。"逾年，梦一翁衣冠甚伟，来言曰："若识我乎？我则天随子也。以君好读予文，又大书予《杞菊赋》于壁间，顷作诗用忍饥事，又适契予意，故愿就见，为君一言。予昔有田四顷，岁常足食，惟遇潦则浸没不得获。忍饥诵经，盖此时也。今子有回禄之祸，而穷悴踵之，是水为我灾，而火为子厄也。然予田尚在，独为蝇蚋所集，不可耕，无有能为予驱除者，不免恩子耳。"既寤，殊不晓其言。晨起，偶整比夜所阅书，而《笠泽丛书》一策适启置桉上，视之，乃《甫里先生传》，前日固未尝取读也。篇中有云："先生有田十万步（原注：吴田一亩二百五十步），有牛减四十蹄，耕夫百余指，而田污下，暑雨一昼夜，一与江通色，无别己田他田也。先生由是苦饥困，仓无斗升畜积。"正与梦中语合，而一田字上有二死蝇粘缀，嗟叹甚异，为拂拭去之。

《甫里先生传》是陆龟蒙戏撰的自传:

> 先生贫而不言利。问之，对曰:“利者，商也。今既士矣，奈何乱四人之业乎？且仲尼、孟轲氏所不许。”先生之居，有地数亩，有屋三十楹，有田奇十万步（吴田一亩当二百五十步），有牛不减四十蹄，有耕夫百余指。而田污下，暑雨一昼夜，则与江通，无别己田他田也。先生由是苦饥困，仓无斗升蓄积，乃躬负畚锸，率耕夫以为具。且每岁波虽狂，不能跳吾防，溺吾稼也。或讥刺之，先生曰:“尧舜霉瘠，大禹胼胝，彼非圣人耶？吾一布衣耳，不勤劬，何以为妻子之天乎？且与蚤虱名器、雀鼠仓庾者何如哉?”

《天随子》则化用了此段故事，而木待问也借陆龟蒙的耕读生活来反映自己的忍贫之痛。

木待问留下的诗文少，传记简略，以上几则取自《夷坚志》的故事，可补传记与诗文的不足。

许及之　忆醉江南枝上雪

许及之渡淮图

许及之（1141？—1209），字深甫，也作深父，温州永嘉人。孝宗隆兴元年（1163）进士，历任分宜知县、宗正簿、淮南东路运判兼提刑、庐州知州、吏部尚书等。嘉泰二年（1202）拜参知政事，进知枢密院兼参政。《宋史》卷三百九十四有传，《全宋诗》录其诗千余首。宋代温州诗人存诗最多者，当属王十朋与许及之。《四库全书总目·涉斋集提要》称其诗“气体高亮，要自琅琅盈耳。较宋末江湖诗派刻画琐屑者，过之远矣”。孙衣言评价他说：“今按其所作七言古诗用意妙远者，几非后人所能骤然领略，其他古诗亦皆排奡削厉，在南宋诗人中当为健者。”

忍使神州半陆沈

使北是许及之诗中十分重要的内容。经粗略统计，在南宋中兴时期，有使北经历且留下使北诗者，有周麟之、韩元吉、洪适、范成大、姜特立、杨万里、邱宗、楼钥、许及之、袁说友、虞俦、李壁等。《宋史·光宗本纪》记载绍熙四年（1193）六月，“己亥，遣许及之等贺金主生辰”。许及之此次出使金国，关注中原失地民生及金国战备，始终以克复中原为念。他于临行前就写下《宿南京》一诗，盼望着“中天王气终当复”：

虚说营屯五万兵，凄凉无复旧南京。中天王气终当复，千古封疆只宋城。

在北行使金途中，许及之作有《赵故城》《渡淮》《题曹娥庙》《临淮望龟山塔》等诗，其中“故垒歌钟几劫尘”“只有蔺卿生气在”“当日曹娥念父心”“忍使神州半陆沈”等句，表达了故国山河之恋：

从台意气俄销歇，故垒歌钟几劫尘。只有蔺卿生气在，坟前衰草镇如新。（《赵故城》）

照眼清淮笑力微，家人应喜近庭闱。兹行莫道无勋绩，带得星星白发归。(《渡淮》)

当日曹娥念父心，千年江水有哀音。可怜七尺奇男子，忍使神州半陆沈。(《题曹娥庙》)

几共浮图管送迎，今朝喜见不胜情。如何抖得红尘去，且挽清淮濯我缨。(《临淮望龟山塔》)

同样是写看山看水的诗歌，南北宋诗歌中的诗境却有天壤之别。如苏轼见到淮山有激昂向上之感："长淮忽迷天远近，青山久与船低昂"；梅尧臣初见淮山就有欢喜之感："朝来汴口望，喜见淮上山。"北宋的官员谁都可以在宦游中望见"东南第一山"，而在南宋，只有像许及之这样的使金官员才能看到淮山了，所以许及之才会发出"且挽清淮濯我缨"的感叹。

许及之与"四灵"皆为永嘉诗人，皆从潘柽（德久）问诗，故而诗风相近。但许及之在朝为官，诗歌视野相对宽广，闲淡中还有爽气。四库馆臣称许及之的诗"瓣香荆公"，即说他崇尚王安石的诗风。《读王文公诗》曰：

文章与世为师范，经术于时起世仇。少读公诗头已白，只因无奈句风流。

此外，许及之还受到杨万里诗风的影响，《次韵诚斋寒食日雨中游上天竺》便与杨万里诗一脉相承：

诗翁作意与春期，寒食翁来春合知。不是春工浑忘却，好题诗是雨游时。（其一）

山花压溜水通池，时有幽禽自在飞。日脚忽随云脚露，钟声恰与梵声齐。（其七）

溪流来自宝峰头，流到栏边不复流。拔闸放泉聊戏剧，怒湍平后一齐休。（其八）

杨万里诗学王安石，而王安石诗循晚唐，更学老杜。所以，许及之既得荆公之深婉不迫、诚斋之活脱佻达，又与“永嘉四灵”一样学习晚唐诗，重炼意和修辞。综合了这些优点，许及之诗下字工、用事切、对偶精，又能稍示高格。如《题曹娥庙》中“可怜七尺奇男子，忍使神州半陆沈”这样的句子，在“四灵”诗中是找不出来的。

归来故人眼　相对旧时青

许及之身上有好多的故事，与南宋时期的温州人文有着千丝万缕的联系。首先他是洪适的女婿，又与同乡状元木待问是同榜进士。木待问存诗很少，但许及之与他的唱和诗却留下好几首。如《次韵木缊之题挹爽书院》，其中二、三联很有故园情：

岁月多歧路，生涯几短亭。归来故人眼，相对旧时青。诗带烟霞寄，园知杖屦经。预愁逃社去，湖外渺沧溟。

许及之生年无有定说，但以诗为证，基本可确定为1141年。其《自和》曰：

扰扰人生漫百营，思量蒲柳岂长青。四时代谢真邮传，百岁光阴寄客亭。眼底浮华非我有，静中真乐要人听。故吾不惜全还我，二十三前是白丁。

“故吾不惜全还我，二十三前是白丁。”许及之为隆兴元年（1163）进士，这是进士高中之后写的诗，时年二十三岁，则其生年当在绍兴十一年（1141）。淳熙七年（1180），许及之出知分宜县，于任职前夕写下了《岁除日见白发》：

四十明朝是，俄惊白发新。旧诗曾探借，今语遂为真。不恨身将老，惟怜学转贫。婆娑花县底，谁复念安仁。

许及之官至副相，又是洪氏女婿，以“词章精敏”见称。洪适是南宋金石学家、诗人，与其弟洪遵、洪迈皆以文学负盛名，有“鄱阳英气钟三秀”之称。洪适在金石学方面，又与欧阳修、赵明诚并称“宋代金石三大家”。许及之在《洪公行状》中称：“公既归，素不为求田计，闾舍之外，得负郭地百亩，剪除荆棘，列岫如鸷，双溪上下，引以为兰亭曲水之饮。洲渚窃深，花木映带，位置台榭，随力兴作，野服瘦筇，终日婆娑其间，人视之不知其为丞相也。”宰相周必大为洪适撰写的神道碑说：“公素不营产业，自越归，得负郭地百亩，因列岫双溪之胜，复置台榭，引水流觞，种花艺竹，命曰‘盘洲’。一椽一卉，题咏殆遍。安居十有六年，身名俱荣，子孙满前，近世备福鲜及公者。”辛弃疾有词称赞洪适，可见其在朝野的地位：“看公如月，光彩众星稀。袖手高山流水，听群蛙、鼓吹荒池。文章手，直须补衮，藻火粲宗彝。”

洪适也有一首写给许及之等人的诗，即《小雨同裴弟深甫坚上人登新亭次韵》，深甫是许及之的字：

移梅种竹趁阳春，举目江山发兴新。曲槛疏窗那草草，飞檐碧瓦已鳞鳞。鼎来好语酬佳景，更有高僧话净因。步屟踌躇乌亦喜，不嫌风雨垫冠巾。

得此江山伟　相者神明扶

许及之的诗集中，纪实、见闻、咏史诗占了很大的比例。由于他游历丰富，博闻多识，使得这些诗作能轻重得当，贯通古今。如《曹操冢》写出了曹操的生性：

舜葬苍梧的可知，九疑犹是后人思。阿瞒不作瞒心事，何用累累多冢为。

《陈留道中》是首纪实诗，描绘了陈留道边，积雨弥漫，流民似鬼，读来凄凄惨惨：

雍丘纡路到陈留，积雨弥漫涨畎畴。道左流民形似鬼，能无百里为分忧。

《登伟观因诵老杜道林岳麓诗用其韵》是许及之留给家乡温州的佳作，气势雄壮，能吞江河。这首长诗如同画卷，西山、会昌湖、华盖顶、莲峰炉、楠溪大小源、樟浦早晚潮等景色，一览无遗：

立秋三日天气殊，凉风渺渺舒郁纡。少日第拄西山笏，暇时惟泛会昌湖。投老身登华盖顶，度堂面直莲峰炉。长江回抱若裹玉，明月荡漾如怀珠。楠溪大源小源出，樟浦早潮晚潮俱。凌空笔架呈挂彩，出海金轮看浴乌。中川蚌胎非妩媚，港口螺浮疑虚无。何以得此江山伟，若有相者神明扶。了知无一可云补，其敢有二当何诛。故人相逢笑颠错，生涯不解先膏腴。且同野叟共尔汝，免以前衔相唤呼。看山未觉迷老眼，报国终愧全微躯。斫竹特为三益径，把钓倦作扁舟图。乃知绝境真妙绝，强名孤屿何尝孤。凭栏聊欲须款款，飞帆正尔来于于。明朝此兴定不浅，但恐劳苦肩舆夫。

《题富览亭》中，许及之让瓯江“跃势雄”之气度，城郭“垂斗柄”之风水，尽收眼底：

万峰如鹜万波同，擘浪双鳌跃势雄。山过江来垂斗柄，水朝宗去涣文风。家家洙泗弦歌里，处处蓬瀛图画中。莫笑先生徒壁立，一番登览兴无穷。

此外，楼钥、韩淲、姜夔都曾为富览亭写下诗词，如姜夔《水调歌头·富览亭永嘉作》：

日落爱山紫，沙涨省潮回。平生梦犹不到，一叶眇西来。

欲讯桑田成海，人世了无知者，鱼鸟两相推。天外玉笙杳，子晋只空台。　　倚阑干，二三子，总仙才。尔歌远游章句，云气入吾杯。不问王郎五马，颇忆谢生双屐，处处长青苔。东望赤城近，吾兴亦悠哉。

《德久送沙噀信笔为谢》是许及之描写家乡风物的诗作。送沙噀给许及之的德久即潘柽，是“四灵诗派”的创始人，许及之与他交谊最深，酬唱频仍。沙噀，海参的一种，又名刺参，在温州沿海海涂上生长。潘柽赠沙噀，让许及之的诗中留下了乡土风味：

海物惟错群分命，并海馋涎为物病。采拾烹煮如撷蔬，岂念含灵钧物性。就中水母为最蠢，以虾作眼资汲引。虾入罔罟自不知，水母浮悠亦良窘。其间墨鱼工吐墨，以墨自蔽潮水黑。潮来舟人如拾块，贩者填街卖乌贼。沙噀噀沙巧藏身，伸缩自如故纳新。穴居浮沫儿童识，探取累累如有神。钧之并海无所闻，吾乡专美独擅群。外脆中膏美无度，调之滑甘至芳辛。年来都下为鲜囿，独此相忘最云久。转庵何自得此奇，惠我百辈急呼酒。人生有欲被舌瞒，齿亦有好难具论。忻兹脆美一饷许，忏悔未已滋念根。拟问转庵所从得，访寻不惜百金直。岂非近悟圣化诗，望兹尤物令人识。绿衣在旁忽輾然，蝤蛑取笑却可怜。

爱风爱雪待今寒

许及之生活在南宋的中前期，诗歌创作主要吸纳了王安石、杨万里、陆游、潘柽等人诗风。但他有自己的鉴别，有反思意识，取径广泛，融合社会，转益多师。这些创作意识，使诗中对一枝一叶的描述，也能体现诗人的观察能力。

如许及之在《跋谏长画轴后五王按乐图》中写下“一段风流画得成”，简单七个字，却有浓浓意，刻画十分到位：

玉笛床头取次横，自吹头管按新声。梨园旧谱今何在，一段风流画得成。

刘勰论诗曰：“心之照理，譬目之照形，目了则形无不分，心敏则理无不达。”许及之赏画，眼看心也看，道明风流的内在。《题画卷》中的文字虽似浅显，却饶有趣味：

弄色阶前各一家，宾秋饯暑度年华。道人落墨聊游戏，认得真为金凤花。（其四）

许及之写了许多种梅诗，写尽了梅花的姿态，道出了梅花的精神，《次韵常之用前人韵赋梅花十绝》就是其中的代表作：

浮玉飘香别绪多，缓流溪水浸铜柯。先春有意春无意，春奈千红百紫何。（其八）

又如《次韵王宣甫催梅》，其中写梅花的手法，似刘克庄所说“发乎性情者，天理不容泯”，强调用情的重要：

摇落驱驰自岁年，今年惭愧得身安。小园亦有先春意，短思惟知著句难。看水看山从昔好，爱风爱雪待今寒。故人远寄催梅作，唤起新愁有万端。

《仇香种梅已开而出乡未归再次伯晖韵》则写出了梅花的怅惘孤寂与冷如铁的坚毅，用淡墨素彩勾出“皓齿发琼姿”的绝妙图绘：

忆醉江南枝上雪，爱词人把罗巾裂。篇成皓齿发琼姿，酒尽貂裘堪当折。如今消得督邮前，期会纷来闹似烟。故人一枝久寂寞，新愁万斛谁洗溅。仇香有意移芳洁，索笑不来空哽咽。幸自花开君不归，一夜孤根冷如铁。

许及之的五律诗意象甚为闲细，如“月满句初圆”“山色随诗瘦”，可见其受晚唐诗影响之深。读许及之诗，常见诗句以一字领起，一动词后接以三字名词。许及之五律喜用此类句法，似学王安石诗。如《新晴二首》：

入院余旬浃，今朝始快晴。才闻乌鹊语，已有蜜蜂声。到眼花枝暖，粘须柳絮轻。重门无个事，诗意正关情。

宿雨居然阁，顽云扫似开。岚光湖上出，霁色柳边来。铃鸽抟风转，筝鸢掣线回。修廊闲勃窣，花影上苍苔。

《寓居》是许及之写居室环境的诗，最后两句挺有风趣，诗人说到处都有景，不用钱也能得到：

野水生洲面，闲云傍屋颠。钟鸣人已定，月满旬初圆。花径经过少，苔文长养便。行藏随处是，安用买山钱。

括苍山道是温州人北上的必经之路，历代官员均留下诗篇。许及之作有《括苍道中次陈颐刚韵》，“山色随诗瘦”“情话雨声中”两句有“四灵”诗的味道：

山色随诗瘦，波光际野空。行装秋思里，情话雨声中。无补身如赘，多愁鬓似蓬。惟余沧海兴，酒后忆郫筒。

许及之诗学杨万里、陆游，然在《应致远以百韵古诗见示推许过当病中姑借放翁韵奉酬》中有“两翁齐名”“况复进之”等语，可见在许及之心中杨、陆二人似有轩轾：

我诗何敢希杨公，况复进之陆放翁。烦君妙语相纵臾，控地岂得追培风。两翁齐名家异县，叹惜余年能几见。斯人不上甘泉班，我辈先之觍颜面。君到灵山亲得语，切莫提撕落言句。恨君相见一年迟，不同蓟北燕南路。

许及之是诗人，也是官员。他的诗中朝堂与江湖并存，有着政治家的视野、经历者的探索和大丈夫的气度。

戴溪　汉脉终有托 掩夺日月光

戴溪（1141—1215），字肖望，一作少望，永嘉鲤溪乡杏岙村人永嘉学派主要人物之一，《宋史·儒林四》有传，《宋元学案》列其于止斋学案之后，谓之“止斋同调”。他青年时曾与好友王枏隐居在岷冈山（现属温州瓯海区）读书，世称“岷隐先生”。戴溪很有才气，淳熙五年（1178）以省试第一成为进士，后监潭州南岳庙，领石鼓书院山长，所著《石鼓论语答问》影响一时。

解读春秋　向来豪气举

戴溪生活在学术气氛浓郁的南宋温州，是“元丰九先生”之一戴述的侄孙，他的圈子里都是永嘉学派的头面人物。戴溪比叶适年长九岁，但叶适却是他的引荐人。淳熙十五年（1188），叶适上书丞相周必大，推荐名贤三十四人，后皆召用，戴溪名列其中。

戴溪政治上比较沉稳，谨言慎行，不为新奇可喜之论。他曾与朱熹在旅邸相，见其从行者甚众，行动张扬，怕他引起忌妒，好心告以“独不畏钩党耶”。后来朱熹果因“庆元党禁”获罪，而戴溪则避开了这场政治风波。

戴溪精通经史，在朝敢于援引往事和教训进行劝诫。《春秋讲义》是戴氏任太子詹事时为景献太子所精心准备的，其书以演绎经文、阐释义理为长，是宋代春秋学中一部重要的讲义性著作。原书久佚，后由四库馆臣从《永乐大典》中辑出，所以后来学者少有论及。该书不仅是戴溪学术思想的重要组成部分，也对朝政产生过一定影响。

据“四库本”提要记载，该书在南宋曾刊刻过两次，宁宗嘉定时戴溪长子戴桷刊于金陵学舍，由沈光作序；理宗宝庆二年（1226），牛大年复刻于泰州海陵郡斋。牛序云：

岷隐先生（戴溪）以儒宗为一世所尊，颛席谈经，发明大旨，凡经之所不书，说之所未及者，莫不昭然而义见。虽然，是书盖期于启沃君听，天下学士不可得而闻也。今提举寺丞建台于此，一日出家藏以惠多士。仆亦以摄承郡事，遂得拜手与观。盖其发先圣之精微，正后学之讹谬，其功用岂小补之哉？

《讲义》一书最初因用于宫廷进讲而流布不广，但宋黄震《黄氏日钞》，元程端学《春秋本义》、赵汸《春秋集传》，明熊过《春秋明志录》等书都对《讲义》中的学说有所引用。

戴溪讲《春秋》有自己的见解，除了受公羊传统的影响，还掺入国家的政事时局，时局认识与学术理解相互交织，使得戴氏的《春秋讲义》与众不同。南宋时期，士人心中对宋金关系一直耿耿于怀。戴溪在《春秋讲义》中多次强调增强国家实力的重要性，还阐述了外交谋略以及为政、治国须要远略书中说：

齐人以甲寅至卫，卫人以甲寅交战，有轻齐之心，无御敌之备，仓皇疾战，至于败绩，卫自取之也。（卷一下·庄公二十八年）

力不足以及远，而好事远略，其误人多矣。（卷二上·僖公五年）

使鲁人内怀恐惧，俯首听命，则四邻外侮将不足以为国矣。故鲁之君大夫赫然奋发，起而败之，于是鲁之威令始强，然后可以立国。（卷二上 · 僖公元年）

以上诸说皆是针对时局有感而发。戴氏指出凡立国以实力为根基，强则能立，而后能威服诸国、外夷，弱则受辱乃至亡国。因此宋朝此时最需要做的是强大自身实力，而不是盲目对外作战。

四库馆臣在《四库全书总目》中评价说：“书中如以齐襄迫纪侯去国为托复仇以欺诸侯，以秦与楚灭庸为由巴蜀通道，以屡书公如晋至河乃复为晋人启季氏出君之渐，以定公戊辰即位为季氏有不立定公之心，皆具有理解。而时当韩侂胄北伐败衄，和议再成，故于内修外攘、交邻经武之道，尤惓惓焉。”戴溪如此大力推崇国力与谋略的作用，虽与传统儒家讲求王道与仁义有所相悖，但却是永嘉学者对时局发出的呼声。

戴溪的《石鼓论语答问》则直陈经文之失，敢于质疑前辈学者的注释，展示了永嘉学人的批判精神，弘扬了永嘉学派经史兼重的主张。他在书中阐发了内德思想，抉发了外业思想，既为国家所想，也为庶民所思。在当时的学术界能对《论语》提出质疑的学者是不多的，但戴溪在这方面却是有建树。

在戴溪看来，《论语》的部分章节是有问题的。如《卫灵公篇》的“吾犹及史之阙文也。有马者借人乘之，今亡矣夫”章，戴溪注曰：“前辈常说有马者借人乘之，此乃阙文也，不言何人之马，借何人乘之。盖相传妄自增加也，观圣人作《春秋》可见矣。”他认为此段经文记载有误，经义不明。

戴溪虽然承继了二程之学的衣钵，对理学家们的诠释却是有褒有贬。如《泰伯篇》的“如有周公之才之美”章，戴溪注曰：“谢上蔡谓：‘克己工夫未肯加，吝骄封闭缩如蜗。骄是不能进善，吝是不能改过。骄吝不除，自为封闭，其缩如蜗。’是也。”《子罕篇》的“凤鸟不至，河不出图”章，戴溪注曰：“谢上蔡说此一段好。云非必指河图出与凤鸟至也，特借此言明王不与尔，故尝为之说。曰颜渊子路死，圣人观之人事；凤鸟不至，河不出图，圣人察之天理；不复梦见周公，圣人验之吾身。夫然后知斯道果不可行，而天下之果无意于斯世也。”这两段文字都对程门弟子谢良佐的诠释表示了认同。

而在《子罕篇》“子在川上曰”章的注释中，戴溪对程颐的解释发表了不同意见。他说：“此圣人观物之学。天下之事，日夜相代乎前；矢激川流，一息不停，尚复固闭留滞，亦可谓所过不化矣。伊川先生曰‘言道之在’，如此恐未然。东坡曰‘逝者如斯而未尝往也’，此语乃佳。当知川流不息而水之清明者未尝动，则知君子所存者神矣。”戴溪如此深刻地诠释《论语》，在宋一代也是为数不多的。

我生更迂阔　立意要违俗

戴溪是学人，也是诗人，可惜他留下的诗只有一首，是送给友人王枏的。王枏（1143—1217），字木叔，温州人，乾道二年（1166）进士。戴溪《送王木叔黄州教职》曰：

龙飞乙科郎，白面如琢玉。去作幕下士，年少二十六。壮心直如弦，不耐公事曲。宁知太守尊，棰吏惊群目。太守岂不贤，去郡秉钧轴。铨曹有格法，那肯烦荐牍。依然旧官职，再傍天之麓。六考未作县，冷官到淮服。向来豪气举，斟酒能半斛。只今长说病，伏饮在胸腹。皇皇一世忧，隐隐两眉蹙。中年苦节省，未必不为福。我生更迂阔，立意要违俗。误使尘网缨，同君被缠束。两家各生子，丁壬合天禄。但得佳儿妇，两翁志愿足。岷山有旧约，相从结□□。明朝江上馆，持被共君宿。

这首诗内容很丰富，有友谊的回忆，也有仕途的见解，更有人生的思考，特别是与王枏在岷山同窗的友情再现，十分珍贵。王枏也善诗，《观梅》曰：

谁见梅花正发时，江天雪意欲垂垂。疏枝冷蕊春无几，断水残云意自奇。疏影偶因明月见，暗香唯有好风知。何人更起调羹手，莫道功成结子迟。

状元陈亮有《念奴娇·送戴少望参选》，词中对戴溪的才情有很好的评价。陈亮有四次永嘉之行，与众多温州士人交往，并写下《南乡子·谢永嘉诸友相饯》以颂扬温州人文之盛。周梦江先生认为，陈亮的多次永嘉之行和他频频出游临海、京口、宜兴等东南城市，其目的似为经商致富。陈亮在《赠楼应元序》中说："而吾友戴溪少望独以为：'财者人之命，而欲以空言劫取之，其道为甚左。'余又悲之而不能解也。虽然，少望之言，真切而近人情，然而期人者未免乎薄也。"这里他称戴溪为"吾友"，引用戴溪关于财富的认识，可见他们的学术见解相近。陈亮《念奴娇》曰：

西风带暑，又还是、长途利牵名役。我已无心，君因甚，更把青衫为客。邂逅卑飞，几时高举，不露真消息。大家行处，到头须管行得。　　何处寻取狂徒，可能著意，更问渠侬骨。天上人间，最好是、闹里一般岑寂。瀛海无波，玉堂有路，稳著青霄翼。归来何事，眼光依旧生碧。

戴溪诗交广，诗友多。韩淲在《送戴少望知军入朝》中说他"时世适然多出处，达观钟鼎等山林"，可知戴溪为人通达，安于时世：

二年人说戴江阴，五马常存万古心。肯以清朝为得路，岂

二年人説戴江陰五馬常存恭心肯以清朝為得路豈開黄卷始知音見聞雜隨由來久音旨親承請自今時世適然多處去達觀鐘鼎等山林

韓淲送戴少望 張嚴和書

书韩淲《送戴少望知军入朝》

开黄卷始知音。见闻杂陋由来久，音旨亲承请自今。时世适然多出处，达观钟鼎等山林。

南宋诗坛的领军人物刘克庄也是戴溪诗友，作有《蒙仲书监通守温陵以戴尚书肖望李内翰元善尝历是官即西偏作室匾以西清风月宾主唱和甚盛次韵二首》：

懒即蓬来访具茨，平分不费一钱赀。子綦隐几而闻者，太白停杯以问之。螃蟹螯肥毋与事，琵琶调下莫题诗。是知二老回头笑，不料清源有此奇。（其一）

刘过也是戴溪的诗友，其《怀古四首为知己魏倅元长赋兼呈王永叔宗丞戴少望》以“逸气横八方”来称颂戴溪：

言理不可求，吾将讯苍苍。草木被春华，松柏遭摧伤。才高未为福，名大或不祥。煌煌太史公，逸气横八方。瑞麟出非时，巷伯终见戕。晏婴不可作，鲍叔遥相望。发愤著春秋，掩夺日月光。文章诚可传，毁辱庸何伤。（其一）

天地有大经，圣贤实先觉。一身万世则，激厉为忠朴。周勃真少文，汲黯信无学。岿然社稷臣，汉脉终有托。微臣有扬雄，百拜美新作。男儿无英标，焉用读书博。（其三）

姚寅，号雪坡，关西人，居湖州东林。戴溪为湖州教授时曾与他结交。姚寅在《投戴岷隐分教》中表达了对戴溪的倾慕之情：

重席先生间世才，相逢青眼必须开。手遮红日汗如雨，不是雪中乘兴来。

长涵夜月　与叶适情深

“岩岩萧太傅，謇謇郑尚书”，这是叶适对戴溪的高度评价，他甚至认为“少望天下奇才，于今世不过数人”。戴溪与叶适乡谊很深，私交甚笃，学术交往密切。他们是师友，又同是永嘉学派的重要人物。戴溪逝世时叶适已经六十六岁了，其《戴肖望挽词二首》体现了“老失平生友”“交情梅蕊尽”的深情，也是对戴溪学术的充分肯定：

岩岩萧太傅，謇謇郑尚书。可惜流光晚，翻无急诏除。交情梅蕊尽，哀意柳芽疏。只有安江满，长涵夜月虚。

老失平生友，悲寻路转迷。水肥应返钓，田瘦合归犁。草与地萧瑟，云垂天惨凄。无因再商略，短日送寒鸡。

叶适有一篇《与戴少望书》，是对一位心血来潮、追求“世外之道”的友人的规劝。叶适在文中援引了苏轼、柳宗元等人对求仙问道者的赠言，文章的形式类似柳宗元的《送娄图南秀才游淮南将入道序》。文中透露出叶适的乡友之情，语意恳切，措词委婉，让人动情。通过这篇文章，我们可以了解戴溪这位大学问家的思想波动：

少望兄足下：奉别忽已三改月，詹望詹望！日来伏惟起居佳胜。

十日前及陈傅良遇于黄岩，说足下决以此月初三日行天下求世外之道，欲抵书已无及，徒益怅恨。昨日里人来，知尚因循未果行。始在韩丈时，屡闻少望此言，心谓戏耳，不识诚有之。少望天下奇才，于今世不过数人，造物者所庇惜，奈何以少得丧，一不当意，遂为此等绝世自好、苍莽不可知之事？惊惊怪怪！切计诸公已有为少望留行者，若犹未也，则愿进其愚。

往时陆惟忠学内外丹法，东坡先生谓之曰：“子神清而骨寒，其清可以仙，其寒亦可以死。”惟忠学之，每几乎成，物辄有以害之，则叹曰：“吾真坐寒而死矣。”今为足下言不可出之故，不但寒耳。古之至人，未有闻也，未有行也，必疲筋骨，极精神，甘贱役；甚至侮蛟龙，冒锋镝，竟其死而不知倦，然犹有不闻，闻之而不行者。吾料足下是数者皆不能尽。平时拣求美便，斥弃酸醎，尊夫人贤兄佳爱，故曲徇其所欲耳。步行至十里外，足弱不能前而反，非舟车不能越乡。将遂舍之而去，道里甚远。荆、襄、江、淮，土俗嗜好不同东浙。即不幸一日有饥寒劳苦之间，风雨露雾之气从而乘之，疾病且作，旁无亲党，药物不至，则为之奈何？无乃贼其所爱之身，失天生贤之意，废于贤母兄之望乎？想少望一读至此，可以遂释前念也。

列仙者，必用心于寂寞，笃学于无为，已而道充其中，大发乎外，是以旦暮于吴、越之区，飞翔乎秦、汉之郊，纵意所如，无留焉者。足下犹未能充也，遂肆然发之，搂取其名而不思其难，恐力穷气尽，则必有俟之者焉。故为少望计，当杜门端居，危坐深念，时用《参同契》《九龠》之书、老氏《道德》言，以增益其所未定，道引关节，屏闲思虑，以远去少年之习，高人长者当袭武而至矣。仆旧读柳子厚文，独爱其序送娄图南极有理，使世之君子，畔其道以从异学，劳而无成者，可以自镜。正惟不劳而成，固与龟蛇木石无以异耳。愿足下深思惟忠之事，而反复子厚之意，救世俗之失，正诸子之非，明圣人之经，是所期于少望者。鄙言可听，不可忽！岁行尽矣，寒苦，惟厚自爱！

乾道九年（1173）薛季宣去世，陈亮在第二年春前往永嘉哭吊，并同永嘉学人相聚论学，其中就有戴溪。这次永嘉之会，实际是一次讨论薛季宣学术的盛会。此时，永嘉学派还是一股潜在的力量，但后来却蔚为大观，成为代有承继、富有生命力的学术流派。其中，戴溪对永嘉学派的贡献是较大的。

徐谊　不堪风雨付春愁

徐谊（1144—1208），字子宜，一字宏父，温州平阳城西沙冈人，孝宗乾道八年（1172）进士，历任枢密院编修官、徽州知州、提举浙西常平茶盐司、吏部员外郎、刑部侍郎、工部侍郎等职。徐谊因不与权臣韩侂胄合作，批评韩侂胄陷害赵汝愚，被贬为惠州团练副使，南安军安置。嘉泰二年（1202）徐谊重获起用知江州，开禧三年（1207）知建康府兼江淮制置使，嘉定元年（1208）改知隆兴府，死于任上，享年六十五岁，朝廷赐谥号为“忠文”。

谪官南安　清冷彻处真无际

徐谊是永嘉学人，更是平阳学派的主要学者。《宋史》评价说：“徐谊窜逐于小人之手，身之否，道之亨也。”由于徐谊生前境遇不佳，留诗并不多，《全宋诗》也只录其诗五首。如《谪官南安军》写的是落花，比喻的是心境和情绪：

花飞片片上衣襟，拾得飞花寘柳阴。莫遣便随流水去，东君应有惜花心。

徐谊由于“庆元党禁”被贬至南安军，同时获罪的五十九人中永嘉学人就有徐谊、陈傅良、薛叔似、叶适、陈岘、陈武、蔡幼学等人。徐谊的名字还排在前面，仅次于朱熹。受此政治事件的影响，徐谊诗中常有消极情绪。如《石井泉》三首以井泉之隐显来表达自己的境遇和胸中的抱负，第二首的“千古英雄剑气寒”和第三首的“隐显人间未得知”，都透露出诗人于“清冷彻处”的豪情：

布谷催春又一年，使君风旆为翩然。清冷彻处真无际，果见灵源发漏泉。

川原膴膴小曾峦，千古英雄剑气寒。渗漉仁风并义泽，只今光焰在毫端。

发挥有待天须靳，隐显人间未得知。翰林主人工墨客，它年稚子亦能诗。

《游沩山》是徐谊的行旅诗。此诗作于“庆元党禁”之前，难得有意气风发的笔调，字句中尽显风情有兴、行旅无忧、隐士风骨、释老境界：

我行之宜阳，便作大仰游。上有参天松，下有漱石流。群峰拱梵宇，层层闷清幽。老禅雅爱客，要作数日留。泉石疗我饥，竹风销我忧。征尘积经年，可以少涤不。绝胜秋江上，独钓沧浪舟。所恨招不来，莫我更唱酬。

余春有几　君能载酒知谁侣

徐谊性格耿直，其友人的诗中可见徐谊的学问人品。徐谊与陈傅良交谊最笃，陈傅良有《瑞安宰刘伯协载酒游赵园叔静道甫子宜行之同集小雨喜霁》，其中涉及了王自中（道甫）、徐谊（子宜）、蔡幼学（行之）等永嘉学人，诗曰：

上巳所余春有几，不堪风雨付春愁。君能载酒知谁侣，我欲看花不自由。倚岸小舟谋未定，隔林斜日故相投。莓苔踏遍

我行之宜陽便作大仰游上有參天
松下有漱石流群峯拱梵宇層層閣
清幽老禪雅愛客要作數日留泉
石療我饑竹風銷我憂征塵積經
年可以少滌不絕勝秋江上搗釣滄
浪舟所恨招予來莫我更唱酬
徐誼游潙山　逭春樓張嚴和

书徐谊《游沩山》

篝灯去，收拾残红插满头。

徐谊小陈傅良七岁，被称为“止斋学侣”，徐谊的任职制词就出自陈傅良之手，陈对徐评价很高：“夫为内史，而无尊重难危之势，非所以览示海内、壮京室也。具官某外宽而中刚，末详而本约。能通当今之务，而不失古意；能得君子之心，而不忿疾于顽也。”蔡幼学在《宋故宝谟阁待制致仕赠通议大夫陈公行状》中还记载了陈傅良的四女嫁给徐谊长子徐冲，两人是儿女亲家。

叶适与徐谊志同道合，交往密切，情义结于永嘉学的研究之中。他们政见相同，共同参与“绍熙内禅”，也同时被列入“伪学逆党”名单。徐谊去世后，叶适为其撰写了一篇近两千字的墓志铭。叶适还写有《安抚待制侍郎徐公挽词二首》，诗中称徐谊“养成天德异凡伦”“孤忠亦有一身全”：

玉质金章映海滨，养成天德异凡伦。曾颜窈眇关前圣，管葛粗疏付后人。惆怅穷途三乞癸，吁嗟厄岁再逢寅。送公何物堪将去，留在埋铭石色新。

饮冰那得不醒然，北看成南丑又妍。建策须为万世虑，孤忠亦有一身全。星文忽向生前坠，梦事方从死日传。莫指鸣山归路熟，青林黄叶度年年。

南宋文学家刘过与徐谊也有诗交。刘过曾为陆游、辛弃疾所赏，亦与陈亮、岳珂友善，词风与辛弃疾相近，与刘克庄、刘辰翁享有“辛派三刘”之誉。刘过能为徐谊作《古意席上为徐子宜侍郎赋》，可见徐谊在当时文坛中的名声与地位。诗中两个“为君”的排比，是徐谊品格的写照：

桃李多芳妍，开落如春风。托身终自天，花不百日红。残月望朝日，各自相西东。为君整仪容，照水不照镜。为君进甘旨，君视肉有堇。悲歌欲感君，声若君不闻。金玉徒结君，君看若浮云。父母长叹息，谓儿好容德。脂泽固不妍，珠翠亦无色。娉婷艳阳春，自丑不自惜。君心河汉流，为雨不复收。妾心东流水，赴海终不止。

爱国词人陈亮大徐谊一岁，是永康学派的创立者。陈亮有《谒金门·送徐子宜如新安》：

新雨足，洗尽山城袢褥。见说好峰三十六，峰峰如立玉。　四海英游追逐，事业相时伸缩。入境德星须做福，只愁金诏趣。

《成均同舍饯别新安使君徐子宜太丞分韵》是南宋政治家、文学家虞俦写给徐谊的长诗，诗中称颂了徐谊治理地方的政绩：

我昔弦歌乳溪侧，嗟哉所割真鸡肋。斯民疾苦得饱谙，离彼三年能记忆。丁男个个事播殖，红女家家勤纺织。可怜卒岁无完褐，纵使丰年有菜色。夏税未毕秋税来，县家小缓州家逼。拆东补西恐不免，剜肉医疮宁有极。小儒安敢私其民，上官贻怒几遭劾。痛定还思当痛时，至今梦里犹心恻。歙为富州传自旧，谁以留州事苛刻。徐侯固是清庙器，抚摩暂遣凭熊轼。朝廷选用盖不轻，祖帐衣冠倾上国。德星往矣勿复道，田里从兹无叹息。

徐谊在学术上偏向于象山心学，并与陆九渊、杨简交游密切。曾知温州的杨简写有《奠徐子宜辞》：“别去辞色，惟十五年。谓当合并，可以从容奉话言，胡为寝疾，继以讣传。传讣惟审，某当哭于寝门之外，时疾作不可如志。呜呼哀哉！予先我觉，导我使复亲象山以学。某即从教，自是亦小觉。虚明静莫，变化云为，不可射度。知及仁守，圣训具在，某尚欲与子宜共讲仁守之力。道阻且长，而遽永寂。哭以遣奠，匪迩匪远。”文中可知杨简拜陆九渊为师是因徐谊的指点和引荐。

政治盟友 叶适撰写墓志铭

徐谊诗文存世少，不能全面反映他的交游与思想。《宝谟阁待制知隆兴府徐公墓志铭》是叶适撰写的墓志铭中较长的一篇，对徐谊的学术思想评价精切：

天下虽争为性命之学，然而滞痼于语言，播流于偏末，多茫昧影响而已。及公以悟为宗，县解昭彻，近取日用之内，为学者开示。修证所缘，至于形废心死，神视气听，如静中震霆，冥外朗日，无不洗然自以为有得也。

叶适对徐谊的墓志铭写得特别用心，因为徐谊是他政治上的盟友，学术上的同道。叶适曾多次被卷入政治与学术斗争的旋涡，包括陈亮与朱熹的“王霸义利”之争、“庆元党禁”、开禧北伐等。在这一系列的政治与学术的纷争中，叶适都能在温籍官员、学者中找到同道，徐谊就是其中一位。而叶适还在文中不惜笔墨地描述绍熙政变前后徐谊的行动及遭遇：

初，光宗疾，免到重华，而日视朝毋改，中外交章论切。公既入谏，退见宰相，泪落曰：“上慰纳从容，然目瞪不瞬而意恍惚，真病也已！盍为诏四方祷祠郊庙，进皇子嘉王参决。”留丞相未及用，跳之徐村，上使公谕还浙江亭，复其位。疾终不愈，孝宗崩，又不能丧，公与少保吴琚议，请太皇太后临朝，扶嘉王代祭，答群臣礼，幕士取帘帏俟命，后自祭奠，乃止。于是将禅，上临丧未可知也。公忧愤呕泄卧，责赵丞相曰：“自古人臣，为忠则忠，为奸则奸；忠奸杂而能济者，未之有也。公内虽心惕，外欲坐观，非杂之类欤！国家存亡，在兹一举。”赵公问策安在，公以知閤门事蔡必胜授之，使同为知閤韩侂胄固请于太皇太后。禫之旦，嘉王竟立。呜呼！当是时，谤謪横流，而天下之口不可遏矣。微公定计，将使一夫攘袂而趋，然则社稷永安而宗庙常尊，泽施于今者，公之大节不可掩也。余观公忠利惨怛，能任大事，视人如己，本无以取嫉于世，而世亦无忌公者。独侂胄既得志则骄肆，公面诲之，惭恨，故得祸最酷，流落十年不复用。

笔者世居平阳县城西门街，与先贤徐谊属近邻，清人张元器曾有“长街白石通西郭，隐隐溪山入远村”的诗句，说的就是这个地方。我也曾作《寻访沙冈徐谊旧居未果》一诗缅怀徐谊：

名人荒馆历千秋，山野诗声觞底愁。眼下沙冈荒草老，沉沦子谊迹难留。

陈谦　江湖草树不相识

陈谦（1144—1216），字益之，是永嘉学派的重要人物之一，与陈傅良等七位学者被称为“永嘉英俊”。他编纂了南宋温州重要的方志著作《永宁编》，写下《儒志先生学业传》，记述了王开祖在濂洛未起的儒林草昧时期对温州学术的贡献。

学问深醇　编纂温州方志

陈谦在历史上是一位有学问，受学界重视的人物。刘夙在温州任教授时，陈谦为诸生，将陈谦作为永嘉学派的后起之秀悉心培养。乾道八年（1172），陈谦与陈傅良、徐谊、薛叔似、蔡幼学等同登黄定榜进士，授福州司户。陈谦在福州任职时，陈俊卿（莆田人，南宋名臣、诗人）为福州知州，对陈谦多有倚重，如听其建议实行“输苗许自概量”，让民众受益。淳熙八年（1181），南宋名相史浩推荐陈谦入朝，主管刑、工部架阁文字。在朝中陈谦陈中兴五事，孝宗“因以公语诘责执政”。淳熙十六年（1189），陈谦通判江州，因仰慕白居易，自号“后司马”。

嘉定九年（1216），陈谦受温州知州留元刚聘请纂成《永宁编》。这是温州历史上较早的志书，也是陈谦人生中最后的著述。南宋陈振孙《直斋书录解题》著录称：“《永宁编》

十五卷。待制郡人陈谦益之撰。汉分章安之东瓯乡为永宁，今永嘉四邑是也，故以名编。时嘉定九年，留元刚茂潜为太守。”在陈谦编纂《永宁编》之前，瑞安曹叔远已纂成《永嘉谱》二十四卷。陈振孙著录称：“礼部侍郎郡人曹叔远器远撰。曰《年谱》《地谱》《名谱》《人谱》。时绍熙三年（1192），太守宛陵孙楙属器远裒集，创为义例如此。器远，庚戌进士，盖初第时也。”两书的编纂相隔只有二十多年，说明古代地方官有着较强的修志意识。

陈谦比陈傅良小七岁，是陈傅良的从弟，二人是永嘉文派的重要人物。杨万里在《淳熙荐士录》中评价陈谦说：“学问深醇，文辞雄俊，声冠两学，陆沉下僚。”

倡鸣道学　绍述儒志先生

陈谦曾著有《儒志先生学业传》，记述儒学在温州的传播与发展。书中提到在濂洛未起的儒林草昧时期，温州就已有王开祖在周行己、许景衡之前从事讲学活动。陈谦说：“当庆历、皇祐间（1041—1054），宋兴未百年，经术道微，伊洛先生未作，景山独能研精覃思，发明经蕴，倡鸣道学二字，著之话言，此永嘉理学开山祖也。”陈谦接着说，过了三四十年，“伊洛儒宗始出，从游诸公（指周行己等人）还乡，转相授受，理学益行，而滥觞亦有自焉”。与陈谦同时代的永嘉先贤许及之也认为：“永嘉之学，言宗师者，首推王贤良（王开祖）焉。”《宋元学案》中说：“庆历之际，学统四起”，“是时（指王开祖在永嘉讲学之时），伊、洛（二程）未出，安定（胡瑗）、泰山（孙复）、徂徕（石介）、古灵（陈襄）诸公甫起，而先生（指王开祖）之言实遥与相应。永嘉后来问学之盛，盖始基之。惜其得年仅三十有二，未见其止，为可惜也。”这些评述一致肯定王开祖是永嘉学术的宗师，有创辟之功。

四库馆臣评价说：“（王开祖）以上诸儒，皆在濂洛未出以前。其学在于修己治人，无所谓理气心性之微妙也。其说不过诵法圣人，未尝别尊一先生号召天下也。”这段话虽短，却将王开祖等学者未能引人注意的原因做了较为准确的概括。王开祖等人的学术仍局限在“修己治人”上，没有超出儒学“内圣外王”的传统，没有关注到“所谓理气心性之微妙”的问题。但陈谦的《儒志先生学业传》明确地指出王开祖是永嘉学术的开创者，为永嘉学派的人物研究提供了史料依据。

不将崖约束　诗中应有壑云崩

由于陈谦在《宋史》上受到不公评价，导致他后来淡出了人们的视野。《宋史》说他是“诬谀之徒”，“首称侂胄为‘我王’，士论繇是薄之”。然而仅凭《宋史》的只言片语，我们不能否定陈谦对于历史的贡献。与陈谦同时代的叶适就为陈谦正名，他在为陈谦所作的《墓志铭》中感叹说：“夫挟三最（指开禧北伐中有三大功），世不异，复不赏，已置不论矣。至庸人谤公，则有甚可哀者。”由于陈谦在后世屡遭非议，导致他的存诗只有十余首，其著述也少有存留。

陈谦现存诗作基本都是学者的学问诗，概括性强，通常不直接描写客观事物，注重抒发个人的主观感受。诗中能看到陈谦经历丰富，交往广泛，对生活热爱，对友人真诚。诗中也常流露出苦难和烦恼，如《子规》，情调苍凉，声声动人：

客行三月四月雨，杜宇千声万声苦。毁形藏身不忍见，洒血点花良可睹。此恨此诉动寥廓，旧日荣华今寂寞。劝人只道不如归，富贵误人无今昨。知君多口应有衔，我欠一归亦内惭。已买薄田江海上，明年相见应三缄。

陈谦在仕途中历经坎坷，被革职、起用、罢免多次，所以诗中感叹自己忠心为国，直言无隐，反而招来困辱。《瞿唐峡》中虽有这样的陈述，但也表现了“不将崖约束，焉免壑崩奔”的豪气：

庸蜀诸羌水，荆吴万里浑。不将崖约束，焉免壑崩奔。线引温汤浦，觞浮雪水源。槎程疑欲尽，西望气魂魂。

弘治《温州府志》收录了陈谦的《华盖山》，这是他现存描写家乡温州的唯一诗作：

廛隐筑东山，林高撼翠寒。云藏安石馆，竹扫葛仙坛。径绕泉鸣壑，天低月近栏。秋风扶杖屦，漉酒助君欢。

嘉靖《温州府志》收录了陈谦的《鄂州南楼》，其中有“江湖草树”“吴蜀舟车”“秋声客枕”“凉月胡床”，炼句精致，情绪沉重：

折羽沉弦思杳茫，南楼依旧倚斜阳。江湖草树不相识，吴蜀舟车只自忙。万里秋声惊客枕，一天凉月浸胡床。古今多少英雄恨，认取江南旧武昌。

《曲台》只有二十个字，却理德并长：

宗伯旧为丞，曲台今作长。钦闻孔圣言，德理政刑上。

《凌丹亭》三首则天机隐隐：

夜半脚心生热云，真人得法此其真。只缘露泄天机子，将身却近帝王尊。

虚静前知固常理，弄丸先生昔如此。不曾惊动世间人，须信是中元没事。

塵隱築東山林高據翠寒雲藏
安石館竹掃葛仙壇徑繞泉鳴
屋天低月近欄秋風扶杖屨漉
酒助君歡 陳謙華蓋山詩
東嘉修志人張索和

书陈谦《华盖山》

松钗满地竹无声，已将蜕羽锁丹陵。漱津觅字俱陈迹，又有入山来乞灵。

《送王孟同馆黄岩见王简卿侍郎》是首五言古诗，诗题中的王简卿，即王居安，台州黄岩人，淳熙十四年（1187）进士，曾于嘉定十五年（1222）知温州。王居安与姜夔、叶适、刘克庄、史弥远、杨次山、钱象祖、张镃、夏震等人交好。陈谦这首诗有强烈的友情气息，又有古人的官场语言节奏，其中“饱尽天下眼”“尚论宇宙广”“点入丹青录”均是妙句：

吾子勇出乡，卖文供啜菽。谁指石头路，路滑去能速。大溪拍天流，返壑仅盈掬。神化阙功能，善世眩兼独。宝瑟迹已陈，阀阅在林麓。饱尽天下眼，观我亦具足。尚论宇宙广，落处即为福。请子房魏偕，点入丹青录。

陈谦写人物评述得当，夸张而不出格。他在《温州刘教授石塔》中就写出了一个活生生的人物：

长刘提正律，折冲陈堂堂。少刘峙其躬，凛凛百炼刚。独立百世后，共分洲孟香。近市人不知，公论在八荒。

陈谦所存的联句，功力在诗内，豪情在诗外，哲思与文气兼擅。如《续琵琶行》中的“青衫夜半何曾著，引兴参差杂椒糈”，又如“万卷编抄高似屋，一门师友重如山”，对仗精工，兴味深长。

安得小学师 谱入诗中当稼书

从友人的酬赠诗中可以看出陈谦交往广泛。如陈傅良有诗《次陈益之韵戏呈汪守允之》，题中的汪守允之，即当时知温州的汪义端：

雨过山新沐，风平水漫流。移尊来选胜，立马步通幽。春在桑麻坞，香团橘柚州。从君诗有律，还我酒无筹。

另一首写给陈谦的《春晚书怀二首奉简陈益之》，诗中有“安得小学师，从之注虫鱼”。汉代称文字学为“小学”，“注虫鱼”指繁琐的训诂考据，唐韩愈有诗曰：“《尔雅》注虫鱼，定非磊落人。”陈傅良在诗中高度赞扬了陈谦在文字学方面的建树：

百卉得雨露，华滋巧相娱。但知说姚魏，河洛竟何如。我方悟吾生，笺经未成书。安得小学师，从之注虫鱼。（其二）

陈傅良还有一首《送陈益之架阁》，让陈谦的生平与风范重现：

论事不欲如戎兵，欲如衣冠佩玉严重而宽平。作文不欲如组绣，欲如疏林茂麓窈窕而敷荣。桢干盍亦烦绳墨，滋味何如余典则。吾宗受才万人敌，排空所向无遗力。亲丧三年面漆黑，交情一语千金璧。明朝不爨鼾撼壁，裘马借人无德色。作掾闽山可踪迹，拟将秉秆空螟蟘。相君有令民未得，勿问堂高若干尺。春江弥渺风张席，欲言江水何终极。贫贱相依鬓毛白，吾可雷同名送客，浩歌未放情弥激。君看风雅诗三百，亦有初章三叹息。

杨万里有诗《招陈益之李兼济二主管小酌益之指蚕豆云未有赋者戏作七言盖豌豆也吴人谓之蚕豆》，其中“味与樱梅三益友，名因蚕茧一丝绚”可以映照出陈谦的才情：

翠荚中排浅碧珠，甘欺崖蜜软欺酥。沙瓶新熟西湖水，漆榼分尝晓露腴。味与樱梅三益友，名因蚕茧一丝絇。老夫稼圃方双学，谱入诗中当稼书。

李壁是南宋历史学家李焘之子，宰相周必大曾称李壁有“谪仙才”。李壁有诗《湛庵出示宪使陈益之近作且蒙记忆再次韵一首适王令君国正携酒相过断章并识之有便仍以寄陈也》，从中能了解陈谦在南宋诗坛的地位：

重将倦翼狃天关，流浪深惭佛眼看。名宿青灯仍燕坐，故人白雪自幽弹。西江一吸还居士，寒涕双垂任懒残。应笑区区话陈迹，秋风吹老碧芦滩。

叶适认为浙东儒学中陈谦的才学最高，他在陈谦墓志铭中说："隆兴、乾道中，浙东儒学特盛，以名字擅海内数十人，惟公才最高。"陈谦被《宋史》讥为"晚节不终""诬谀之徒"，这是历史的遗憾，也是永嘉学人的遗憾。正如陈傅良诗中所叹："君看风雅诗三百，亦有初章三叹息。"

最后还要介绍一下陈谦的女婿薛师董。

薛师董，字子舒，出身永嘉望族，其父薛叔似是永嘉学派宗师薛季宣从侄，开禧间任兵部尚书、京西湖北宣抚使，端明殿学士。陈傅良与陈谦从学于薛季宣，二人与薛叔似同为乾道八年（1172）进士。陈傅良之女嫁薛叔似长子薛师雍，次子薛师董则娶陈谦之女。

薛师董师从叶适，天才颖拔，知名当时，与"四灵"交好，薛师石（状元木待问之婿）则是其族兄。薛师董于嘉定五年（1212）任华亭船官，翁卷、赵师秀皆有送行诗。薛师石《送子舒弟之官华亭》云：

执手难为别，愁看去棹孤。船官得闲散，春晚过皇都。书附海人便，花添住屋图。有时吟句稳，还忆老兄无。

潘柽　直须诗句可名家

潘柽（？—1206），字德久，号转庵，永嘉人，是“永嘉四灵”的先导者，也是音乐家。潘柽的父亲潘文虎是温州历史上第一个武状元，夺魁于北宋靖康元年（1126）。潘柽科举不顺，以父荫得授武职。但他一生热衷于诗词创作，诗交广泛，历代名家对他的诗歌有很高的评价。韦居安《梅磵诗话》说：“水心先生序其诗集，言德久十五六，诗律已就，永嘉言诗，皆本德久。读书评文，得古人深处。”

溯唐诗之源　创“四灵诗派”

潘柽对温州诗风的形成，以及确立温州诗歌在诗坛的地位起到了重要作用。弘治《温州府志》载，潘柽“平生喜为诗，下笔立成，声名籍甚，人莫能俦。永嘉言唐诗，自柽始”。“自乾、淳以来，濂、洛之学方行，诸老类以穷经相尚，时或言志，取足而止，固不暇如昔人体验声病，俾律吕相宣也。至潘柽出，始倡为唐诗，而赵师秀与徐照、翁卷、徐玑绎寻遗绪，日锻月炼，一字不苟下，由是唐体盛行。”这段诗评述明确说明了潘柽在温州诗坛“始倡唐诗”，他是“永嘉四灵”的先声。

宋代诗人陈宓（1171—1230）是丞相陈俊卿之子，曾入朱熹之门，其《上潘舍人德久》二首让潘柽的诗人性格展现在人们眼前。潘柽是音乐家，也是书法家。诗中的“渴骥”是形容书法的形态如同口渴的骏马飞奔向泉水，比喻潘柽的书法矫健刚劲：

气大词雄擅百家，长江衮衮见浮楂。襟怀有道颜长玉，谈笑为春物自花。飘逸大书追渴骥，联翩行字更飞鸦。夜陪余论清肝胆，不羡乘风七碗茶。（其二）

潘柽诗上承唐代诗风，既有宋人格调，更洋溢着爱国气息，如《上龟山寺》：

菜花开处认遗基，荒屋残僧未忍离。寺付丙丁应有数，岸分南北最堪悲。金铃塔上如相语，铁佛风前亦敛眉。野匠不知行客意，竞磨波墨打顽碑。

“金铃塔上如相语”一句，元人根据《晋书·佛图澄传》，认为潘柽用佛图澄以铃音喻石勒（五胡十六国中的后赵统治者，羯人）擒刘曜事，不无深意。

《题钓台》这首诗很有名，在《宋诗纪事》和其他诗话著作中多有引用。诗中的“英雄陈迹千年在，香火空山万木秋”是好联：

蝉冠未必似羊裘，出处当时已熟筹。但得诸公依日月，不妨老子卧林丘。英雄陈迹千年在，香火空山万木秋。自笑黄尘吹鬓客，爱来祠下系孤舟。

南宋以来道学兴起，诗家受道学影响，重义理而轻文艺，不去追求声病律吕的相宜。潘柽反对这种现象，并致力于推广晚唐诗风。经过他与“四灵”的努力，晚唐诗风在温州开始复兴，并盛行于全国。刘克庄说：“近世理学兴而诗律坏，惟‘永嘉四灵’复为五言，苦吟过于郊、岛”（《林子㬎诗序》），从侧面反映了永嘉学人的文艺思想。钱锺书在《宋诗选注》中说：“反对江西派运用古典成语、‘资书以为诗’，就要尽量白描、'捐书以为诗'，'以不用事为第一格'……这种比杨万里的主张更为偏激的诗风从潘柽开始，由叶适极力提倡，而在'四灵'的作品中充分表现。"钱锺书的这段话告诉我们，南宋温州诗风的形成与潘柽是分不开的。

诗中有音乐　字中有陶潜

古诗词是讲究韵律美的，其中的乐感、平仄声交错所营造出来的意境，能让人回味无穷。潘柽的好友许及之有诗《听转庵弹琴》，形象地刻画出音乐家潘柽抚琴时的忘我神态，以及琴声渲染下的场景：

竞春人去客苔侵，喜对安仁理玉琴。百尺游丝非助我，一声啼鴂是知音。湘桃作意红兼白，碧柳随宜浅更深。昨日胭脂今日雪，可怜墙角两来禽。

潘柽《自滁阳回至乌衣镇》有浓浓的唐风，充满音乐节奏感，亦有回首不见旧地的伤感，可读也可唱：

行人元不恨长途，下马旗亭酒可沽。回首琅琊山不见，西风吹起豆田乌。

潘柽写给友人的诗中不乏情真意切的好句，如《送友人游金陵》抒发了不慕富贵，徜徉于山水之间的情趣：

酒尽谭余意转新，北风一舸下寒津。遥知白下登楼处，正欠黄初着句人。往事省来多岁月，旧游疏似晓星辰。半山斜日荒凉寺，更有残碑待拂尘。

《简徐判院》是潘柽写给枫林徐叔圭的，"世味梅花""诗情马首"是好对：

风谊峥嵘昔未亲，正悬一榻待高人。当年曾接东莱话，今日宁嫌北阮贫。世味梅花开野水，诗情马首没黄尘。何时载酒从君去，灵鹫峰前借早春。

《次韵酬陆放翁》是首很简朴的诗，朗朗上口，其中“春领物华”“客忱多储菊”“无事闲门”等句，充满野趣，淡雅恬淡，有节奏感：

瘦藤白苎岸乌纱，随分酬春领物华。西崦三椽休问舍，南湖一带近栽花。眼昏客忱多储菊，肺渴僧庖屡借茶。无事闲门便早睡，清灯唤起为吟家。

又如《雪上简娄舜章》，诗中有孟浩然“故人具鸡黍，邀我至田家”的韵味，风格上也完全可以看作是“四灵”的先声。赵师秀的“有约不来过夜半，闲敲棋子落灯花”，就有很深的潘柽诗风印记：

鸡头旋煮莲新擘，簇凤排花鲙更鲜。清夜故人情客到，小船载酒大船边。

深情寄诗句　交友重诗名

潘柽喜欢交际和漫游，从姜夔、陆游、叶适、许及之等友人的诗文中可以搜寻其生平事迹。叶适说：“德久漫浪江湖，吟号不择地，故所至有声。”陆游有《送潘德久使蓟门》，此诗反映出陆、潘二位诗人的爱国情怀，也是潘柽浪迹江湖、“所至有声”的记录。诗的最后陆游发出“读书饮酒待贼平，万丈旄头方下扫”的呼号，说出了心中的愿景：

昆仑东分一枝浑，奔蹴砥柱经龙门。羲皇受图抚上古，神禹治水开中原。三灵实扶艺祖业，万国共仰东都尊。群儿撞坏吁可叹，顾使残虏今游魂。因君试求出师路，孟津白马应如故。不须更议系河桥，北风正可乘冰渡。颇闻卢龙已数尽，复道飞狐合屯戍。辕门倘驻拂云祠，烽火应过明妃墓。君归解鞍藉芳草，细谈塞北忘予老。读书饮酒待贼平，万丈旄头方下扫。

辛弃疾有《江神子·别吴子似末章寄潘德久》，此词寄情于文字，读之让人产生长长的思念。“过吾庐。笑谈初”，是诗人相会的亲切场景：

看君人物汉西都。过吾庐。笑谈初。便说公卿，元自要通儒。一自梅花开了后，长怕说，赋归欤。　而今别恨满江湖。怎消除。算何如。杖屦当时，闻早放教疏。今代故交新贵后，浑不寄，数行书。

韩淲（1159—1224）是南宋诗人，韩元吉之子。韩淲与潘柽互为知己，意气相投，其《次韵潘德久舍人七月廿一夜喜雨五绝》写于酷热之时的临安，是情思与季候的写照：

钱湖苦热人不眠，下塘水涩流涓涓。云奔雨骤忽到晓，便有小舟来闸边。

雨云低水夜微明，隐隐临平山上青。荷花菱叶不自已，摇动湿风时乱萤。

客中倚楼秋思觉，人静石罅促织鸣。未知我诗能吟否，三更起坐床不平。

补陀净圣有许事，用作霖雨谈笑中。天竺山高湖水满，去来何地不圆通。

转庵老子又多能，意气少年夸五陵。自到玉皇香案侧，退朝犹不废吟灯。

叶适对潘柽也很敬重，不仅敬重他的为人，更看重他的诗篇。叶适在《送潘德久》中写道：

每携瘦竹身长隐，忽引文藤令颇严。闻道将军如郤縠，不

秀君人物漢西都過吾廬笑談初便
説公卿元自要通儒一自梅花開了後
長怕説賦歸歟而今悵别滿江湖怎
消除算何如杖屨當時閒早放教疏今
代故交新貴後渾不寄數行書
辛棄疾寄潘德久詞江神子别子似
潘檉字德久四靈詩派始創人　毅和錄

书辛弃疾《江神子·别吴子似末章寄潘德久》

妨幕府有陶潜。江当阔处水新涨，春到极头花倍添。未有羽书吟自好，全提白下入诗奁。

叶适的《诗悼路钤舍人德久潘公》是在潘柽去世后不久写的，他以唐代诗人韦应物来比潘柽，赞其诗歌闲淡简远：

诗人冥漠去何许，花鸟相宽不作愁。耆旧只今新语少，九原唤起韦苏州。

潘柽与南宋著名词人兼音乐家姜夔（白石）交往最深，他们都是工于诗词、长于书法、吹箫弹琴、精通律吕的才子。潘柽有《赠姜白石》，说明了姜夔“白石道人”的名号是潘柽给取的：

世间官职似樗蒲，采到枯松亦大夫。白石道人新拜号，断无缴驳任称呼。

姜夔的《予居苕溪上与白石洞天为邻潘德久字余曰白石道人且以诗见畀其词曰人间官爵似樗蒲采到枯松亦大夫白石道人新拜号断无缴驳任称呼予以长句报贶》也证明了这一点。诗中姜夔自称身边别无长物，“囊中只有转庵诗”：

南山仙人何所食，夜夜山中煮白石。世人唤作白石仙，一生费齿不费钱。仙人食罢腹便便，七十二峰生肺肝。真祖只在南山南，我欲从之不惮远。无方煮石何由软。佳名锡我何敢辞，但愁自比长苦饥。囊中只有转庵诗，便当掬水三咽之。

姜夔曾于开禧年间（1205—1207）到过温州，应是受潘柽邀请而来。其《水调歌头·富览亭永嘉作》曰：

日落爱山紫，沙涨省潮回。平生梦犹不到，一叶眇西来。欲讯桑田成海，人世了无知者，鱼鸟两相推。天外玉笙杳，子晋只空台。　　倚阑干，二三子，总仙才。尔歌远游章句，云气入吾杯。不问王郎五马，颇忆谢生双屐，处处长青苔。东望赤城近，吾兴亦悠哉。

姜夔的《和转庵丹桂韵》是一首田园气息浓郁的诗，写出了潘柽与姜夔“一禅两居士”的共同志趣：

野人复何知，自谓山泽好。来禅奉常议，识笳鼓羽葆。谁怜老垂垂，却入闹浩浩。营巢犹是寓，学圃何不早。淮桂手所植，汉瓮躬自抱。花开不忍出，花落不忍扫。佳客夜深来，清尊月中倒。一禅两居士，更约践幽讨。

潘柽则有《书姜夔昔游诗后》，颂扬了姜夔的诗风与为人：

我行半天下，未能到潇湘。君诗如画图，历历记所尝。起我远游兴，其如须毛霜。何以舒此怀，转轸移清商。

许及之，字深甫，是南宋时官位较高的温州士人。他寄和潘柽的诗作最多，《潘德久将出疆之前三日移居作诗奉邀》中有“试拨忙来共一觞”，可见乡谊之重：

久住京华似故乡，迁居又复一番忙。此非子坐争悬榻，何以家为便出疆。屋下已听湖水过，楼头不奈柳梢黄。今朝元巳佳天气，试拨忙来共一觞。

许及之是最了解潘柽的故友。他在《送潘德久都干为贺生辰使属》中述说了潘柽的父亲曾取“燕山第”，“祖功宗德无边”，可到了潘柽，却是“新诗贮腹便”般不得志：

乃翁旧取燕山第，子恰从人去使燕。孽子孤臣应有泪，祖功宗德本无边。离离故国摇鞭影，耿耿新诗贮腹便。父老相逢勤劳苦，为言咫尺中兴年。

许及之还有一首《题潘德久所藏杨补之竹梅》，写得很风趣，文人气十足：

竹弟梅兄已可人，老杨笔力更精神。转庵不用持相恼，买得梅坡入梦频。

《次转庵圣花韵》是一首颂扬潘柽书法的作品。许及之称潘柽的笔下有“衮衮万马奔，翼翼两攻夹”之势，有“意轻秦赵璧，价重蒲葵箑”之贵，将潘柽的书法比作“钱塘潮”“苕溪雪”：

转庵诗三昧，仍嗜书八法。写出金弹句，可玩不可狎。近观圣花作，险若君独压。壮如钱塘潮，清若苕溪雪。僚丸同妙手，痀蜩真脱甲。庖刀方奏砉，郢风复运霅。文章特小技，圣处奚假插。得趣堪献佛，高吟岸乌帢。达者越拘挛，迷者泥检柙。岂知造化机，目击不容眨。衮衮万马奔，翼翼两攻夹。灵根有变通，时雨自浃洽。意轻秦赵璧，价重蒲葵箑。记舟何用痕，印钱偶因掐。于道得达尊，问鼎不问郏。

敖陶孙（1154—1227），字器之，号臞翁，庆元五年（1199）进士，因临安书商陈起所刻《江湖集》受株连贬官。他有两首《再用晨吐字韵寄潘德久》是写给潘柽的，并予以潘柽高度评价：

舍人宾日姿，起居庭燎晨。岂惟瑞朝廷，荐绅目多闻。就如田甲嘲，死灰果不然。那知硕果剥，中有一念仁。稽古得微酬，樏具峨进贤。琴为悲风弹，茶必活水煎。平生转庵诗，小当寿千年。忽闻朔方骚，更欲腰黄间。向来扑朔豪，日者今华颠。

下客时觇君，东茵阳醉吐。万事君不理，传声拒开户。虽然臭味合，更觉心貌古。书雠峄山枣，羹臛首阳苦。坐令府西门，平兴说二许。君当我舆台，银艾心已灰。尚有西山缘，共待石髓开。神仙觉易与，诗句端难裁。却后五百年，化鹤吾独来。

贫与诗相涉 诗清不怨贫

潘柽晚年是在清贫和淡泊的环境中度过的，徐照《和潘德久喜徐文渊赵紫芝还里》中有“贫与诗相涉，诗清不怨贫”，虽是写给徐玑和赵师秀的，却是潘柽晚年生活的写照。

徐玑的《潘德久挽词》说得很真切，读来甚感悲伤。其中“病惟亲笔墨，贫亦买琴书”，是诗人、音乐家、贫困文人的写照：

只为吟成癖，官闲乐有余。病惟亲笔墨，贫亦买琴书。别奠临西野，春风入故庐。悠悠想精魄，如赋钓台初。

陈傅良《送潘德久之官建康》中有“万事无能改鬓华”，为潘柽怀才不遇鸣不平：

平生不解通毛刺，万事无能改鬓华。岂是襟怀堪逆旅，直须诗句可名家。老为宾客从戎幕，强使妻孥理帽纱。不有将军宽礼数，新愁却恐堕江花。

郭则沄在《永嘉杂咏三十首》中叹潘柽“阅尽炎凉如铁佛，白头愁倚塔铃风”。诗能穷人，亦能达人，郭诗借用了潘柽的“金铃塔上如相语，铁佛风前亦敛眉”，对潘柽阅世艰辛、仕途不顺表示怜惜。

梁章钜是清代后期名臣，诗联大家。梁章钜的儿子梁辰恭曾在温州任知府，他也曾在温州养老。《浪迹续谈》是他的笔记杂文，记录了大量温州历史上的风物与名人佚事，其中对潘柽有如下记载：

《永嘉县志·经籍门》载潘柽《转庵集》一卷，《文苑门》有传。按《梅硐诗话》云：“永嘉潘柽，字德久，号转庵。水心先生序其诗集，言德久年十五六，诗律已就，永嘉言诗，皆本德久，读书评文，得古人深处，举进士不中第，用父赏授右职，为閤门舍人。题钓台一联云：‘但得诸公依日月，不妨老子卧林邱。’为人传诵。”按此联余辑入《楹联三话》，其实是一七律之颈联，今载《瀛奎律髓》中。诗云：“蝉冠未必似羊裘，出处当时已熟筹。但得诸公依日月，不妨老子卧林邱。”此前四句，虽常语，而却旋转自如，后四句则平率矣。诗派虽开“四灵”之先，其工力实不相上下也。

从史志记述，从许及之、姜夔、叶适等同时代诗家的评述来看，潘柽先于“永嘉四灵”倡导唐诗，最早开辟了南宋温州诗风。

叶适　不唱杨枝唱橘枝

叶适（1150—1223），字正则，生于瑞安，晚年居于永嘉城外水心村，世称“水心先生”。叶适于淳熙五年（1178）高中榜眼，历仕孝宗、光宗、宁宗三朝，历任平江节度推官、太常博士、尚书左选郎官、国子司业、泉州知州、权兵部侍郎等职。叶适所代表的永嘉事功学派，与朱熹的理学、陆九渊的心学并列为南宋三大学派。

叶适是位学问家，擅文也擅诗。叶适的诗歌中有学术轨迹、师友交往、行旅纪事等，是最真实的文字遗存。《全宋诗》收录叶适诗近四百首。刘克庄在《后村诗话》中评价叶适说：“水心大儒，不可以诗人论。”而叶适晚年时的学生吴子良在《荆溪林下偶谈》中说：“水心诗早已精严，晚尤高远，古调好为七言八句，语不多而味甚长。其间与少陵（杜甫）争衡者非一，而义理尤过之。”

南宋温州田园诗的复兴人

读叶适诗，不仅能感受到他严谨的治学精神，更能体悟到他的审美情趣。叶适以唐诗为诗学楷模，写诗端庄大度，意态自然，特别是其田园诗，平和闲适。他自己创写的“橘枝词”

充满乡土性情，开辟了温州的竹枝词形式。叶适描写家乡山水的诗歌，包含了诸多的温州信息。如《西山》：

对面吴桥港，西山第一家。有林皆橘树，无水不荷花。竹下晴垂钓，松间雨试茶。更瞻东挂彩，空翠杂朝霞。

此诗首两句就道出了温州的两个地名，即吴桥、西山。“有林皆橘树，无水不荷花”，是温州古时即为柑橘产地的写照。最后两句带出了温州的另一个地名挂彩山，此山是与杨府山隔江相望的小山。弘治《温州府志》记载：“挂彩山，在郡城东北二十里，南临大江，其石壁立，光彩五色，灿烂如彩缋然。”叶适常携友人与弟子于此泛舟，临江观景。

《余泛舟不能具舫创为隆篷加牖户焉》可以看出叶适是位很爱游玩的学者。他没有条件制作大舫，就把平常用的小船进行改装，成为有隆篷、牖户，能适应温州塘河行驶的小舫。“身宽对好山”，童趣十足：

虽然一桨匆匆去，也要身宽对好山。新拗蓬窗高似屋，诸峰献状住中间。

重文、工文是叶适做学问的基础，但作为闲玩的诗歌也有自己独创。叶适仿效唐代刘禹锡的“杨枝词”“竹枝词”，自创了一种新诗体“橘枝词”，用以描写温州乡土。如《橘枝词三首记永嘉风土》：

蜜满房中金作皮，人家短日挂疏篱。判霜翦露装船去，不唱杨枝唱橘枝。

琥珀银红未是醇，私酤官卖各生春。只消一盏能和气，切莫多杯自害身。

鹤袖貂鞋巾闪鸦，吹箫打鼓趁年华。行春以东峥水北，不妨欢乐早还家。

第一首是写瓯地柑橘丰富之时，农家“判霜翦露”忙装船的景象，最后他用了“不唱杨枝唱橘枝”七个字，热情地展露了诗人刻骨铭心的温州情怀；第二首写的是酿酒、酤酒的风俗，“私酤官卖各生春”写出了当时酒业的兴盛；第三首则是描写温州女子出嫁的情景，鹤袖貂鞋，吹箫打鼓的闹热，反映了南宋时期温州城乡的经济状况。在理学家诗人群体中，叶适的诗歌水准可称上乘。他的诗体现义理，显示政教功能；他的诗关注社稷民生，承载地方特色，具有哲学家观察社会的独到眼光。

《看柑》是叶适另一首写瓯柑的诗。瓯柑种植遍布温州乡村，瓯柑的采摘已经成为农村的习俗。同时期任温州知州的韩彦直也在任内写出了中国最早的柑橘专著《橘录》。读叶适《看柑》，如同品尝了带点微辛，甜酸适宜的瓯柑：

窈窕随塘曲，酸甜在橘中。所欣黄一半，相逐树无穷。习啖成真性，悲歌记土风。惭非美人赠，采摘恣村童。

温州瓯柑宋时是贡品，名气很大。梅尧臣的温柑诗中说：“禹书贡厥包，未知黄柑美。竞传洞庭熟，又莫永嘉比。”台州郡守曾宏父诗曰：“一从温台包贡后，罗浮洞庭俱避席。”此句意思是，自从温州、台州柑橘作为贡品，罗浮柑、洞庭橘即自然退居次席。叶适的瓯柑诗另有特色，瓯地诗人写瓯柑，写出了瓯柑原产地的场景。

此外，叶适《送吕子阳自永康携所解老子访余留未久其家报以细民艰食急归发廪赈之》中有很多包含温州元素的诗句。“小邦肥羜阙，鰕蛤滥充盘”说的是温州人吃的小海鲜；“时维冬雷数，云雪常昼昏”说的是温州冬季有雷声，这也是海洋性气候的特点：

收缨古蜜浦，抱袂生姜门。九九书自注，邀余缀篇端。久衰余学废，弥隐子道尊。时维冬雷数，云雪常昼昏。火把起夜色，丁鞋明齿痕。小邦肥狞阙，鰕蛤滥充盘。椒橙失滋味，糁絮劳倾吞。诘朝报家问，剪书征阿孙。苦陈乡人饥，采蕨啖其根。仓封井花满，淘米安得浑。觅翁如觅父，愿假东飞翰。念之不遑处，喟焉整归鞍。我老澹百虑，身世两莫存。欲私一垅润，岂救大地干。西城柳遥遥，北寺江漫漫。勿令嗟来死，以慰行路难。

田园诗与山水诗往往并称，温州是山水诗的故乡，由谢灵运始创至叶适已历七百余年。叶适与"永嘉四灵"承接温州诗歌传统，扩展内涵，形成一派，誉满南宋诗坛。

力挺"四灵" 为永嘉诗风举旗

"永嘉四灵"是南宋温州最重要的诗人群体，而叶适的诗学正是"永嘉四灵"成长的梯航。在叶适的努力揄扬下，"四灵"逐渐名闻诗坛。赵汝回在《瓜庐诗序》中说："唐风不竞，派沿江西，此道蚀灭尽矣。永嘉徐照、翁卷、徐玑、赵师秀，乃始以开元、元和作者自期，冶择淬炼，字字玉响，杂之姚、贾中，人不能辨也。水心先生既啧啧叹赏之，于是'四灵'之名天下莫不闻。"

多年前，国内学者有研究永嘉文派的，而从永嘉诗派到永嘉文派的形成，与永嘉学派的形成是同步的，均是以叶适为中心的学者不断倡导并践行的结果。薛季宣、陈傅良、叶适都是善诗的学者，学风与诗风同宗。

叶适倡导"敛情约性"的唐诗风骨，即平和蕴藉的中和之美。如《送惠县丞归阳羡》是典型乡村素描：

我在水心南岸村，寻常风景不堪论。等于天壤中间住，草醉花迷共记存。

《水心即事六首兼谢吴民表宣义》记述了叶适在故居东面的小岛周边及岛中的水池中都种上莲花，称之为“莲洲”。这首诗从夏写到秋，从暑烦写到霜前，季节变换都在莲荷一叶中：

虽有莲荷浸屋东，暑烦睡过一陂红。秋来人意稍苏醒，似惜霜前零乱风。（其三）

“四灵”之一的徐玑有咏酒诗，与叶适诗风格相近：

才倾一盏碧澄澄，自是山妻手法成。不遣水多防味薄，要令曲少得香清。凉从荷叶风边起，暖向梅花月里生。世味总无如此味，深知此味即渊明。

叶适诗情很浓，在写给自己学生的诗中，渗透着师生情谊与乡党情分。《送赵紫芝游天台》是写给“四灵”之一的赵师秀的：

寒退糊碑阁，春留种药城。幽居自可乐，暂出岂无名。综水挼蓝聚，裙山翦绣迎。文殊扣野衲，痴语为谁清。

“四灵”中徐玑与叶适结识最早，交往最密。叶适与徐玑一家是世交，两人更是亦师亦友。徐玑居住的松台山脚与叶适的水心村宅室相隔不远，他便经常到宅上拜访叶适。叶适在《徐文渊墓志铭》中记载：“君与余游最早，余衰甚，朋曹益落。君将请于朝，弃长泰终从余。”叶适感慨自己在晚年时身体衰弱，徐玑辞去官职去照顾他，足见两人的师友情谊。徐玑在《上叶侍郎十二韵》中就提到“侍从西湖宅，安闲近水心”。

在诗歌创作上，徐玑也最得叶适器重，两人在一起经常互相切磋诗歌。叶适说徐玑评诗“高者迥出，深者寂入，郁流瓒中，神洞形外”。徐玑到龙溪任职时，叶适还写序相送，推崇他的书法造诣，称赞他的书法理念不同寻常。叶适还有《赠徐灵渊》：

識貫事中樞紐筆開象外精神
傳觀弓力異常鈞衣我六銖羞
問周復數蓬命粒魯儒一點芳心
啄殘樓老付誰論謾要睡餘支枕
葉適西江月和李參政　近書樓　穀和

书叶适《西江月·和李参政》

欧虞兼褚薛，事远迹为尘。今日观来翰，如亲见古人。尽归严号令，富有活精神。碑板荒唐久，遥看走四邻。

叶适写给徐玑的《徐灵渊挽词》，虽是挽词，却描述近郊水色，山野风光：

自卜西南宅，始闻幽赏多。山供映门树，水献卷帘荷。近局棋频赌，邻篘酒屡歌。谁云秘此乐，抛掷与流梭。

同样，叶适写给翁卷的《翁诚之挽词》，似乎没有一点“挽”的悲伤，而以大自然的美好去唤起后人对这位富有才华的诗人的爱怜。“朔风吹潮没复涌，渡口野梅飞碎琼”，诗魂高扬，比之哭泣更烈。这便是叶适诗歌中的物象显豁尽致、意态宛然的效果：

西方之人美无度，眷此南邑朝阳鸣。如锥出囊拟砭国，似璞有价空连城。三仕郎官老将及，一去郴州唤不譍。朔风吹潮没复涌，渡口野梅飞碎琼。

结庐会昌侧　锄荒培薄寺东隈

叶适作诗提倡“德艺兼成”，并将《诗经》作为诗德的典范，将唐诗作为诗艺的楷模。他尊崇《诗经》借物寓意的手法，并与“四灵”一道以晚唐为法。他记述市井人物和反映农耕生活的诗歌，体现了他的“德艺兼成”的追求。如《朱娘曲》是叶适记人述事的诗，他将一位卖酒朱娘的形象写得活灵活现：

忆昔翦茅长桥滨，朱娘酒店相为邻。自言三世充拍户，官抛万斛嗟长贫。母年七十儿亦老，有孙更与当垆否。后街新买双白泥，准拟设媒传妇好。由来世事随空花，成家不了翻破家。城中酒徒犹夜出，惊叹落月西南斜。桥水东流终到海，百年糟丘一朝改。无复欢歌撩汝翁，回首尚疑帘影在。

叶适说过：“古今之体不同，其诗一也。”《锄荒》是反映农事的，却蕴含了思想家的哲理：

锄荒培薄寺东隈，一种风光百样栽。谁妒眼中无俗物，前花开遍后花开。

叶适尊崇唐诗，认为其优长在于“取成于心，寄妍于物”“极外物之变态”。所以，叶适的记事诗中，读来淡然的句式，却有深深的寓意。他有两首写温州端午节的诗，《后端午行》对一村一龙舟的习俗进行评述，可见当时也有禁而不止“反为酷”的管理难题：

一村一船遍一邦，处处旗脚争飞扬。祈年赛愿从其俗，禁断无益反为酷。喜公与民还旧观，楼前一笑沧波远。日昏停棹各自归，黄瓜苦菜夸甘肥。

《永嘉端午行》则写出了“古来净水斗胜负”的旧俗：

行春桥东峙岩北，大舫移家住无隙。立瓶叵罗银价踊，冰衫雪袴胭脂勒。使君劝客亲付标，两朋予夺悬分毫。起身齐看船势侧，桡安不动涛头高。古来净水斗胜负，湖边常赢岂其数。岸腾波沸相随流，回庙长歌谢神助。只今索莫何能为，败鼓揽壕观者稀。千年风土去不返，醉里冤仇空展转。

白纻是古人用白色苎麻所织的夏布，宋代著名诗人如黄庭坚、杨万里、陆游等都写过白纻诗。叶适的《白纻词》更有温州的乡土化，诗句纤丽动人：

有美一人兮表独处，陟彼南山兮伐寒纻。挑灯细缉抽苦心，冰花织成雪为缕。不忧绝技无人学，只愁不堪嫁时著。郑侨吴札今悠悠，争看买笑锦缠头。

若是要举叶适“不唱杨枝唱橘枝”的诗例会有很多，诗诗出彩，句句经典，但诗中体现的经世思想也始终横亘在叶适胸中，难以消弭。他常以《诗经》的风雅理想来衡量、审视自己和学生们诗歌创作的得失。如《宿石门》一诗虽是写石门，实乃描述瓯江气势，而诗人也借景吐露人生，是雍和冲穆、疏朗淡雅之作：

好溪泻百壑，南北倾万峰。山凡堆阜俗，映岸羞为容。石门忽秀出，老干荫渟洪。舍舟从口入，便已离尘中。众芳拱窟宅，环冈献奇秾。藤萝异态度，尺寸疑施功。锦茵翠织成，照耀无春冬。水行千丈高，歕薄不可穷。更有洗头盆，云深雾常封。昔年谢康乐，筑居待其终。继作者丘裴，语言亦称雄。邈然百世后，未忝骚人风。栖栖三羽衣，日晏斋厨空。云子歇过桨，暂洗氛埃胸。自叹苦淹留，寂寞不易供。嗟我老无用，佞山久成翁。结庐会昌侧，势落鱼鰕丛。种竹似束苇，栽松加断蓬。小儿饾盆盂，何时至周公。会当同此住，代输助之舂。

诗风辅文风　雨递秋声八百年

叶适的学术地位和朝堂上的影响，让他的儒名盖过了诗名，以至于人们很少对他的诗人身份做系统地评论，只是在涉及诗论时对叶适有些赞誉或批评。

下面分析叶适诗中联句撰写的艺术手法。

温州江心屿为提升景观水平开始修整亭廊，欲增添楹联，我便建议以历史文化名人的诗句为联，其中选择了叶适的名句“花传春色枝枝到，雨递秋声点点分”。此联选自吴子良《荆溪林下偶谈》，吴子良称“此分量不同，周匝无际也”。

又如《送潘德久》中有“江当阔处水新涨，春到极头花倍添”一联，吴子良说：“此地位已到，功力倍进也。”叶适作诗很少使用典故，但为了表示对潘柽父亲潘文虎的崇敬，用春秋时晋国的儒将郤縠和陶渊明来衬托，恰如其分：

每携瘦竹身长隐，忽引文藤令颇严。闻道将军如郤縠，不妨幕府有陶潜。江当阔处水新涨，春到极头花倍添。未有羽书吟自好，全提白下入诗奁。

“万卉有情风暖后，一筇无伴月明边”一联出现在《丁少明挽诗》中，吴子良给予佳评，称“此惠和夷清气象也”。诗中的“枕冷秋山”“时时逸想”“散尽粗浮”等，句句清冷，字字脱尘。诗人将无尽思念寄托在浓淡相间的颂扬之辞里：

枕冷秋山不记年，时时逸想醉看天。吟成绝妙惊人句，散尽粗浮使鬼钱。万卉有情风暖后，一筇无伴月明边。新来王子碑能说，笔意堪将此共传。

《题王叔范自耕园》充满了耕读意趣，此耕读不是真正的耕读，而是文人闲适生活的写照。“包容花竹春留巷，谢遣蒲荷雪满涯”一联对仗严谨，春蕾挂枝刚刚舒展，冬天还有阴蕴残留，形成对比。诗人笔下有情结，是对吴地佳丽与浙人精巧生活的赞美和诗化：

自耕不要从人得，知在卢南第几街。吴地于今说佳丽，浙人自昔巧安排。包容花竹春留巷，谢遣蒲荷雪满涯。必想新园名字出，故时台馆半沈埋。

《陈待制挽诗 · 其四》是首绝句，看似写景色，却是悼念之辞。诗中用“船辞柁”“花发枝”来纪念友人，并用“世事半局棋”表示人世别离。诗人笔下静物有生气，冷水的环境中也有花枝在孕育，展示了哲人的情怀：

世事从来半局棋，夜眠还有不应时。峙岩桥畔船辞柁，冷水观边花发枝。

叶适一般会在五律诗中安排一联用作点睛。《赠蔡茂材贯之子与》是写给友人的诗，“隔垣孤响度，别井暗泉通”用十个字打通空间，使此联在整首诗里起到连接作用，显示了叶适用语的高超艺术：

蔡家五千卷，藏向石庵中。讲诵今几日，飘零随陨风。隔垣孤响度，别井暗泉通。安得无爻象，与将吾道东。

《赠听声欧阳承务》中有“举世声中动，浮生骨带来”，此联不写景，却弄出声响，气势大蕴意深，安排精巧：

无心立臧否，有术验荣衰。举世声中动，浮生骨带来。弹轻知福地，欬小应灵台。笑我老何及，是身惟死灰。

叶适的诗歌成就是很高的，只是被他的学术成就掩盖了。《宋诗钞·水心诗钞》称叶适诗：“用工苦而造境生，皆镕液经籍，自见天真，无排连刻劈之迹，艳出于冷故不腻，淡生于炼故不枯。曾点之瑟方希，化人之酒欲清，其意味足当之。”研读叶适的景物诗、景观联句，就会体悟到他的诗歌是清淡的艺术生活记录，没有刻意用典的痕迹。

诗中有阮陶　崇唐有精神

宋代诗人具有阮陶遗风的不多，叶适是其中一位。周紫芝在《竹坡诗话》中讥讽时人刻意学陶，说“士大夫学渊明作诗，往往故为平淡之语，而不知渊明制作之妙，已在其中矣”。刘克庄则认为崔鸥、陈与义、叶适的诗作能入陶诗“高雅”“幽微”的艺术境界。

叶适在纪游、风光诗中能自然地追随到阮陶诗风。如《中塘梅林天下之盛也聊伸鄙述启好游者》的“荒茨各尊贵，野径争扶疏。愁云忽返旆，急霰仍回车”，可谓出神入化，气象万千。诗的最后以何逊、林逋作结，何逊为南朝齐、梁文学家，写景炼字，曾受杜甫推许；林逋为北宋隐逸诗人，结庐孤山，植梅养鹤，人称“梅妻鹤子”。叶适此诗既写梅林之景，亦为旅游感慨之赋：

幽花表穷腊，病叟行村墟。所欣一蕊吐，安得百万株。上下三塘间，萦带十里余。荒茨各尊贵，野径争扶疏。愁云忽返旆，急霰仍回车。苍然岁将晚，陡觉天象舒。群帝胥命游，众仙俨相趋。龙鸾变化异，笙笛音制殊。物有据其会，感召惊堪舆。妙香彻真境，态色疑虚无。问谁始种此，岂自开辟初。至今阙胜赏，浩劫随荣枯。儿童候黄堕，捧拾纷筐盂。熏蒸杂烟煤，转卖倾江湖。胭脂蘸罗縠，绛艳生裙襦。和羹事则已，甘老山中臞。以兹媚妇女，又可为嗟呼。夜阑烛烬短，月淡意踌躇。林逋与何逊，赋咏徒区区。

另一首《余顷为中塘梅林诗他日来游复作》，从“林光百道合，花气千村连”到“无以寄美人，千室欣莫烟”，写尽中塘新景。诗中不再着墨于梅花，而是写出了春天的雾雨空迷：

侧闻中塘好，曾赋劝游篇。陵江入枉浦，聊复信所传。化工何作强，耿耿不自怜。山山高相映，坞坞曲相穿。林光百道合，花气千村连。风迎乱駊騀，日送交婵媛。天回徂阴后，地转升阳前。初如别逃秦，疏附耻独贤。又疑未兴周，掩拥欣俱全。惜哉见之晚，重寻畏凋年。一省三叹息，十步九折旋。诗家诧梅事，槁干陋肥鲜。常于寒角晓，爱彼明冰悬。疏枝涩冷艳，小窗露孤妍。吟悲禽留嗛，句喜珠辞渊。忽兹遇众甫，欲彀羞断弦。无以寄美人，千室欣莫烟。明朝指行处，雾雨空迷田。

叶适的诗风在某种程度上代表了温州诗人群体的诗风，以唐诗为艺术标杆的“永嘉四灵”，受到了叶适的力挺，开启了“宋调”向“唐音”的转变。叶适在《徐文渊墓志铭》中详细记述了嬗变过程：“初，唐诗废久，君（徐玑）与其友徐照、翁卷、赵师秀议曰：‘昔人以浮声切响单字只句计巧拙，盖风骚之至精也。近世乃连篇累牍，汗漫而无禁，岂能名家哉！’四人之语遂极其工，而唐诗由此复行矣。”严羽《沧浪诗话》也有公允评价：“近世赵紫芝、翁灵舒辈，独喜贾岛、姚合之诗，稍稍复就清苦之风。江湖诗人多效其体，一时自谓之唐宗。”叶适在《习学记言序目》中也说：“王安石七言绝句，人皆以为特工，此亦后人貌似之论尔。七言绝句，凡唐人所谓工者，今人皆不能到，惟杜甫功力气势之所掩夺，则不复在其绳墨中；若王氏则徒有纤弱而已。而今人绝句，无不祖述王氏，则安能窥唐人之藩墙！况甫之所掩夺者，尚安得至乎！”

叶适诗评大胆，观点明确，自曹、刘至二谢，从杜甫到王安石，以阐明自己崇唐抑宋的观点：“按诗自曹、刘至二谢日趋于工，然犹未以联属校巧拙；灵运自夸‘池塘生春草’，而无偶句亦不计也。及沈约、谢朓竞为浮声切响，自言‘灵均所未睹’，其后浸有声病之拘，前高后下，左律右吕，匀致丽密，哀思宛转，极于唐人而古诗废矣。杜甫强作近体，以功力气势掩夺众作，然当时为律诗者不服，甚或绝口不道。至本朝初年，律诗大坏，王安石、黄庭坚欲兼用二体擅其所长，然终不能庶几唐人；苏氏但谓七言之伟丽者，则失之尤甚，盖不考源流所自来，姑因其已成者貌似求之耳。”

叶适晚年罢官后奉祠归乡。在老家温州的时间里，他对温州文化贡献是很大的。奉祠既是“温柔的贬谪”，也是“带薪的归隐”。叶适作为思想家在奉祠心态下扶持的温州诗风，不是完全的隐逸文学，而是依然保持了独特美学和向上的内涵，为士人和平民所接受。这一诗风的扩散性很强，由官员士子作诗，发展到平民布衣也作诗，而由叶适举旗的诗词流派，一直在中国诗坛上屹立了八百多年。

蔡幼学　物色去 把醉同春住

蔡幼学（1154—1217），字行之，温州瑞安人，乾道八年（1172）中进士，时年十九岁，后官至兵部尚书。蔡幼学是永嘉学派巨擘陈傅良的弟子，是永嘉学派大学者郑伯英的女婿，衣钵相继，遂成为永嘉学派的重要人物。他又与平阳武状元蔡必胜是堂兄弟，出身不凡。他的词名也大，晚清大词家朱祖谋编的《宋词三百首》中收有蔡幼学的《好事近·送春》。

“一筹莫展”出自《宋史·蔡幼学传》

《宋史》中蔡幼学有传，成语“一筹莫展”即出自于此：

陛下欲尽为君之道，其要有三：事亲、任贤、宽民，而其本莫先于讲学。比年小人谋倾君子，为安靖和平之说以排之。故大臣当兴治而以生事自疑，近臣当效忠而以忤旨摈弃，其极至于九重深拱而群臣尽废，多士盈庭而一筹不吐。自非圣学日新，求贤如不及，何以作天下之才！

蔡幼学在太学就享有擅长文辞的名声，文章评选时在老师陈傅良之上。孝宗亲自策士时，拟将蔡幼学列为首选。廷对时，这位初生之犊却说：“陛下资虽聪明而所存未大，志虽高远而所趋未正，治虽精勤而大原不立。即位之始，冀太平旦暮至。奈何今十年，风俗日坏，将难扶持；纪纲日乱，将难整齐；人心益摇，将难收拾；吏慢兵骄，财匮民困，将难正救。”孝宗看罢心中不悦，宰相虞允文也故意发难，蔡幼学遂而下第，被遣为广德军教授。

不久蔡幼学调任潭州，执政向朝廷推荐他，孝宗问：“年纪多大了？为何名叫幼学呢?”参知政事施师点举出《孟子》中“幼学壮行”的话来对答。皇帝凝思，感慨地说：“现在已是壮年了，可以任事了。”于是任命蔡幼学为敕令所删定官。他首先进言：“大耻还未雪，国土还未恢复，陛下睿智通达神圣英武，可以有所作为。而那得过且过的议论，意志消沉的积习，只会减弱陛下想要有所作为的雄心。”孝宗高兴地说：“我理解你的意思，是要让我恢复帝业罢了。”后来蔡幼学又请求“加固根本来消除外患，明示意图来确定众人的志向，公开引入人才来汇合才干谋略，审慎怀柔来统一南北”。他的建议得到皇帝称赞。

蔡幼学集官员、学者、诗人等于一身。在温州儒学高度发展的时期，他以自身言行诠释和彰显了“以天下为己任”的士大夫精神。他历仕三朝，朝中每有大事，便挺身而出，为国建言献策；主政地方时，又多向中央提出利民之策，深受百姓爱戴。

《好事近》被编入《宋词三百首》

蔡幼学的诗词存世不多，仅存的一首词《好事近 · 送春》却十分出名，被编入《宋词三百首》：

日日惜春残，春去更无明日。拟把醉同春住，又醒来岑寂。　　明年不怕不逢春，娇春怕无力。待向灯前休睡，与留连今夕。

孙锵鸣《东瓯诗话》称蔡幼学诗“冲和粹雅”，他虽与“永嘉四灵”处于同一个时代，但诗风迥异，写诗不猎奇，不立异，不用典故，不发议论，用白描手法和平易的语言，记述眼前之景。蔡幼学受陈傅良的影响很深，如将其诗置于《止斋集》中，简直不能分辨。

如《和林择之齐山韵》，蔡幼学用的是白描手法，却能于细微处写出大自然的美丽和人性的善良纯真：

褰裳涉秋浦，散策上齐山。盼往谢尘罽，瞻新得层峦。万象翕呈露，跬步不可间。下巧瞰坤轴，高奇仰天剜。硿矼禹所穴，巇薛秦开关。始探困伛偻，徐行快平宽。斫风扣危壁，登虬俯澄湾。突然出鳌背，但见江漫漫。匪特激愚懦，且以订群顽。

蔡幼学的诗中可见南宋中兴时期仕宦阶层的特点。《月夜赠项子谦》是蔡幼学对友人的赠诗，芸芸众生，在诗人笔下，也只是水月光的相磨：

月色净加水，奈此清兴何。谁人当领此，隔屋呼项佗。驾言先我出，追随费经过。履声适相逢，欢然憩亭荷。乾坤何浩荡，水月光相磨。醉归巷无人，群儿自前呵。

钱锺书先生曾经批评一些宋诗“爱讲道理，发议论；道理往往粗浅，议论往往陈旧，却煞费笔墨去发挥申说”。但蔡幼学的诗歌风格让人喜欢，他博闻强识，却不喜用典。叶适称蔡幼学诗“养性情”“温厚”“不自矜贵”“无浮巧轻艳之作”。

家园向来梦　更善田园诗

蔡幼学十九岁中进士后，有长达四十多年的文学创作实践，他融会众作、转益多师、择善而从。蔡幼学的田园诗，长于言情咏物，格律谨严，音韵响亮，措辞高雅，从中能看到谢灵运诗风的痕迹。

如《田园》是蔡幼学在外地写家园的，与简单的思乡诗完全不同。蔡幼学眼中的田园，清风也是香的，“新似染”“去如忙”“鱼依绿”“蝶斗黄”，这一连串的新景在人们面前豁然一亮：

野水萍无主，清风草自香。庭阴新似染，物色去如忙。岩树鱼依绿，畦花蝶斗黄。家园向来梦，静数四年强。

《晚泊》则似有“四灵”风格，在维舟处看落日，眼前是牛羊成群、灯火明亮、渔翁醉眠、小艇斜横的画面。蔡幼学的诗词思想与内容是健康向上的，符合永嘉学人面对现实的入世观念：

落日维舟处，沙头望眼平。牛羊分陇下，灯火隔林明。人散村墟静，溪寒风浪生。渔翁醉眠稳，小艇任斜横。

叶适对蔡幼学的诗文评价很高：“虽幼以文显，无浮巧轻艳之作。既长，益务关教化，养性情。花卉之炫丽，风露之凄爽，不道也。”蔡幼学写田园风光，美景中常有哲理光辉，抒情中亦有教益之语。譬如《早至湖心小园》有引人奋进的色彩：

凉月在木末，我行出林坰。林坰何所事，爱此朝气清。池荇浥风露，洒洒醉梦醒。来禽俯清泚，相照脸色赪。悠然到瓜田，钩蔓亦轩腾。万物咸得宜，吾生亦何营。

《浮家》这首诗让人一读就懂，一看就有亲切感。他描写春雨、春风，用的就是老百姓的口吻，“春风扫积素，春雨涨新彩”；描写桃红柳绿，也是温州民间的比喻，“溪桃绽腮红，溪柳起肤粟”。“万物欣向荣，吾生亦从欲”则升华了景物：

春风扫积素，春雨涨新彩。再行适良愿，及此嘉致足。溪桃绽腮红，溪柳起肤粟。万物欣向荣，吾生亦从欲。浮家信所

落日維舟處沙頭望眼平牛羊分隴下燈火隔林明人散村墟靜溪寒風浪生漁翁醉眠穩小艇任斜橫

蔡幼學詩晚泊 近善樓 穀和

之，欢意到僮仆。行乐人有言，未省我心曲。忆昔西湖春，安舆探芳谷。彩舫漾晴漪，名园玩清缛。星郎引群雏，戏舞衣裂裂。归来夜未央，清话屡更烛。只今天一涯，把酒远相属。富贵竟何时，一官乃羁束。法喜闻我言，低回若惊辱。一笑强相酬，归装宜早促。

乾坤何浩荡　水月光相磨

蔡幼学对永嘉前辈的学术有弘扬之功。他任福州知州时刻印了其师陈傅良的《止斋集》，即《直斋书录解题》所称“三山本”；吴子良亦称“蔡行之亦锓其集于三山”。在福州，蔡幼学又刻印了岳父郑伯英（景元）的《归愚集》。吴子良称：“晚自号归愚翁。有《归愚集》，其婿蔡行之帅闽，为之锓版三山。”

蔡幼学自幼并未受到家族荫泽，而是经历疾苦，与母亲“相与为命以致菽水之欢”。状元陈亮曾赞蔡母有“盛德”。母亲的贤良淑德及治家之道，对他后来为官时体谅民情、爱惜民力的民本思想形成有着至关重要的作用。

蔡幼学以乡贤为榜样，且常以堂兄蔡必胜（1139—1203）为典范。蔡必胜为政亦是“求下疾苦，审郡利病，条画修废，先后必伦。未尝立名字敛财，而常以其余与民”。蔡幼学十三岁时正值温州大水灾，时任国子监丞的郑伯熊“率乡人在朝者告灾”，“诏遣官循行赈恤”，使灾情得以缓解。最值得蔡幼学学习的是老师陈傅良，他的爱民务实的理论体系和治学方法，让蔡幼学终身受益。

蔡幼学在福建任职时，与朱熹等思想主张不同的学者多有交往，但他能坚持自我，不因理学、心学等学术流派实力之强而受影响，只是取其长处来完善自己。在与诸家交往的过程中，他使永嘉学派的主流思想愈发完善。在《条具楮币利害状》《福州便民三事状》等奏章中，蔡幼学劝诫君主，既要对民生之“义”有所重视，亦不能忽视经济之“利”。

治学春秋 与陈傅良同创永嘉文体

蔡幼学不但自己辛勤著述，而且协同业师陈傅良致力于永嘉文派的开创。他的重要著述有《国朝编年政要》四十卷，是用新体例编就的简明北宋史。据赵希弁言，该书“自太祖建隆之元，迄于钦宗靖康之末，祖《春秋》之法，而参以司马公《举要历》、吕氏《大事记》之例，宰辅拜罢表诸年首”。

蔡幼学以治《春秋》方法来编写《国朝编年政要》，王应麟《玉海》称：“其体皆编年法，惟每岁先列宰执拜罢为异。”这充分体现了《宋史》对蔡幼学的评价：“早以文鸣于时，而中年述作，益穷根本，非关教化之大、由情性之正者不道也……及辨论义理，纵横阖辟，沛然如决江河，虽辩士不及也。”

蔡幼学所著的《国朝编年政要》已佚，但后世多有著录。元马端临《文献通考》卷一百九十七《经籍考》引《中兴四朝国史·艺文志》称：“幼学采国史、实录等书，为《国朝编年政要》以拟纪，起建隆讫靖康。”由此可见此书以官修的国史、实录等为取材对象，记事起自太祖建隆，止于钦宗靖康，即简明记述了北宋九朝历史。

蔡幼学具有丰富的修史经验，真德秀称他“惟于国史研贯专一，朱墨义类，刊润齐整，各就书法”。除了《国朝编年政要》，蔡幼学还撰有《国朝实录列传举要》十二卷、《续百官公卿表》二十卷等。

蔡幼学还是永嘉文体的创始人之一，与业师陈傅良开创了盛行于南宋乾、淳时期的科场程文体式。永嘉文体作为乾、淳之际风靡一时的科举文体，它的诞生有复杂的历史背景。南宋温州经济繁荣，名儒聚集，文教昌盛。此时温州参加科举考试的士子非常多，而州郡发解试的解额却比较少。开禧年间刘宰的一封札子中说："顾今天下士子多而解额窄者，莫甚于温、福二州，且如福州终场万八千人，合解九十名，旧额五十四名，与增三十六名。温州终场八千人，合解四十名，旧额十七名，与增二十三名。"增加解额前，福州是一万八千人可以发解五十四名，比例约为 333∶1；而温州是八千人只能发解十七名，比例约为 470∶1，可见温州比福州的情况更严峻。

庞大的温州士子队伍，对举业有迫切的需求，也培植出众多专擅程文之士，"南渡后专尚时文，称闽越东瓯之士"。永嘉文体正是在科举条制愈加严密的情况下产生的。乾道八年（1172），"公（陈傅良）之高弟蔡公幼学为省元，公次之，徐公谊又次之。薛公叔似、鲍君潚、刘君春、胡君时等，皆乡郡人，非公之友则其徒也，尤为一时盛事"。以陈傅良代表的永嘉士子在省试中包揽前三名，让永嘉文体获得了更大的声誉。

永嘉文体之所以会在乾、淳之际风靡一时，一方面因其顺应了南宋科场文法愈益细密的走向，另一方面因其突破了绍兴年间科举旧学的"蓄缩畏避"现象，有昂扬奋进之风，与孝宗朝励精图治、锐意进取的时代精神桴鼓相应，故而得到了广泛的认同。蔡幼学在永嘉文体的构筑与弘扬上，是重要人物之一。

徐照　苦吟犹带瘦精神

徐照（？—1211），字道晖，一字灵晖，自号山民，温州人，“永嘉四灵”之一，是位布衣终身的诗人。徐照交游于士大夫之间，行迹遍及今湖南、江西、江苏、四川等地。其诗宗姚合、贾岛，刻意炼字，苦吟炼句。他是“四灵”中首先反对江西派，提倡晚唐诗的诗人。徐照嗜苦茗，喜游山水，吟咏终其一生，是古代写茶诗最多的诗人之一。然而他晚年贫苦，死后赵师秀为其出钱安葬，叶适撰《徐道晖墓志铭》。

嗜苦茗甚于饴蜜

徐照是“永嘉四灵”中写诗最没有“世事”的诗人，即“胸中无世事，笔下有诗情”（《求邓叔珍画》）。他的人生态度真的很简单。

徐照爱茶，爱得成痴，叶适说他是“嗜苦茗甚于饴蜜，手烹口啜无时。上下山水，穿幽透深，弃日留夜，拾其胜会，向人铺说，无异好美色也”。徐照留下的茶诗，如今已经成为研究茶文化的经典作品。

如《和翁灵舒冬日书事三首·其一》写出了煮茶的耐心，敲冰取水，凌寒煮茶。冬去春来，他也感叹自己双鬓渐白：

石缝敲冰水，凌寒自煮茶。梅迟思闰月，枫远误春花。贫喜苗新长，吟怜鬓已华。城中寻小屋，岁晚欲移家。

《赠溪上翁》记述了徐照从远处取来好泉水烹茗的茶事。最后两句很有情趣，晚上拿着鱼竿出来，后头跟着一只家犬，多么惬意：

生事付诸儿，日高眠起迟。本无尘内事，亦有鬓边丝。远取泉烹茗，新移棘补篱。晚来持钓出，一犬自相随。

徐照还有一首《和潘德久喜徐文渊赵紫芝还里》，他用泉水煮茶来欢迎徐玑、赵师秀从外地回到故里：

故交南北去，谁复念幽人。夕别惊初见，相知乐似新。竹声当暑净，茶味得泉珍。贫与诗相涉，诗清不怨贫。

叶适与徐照诗交最多，《净光山四咏呈水心先生·茶山堂》是徐照赠予叶适的诗：

片山唐国赐，茶有数根留。几番见人说，今朝还独游。远波分段白，宿霭向晴收。却有觉庵主，犹能学道州。

徐照爱住寺院，一住就是很长时间，从诗中可以看到他的行踪，如信州祥符寺、南岳上封寺、永州高山寺、吉州永庆寺、衢州石壁寺等。温州的江心寺、宿觉庵，雁荡山的宝冠寺、能仁寺、石门庵等地，他也常去借宿。《赠从善上人》中即透露了他欲买青山与寺院相邻的想法：

骨气清冷无片尘，即应僧可是前身。诗因缘解堪呈佛，棋与禅通可悟人。扫地就凉松日少，煮茶消困石泉新。不能来住城中寺，去买青山约我邻。

《哭居尘禅师》的“茶从秋后尽，门绝月中敲”似有贾岛名句“僧敲月下门”的意境：

今朝闻实信，一只海船遥。此世永相隔，何僧可与交。茶从秋后尽，门绝月中敲。昨夜山家梦，亲曾到石桥。

徐照十分喜爱茶具，《谢薛总干惠茶盏》可见徐照对茶盏的珍爱程度：

色变天星照，姿贞蜀土成。视形全觉巨，到手却如轻。盛水蟾轮漾，浇茶雪片倾。价令金帛贱，声击水冰清。拂拭忘衣袖，留藏有竹篇。入经思陆羽，联句待弥明。贪动丹僧见，从来相府荣。感情当爱物，随坐更随行。

温州人种茶，温州文化人爱茶，历史悠久。唐代温州刺史张又新是中国历史上著名的茶道专家，所著《煎茶水记》是继陆羽《茶经》之后我国又一部重要的茶道研究著作。他曾写道："及刺永嘉，过桐庐江，至严子濑，溪色至清，水味甚冷。家人辈用陈黑坏茶泼之，皆至芳香。又以煎佳茶，不可名其鲜馥也，又愈于扬子南零殊远。及至永嘉，取仙岩瀑布用之，亦不下南零，以是知客之说诚哉信矣。"这为温州留下了宝贵的茶文化史料。

到了南宋，饮茶已经成为文人艺术生活的重要部分。潘柽是温州地区的重要诗人，徐照的《赠潘德久》写的是他与潘柽一起煎茶、读帖、赏画的场景，可见南宋时温州盛行高雅的休闲趣事，茶与艺术已经相融了：

住近容成洞，归来发未霜。出骑随驾马，晴晒入朝裳。收帖重开画，煎茶即当觞。诗书难得力，戎力重清漳。

《筠州送赵判院归九江》是徐照送别友人回乡的诗作，描绘了在雨夜里谈诗、分茶的待客场景：

相逢今半月，夜雨厌同闻。远地长为客，还家极羡君。诗低劳尽写，茶美许重分。一马冲寒去，庐峰正雪云。

茶渗入到徐照的诗词之中，也是他生活的重要组成部分。但过分的饮茶也影响了他的身体，如赵师秀在《喜徐道晖至》中说徐照是"嗜茶身益瘦"：

嗜茶身益瘦，兼恐欲通仙。近作诗全少，闲成画亦传。潇江风雪渡，岳石姓名镌。自接来消息，朝朝问客船。

徐照嗜茶程度之深确实古今少有，甚至连他自己都觉得有了病态。《永州书怀》中徐照表达了嗜茶致羸瘦的困惑，并将诗瘦与人瘦联系在一起：

嗜茶疑是病，羸瘦见诗形。天断征鸿过，汀多香草青。兴高贫不觉，身远事皆经。归路当游岳，僧言极可听。

妻子见徐照瘦弱下来，不让他喝茶，藏了茶鼎，但病好了后，他又重启了茶癖。《病中作》反映了徐照由茶得病的经历：

一行三步歇，屋漏坐频移。妻欲藏茶鼎，僧能施药资。邻园梅尽发，河岸草生迟。天解怜贫病，难令不作诗。

徐照过分饮茶是有问题，但其瘦弱的病根在于他为生活环境困扰，情志不舒，只能寄意于茶与诗之中。

磨诗终日向婵娟

禅家有磨镜之喻，诗家有磨诗之比，徐照以“磨诗”来比喻自己在锻炼字句上所下的功夫。《酬赠徐玑》说“字学晋碑终日写，诗成唐体要人磨”，意思是说字要终日写，诗要耐心磨：

每到斋门敲始应，池禽双戏动清波。爱闲却道无官好，住僻如嫌有客多。字学晋碑终日写，诗成唐体要人磨。山民百事今全懒，只合烟江著短莎。

“永嘉四灵”以磨诗立于南宋诗坛，精学晚唐诗是他们的途径，南宋诗评家方回说“四灵”诗“大抵中四句锻炼磨莹为工”。与“四灵”对立的江西诗派，作诗也强调“治择工夫”来锻炼字句，但他们主张锻炼而无迹。“四灵”的磨诗功夫却要在诗歌作品上呈现出来，即有意识地体现出精致的做工，让读者一看便会意。

徐照特别注重在颔联和颈联上苦吟，如《贫居》中间四句对仗工整，拿来就可以用作对联：

既与世不合，当令人事疏。引泉鱼走石，扫径叶平蔬。谁念交情浅，难如识面初。荣途多宠辱，未敢怨贫居。

《宿翁灵舒舍幽居期赵紫芝不至》的颔联和颈联对得妙趣横生，以蛩响、荧光、月迟、角尽来描绘清新静谧的夜晚。尾联的“思君恨几重”给人以沉重感，韵温意浓：

江城过一雨，秋气入宵浓。蛩响移砧石，萤光出瓦松。月迟将近晓，角尽即闻钟。又起行庭际，思君恨几重。

徐照热衷书法，爱摩挲碑刻，其诗歌中也增添了些许高古奇崛的气质。《谢徐玑惠茶》将读碑和饮茶熔于一炉：

建山惟上贡，采撷极艰辛。不拟分奇品，遥将寄野人。角开秋月满，香入井泉新。静室无来客，碑黏陆羽真。

《访赵紫芝》的“新背石碑藏素箧，冻研山砚滴香焙”，说明徐照与赵师秀二人最感兴趣的是展示新拓的古碑，以及磨墨挥毫写下新作的诗句，好有书香味：

意欲寻君忘路远，入城还又出城来。菊明紫色天霜下，鱼没圆痕水垢开。新背石碑藏素箧，冻研山砚滴香焙。竹林好着君名姓，只恐君为禄仕催。

徐玑《次韵刘明远移家》有“诗得唐人句，碑临晋代书”，可见“四灵”都有学碑喜书的爱好，这是他们诗中书卷气的来源。

倡导学唐　诗自徐照始

叶适倡导学晚唐诗，徐照正是积极的践行者。《徐道晖墓志铭》是人们研究“永嘉四灵”的主要文献之一，其中叶适用“冰悬雪跨”来形容徐照诗歌的清苦：

有诗数百，斫思尤奇，皆横绝欻起，冰悬雪跨，使读者变踔憀慄，肯首吟叹不自已；然无异语，皆人所知也，人不能道尔。

叶适反对理学家看不起诗歌的现象，批评理学家一味抹杀诗歌的阅读与欣赏特性。此文也是叶适论诗的主要文章之一：

盖魏、晋名家，多发兴高远之言，少验物切近之实。及沈约、谢朓永明体出，士争效之，初犹甚艰，或仅得一偶句，便已名世矣。夫束字十余，五色彰施，而律吕相命，岂易工哉！故善为是者，取成于心，寄妍于物，融会一法，涵受万象。豨苓、桔梗，时而为帝，无不按节赴之，君尊臣卑，宾顺主穆，如丸投区，矢破的，此唐人之精也。然厌之者，谓其纤碎而害道，淫肆而乱雅，至于庭设九奏，广袖大舞，而反以浮响疑宫商，布缕缪组绣，则失其所以为诗矣。然则发今人未悟之机，回百年已废之学，使后复言唐诗自君始，不亦词人墨卿之一快也！惜其不尚以年，不及臻乎开元、元和之盛。

朱熹关于道与文的关系是这么说的：“道者，文之根本；文者，道之枝叶”，要“刮落枝叶，栽培根本”。朱熹说的是有些道理，但他要求诗歌谈玄论道，维护道统，却显偏颇了。叶适则大胆地提出“古诗作者，无不以一物立义，物之所在，道则在焉”，这给“四灵”指明了方向，即作诗应当以摹写物象为主，而不是说道谈理。像程颢这样的理学大家，在《春日偶成》中也有心乐动情之时：

云淡风轻近午天，傍花随柳过前川。时人不识余心乐，将蓋魏晉名家多發興高遠之言少驗物切近之實及沈約謝朓永明體出士爭效之初猶甚艱或僅得一偶句便已名世矣夫束字十餘五色彰施而呂律相命豈易工哉故善為是者取成於心寄妍於物

水心論詩　毅和

节录叶适《徐道晖墓志铭》

谓偷闲学少年。

徐照在《石屏歌为潘隐父作》中就直言自己的作诗方向。他反对“苏黄”，表达了弘扬谢灵运诗风的决心：

苏黄已矣不复来，政须我辈来吟之。又不见当年玉川子，拾得玉碑极欢喜。半路忽遭穷相驴，十步九蹶扶不起。至坚易折古所伤，愿人好置高人堂，谢客岩头生夜光。

《送翁诚之》中徐照也亮出了“四灵”诗歌的主攻方向：“五言多好句，颜杜减诗名。”前一首诗拿苏、黄作比，这里却将颜、杜请出，徐照诗中这样的口气是不多的：

又作巴陵县，南州旧有声。未凭湘水绿，能似长官清。笛冷君山月，帆轻夏浦晴。五言多好句，颜杜减诗名。

《送陈郎中知严州》是徐照的送别诗之一，此诗很好地验证了叶适的诗学方向，即以写景验物为己任，不为道学所束缚。诗中的水程、丰岁，公暇、宵寒，对得可谓天衣无缝：

去作严光郡，前为列宿官。水程趋阙近，丰岁得民安。公暇行随鹤，宵寒卧听滩。千峰临旧榭，曾约野人看。

诗里家山　门巷通俗歌

徐照在“四灵”中存诗最多，有二百六十一首（徐玑一百七十首，翁卷一百四十五首，赵师秀一百六十三首）。徐照存诗多，主要是在他身后由其子为他出过诗集。徐照有大量描写家乡的诗作，这些家乡门巷里弄的通俗歌，是继谢灵运诗后温州山水诗的重要组成部分。

《题江心寺》写出了江心寺的历史、环境、人物和温州对外宗教交流的盛况，是很有名的纪实诗：

两寺今为一，僧多外国人。流来天际水，截断世间尘。鸦宿腥林径，龙归损塔轮。却疑成片石，曾坐谢公身。

徐照诗多写自然小景来表现日常生活中的情趣，遂成一种清幽的意境。如《赠江心寺钦上人》：

客至启幽户，笋鞋行曲廊。潮侵坐禅石，雨润读经香。古砚传人远，新篁过塔长。城中如火热，此地独清凉。

《山中即事》则充满轻灵巧秀。徐照穿上登山履，灌满瓦杯水，在雨后登上“一雁带秋”的家山：

着履上崔嵬，呼儿注瓦杯。千岑经雨后，一雁带秋来。野艇乘潮发，山园逐主开。余生落樵牧，门巷少尘埃。

《游雁荡山》（八首选七）是徐照山水诗的佳作：

碣字芙蓉驿，喜行行不难。路侵沧海过，人得异山看。圆石蠔黏满，平涂鹭立寒。一游期一月，回日必冬残。（寿昌道中）

寺置有碑传，观音岩石前。殿高灯焰短，山合磬声圆。窗静吹寒雪，春鸣落夜泉。清游人岂识，谓不似秋天。（能仁寺）

飞下数千尺，全然无定形。电横天日射，龙出石云腥。壮势春曾看，寒声佛共听。昔人云此水，洗目最能灵。（大龙湫瀑布）

雁荡最奇处，众岩生此间。问名僧尽识，得句客方闲。洞峻猕猴入，天晴瀑布悭。古时山未显，谢守只空还。（灵岩）

我来无一语，闲认昔游踪。谁种路傍树，却遮山上峰。潭干沉石露，人立去禽冲。樵说仙桥险，因思在上封。（灵峰）

庵是何年立，其中有一僧。苍崖从古险，白日少人登。众物清相映，吾生隐未能。夜来新过虎，抓折树根藤。（石门庵）

寺基低且狭，半被石岩分。水响常如雨，林寒忽聚云。空房人暂宿，半夜雁初闻。此处能通荡，僧家却不云。（宝冠寺）

这组雁荡诗是很珍贵的，如《石门庵》记载了老虎夜出的珍贵史料。

道同诗真　酬唱也抱团

“永嘉四灵”在中国诗史上有重要地位，至近现代声名愈盛，有赖于他们文化上的群体意识，抱团作诗，将文学个体整合成团体，作用与效应发挥到了极致。现代温州人的从商抱团，有了“世界温州人”，与永嘉学派抱团做学术、“永嘉四灵”抱团作诗，是有地域性的渊源关系的。“永嘉四灵”存诗总数只有七百余首，每人只有一二百首，若不是他们抱团成派，单就每个人的诗作而言也难成气候。

赵师秀是皇族，长期在外做小官，但对徐照很有情感，两人来往酬唱多。徐照《寄赵紫芝》有“与君远别离”的牵挂：

频年游阙下，近日喜言归。及我成行役，与君远别离。梦长忘路远，计拙任人非。杨柳塘何处，要看题壁诗。

徐照在《忆赵紫芝》中还表达了“知音人亦有，谁若尔知心”的情意：

一别一百日，无书直至今。几回成夜梦，犹自废秋吟。小雪衣犹绤，荒年米似金。知音人亦有，谁若尔知心。

徐照在《送徐玑》中表达了“梅花共别离”“思君难可见”的同道之情：

一舸寒江上，梅花共别离。不来相送处，愁有独归时。去梦千峰远，为官三岁期。思君难可见，新集见君诗。

徐照在《酬赠徐玑》中称“山民百事今全懒，只合烟江著短莎”，又在《题薛景石瓜庐》中说“山民山上住，却羡水边居”，以友人间相互酬唱来充实内心：

何地有瓜庐，平湖四亩余。自锄畦上草，不放手中书。人远来求字，童闲去钓鱼。山民山上住，却羡水边居。

《寄翁灵舒》中“令人瘦”“甚渴饥”“如意事”“送行诗”等句子，真似直白的述说，没有文人惯有的意气作怪，却也不失深深的离别意：

游远令人瘦，思君甚渴饥。恨无如意事，懒乞送行诗。帝陌喧车马，王门守鹿貔。何时借僧榻，切勿负幽期。

叶适在《徐道晖墓志铭》中写道：“而君（指徐照）既死，同为唐诗者，徐玑字文渊，翁卷字灵舒，赵师秀字紫芝。紫芝集常朋友殡且葬之，在塔山、林额两村间。”从此段来看，“四灵”之称在南宋已经得到公认。徐照的后事是赵师秀帮助操办的，义气相交，后世称赞。

赵师秀的《哀山民》是首长诗，可作为祭文。诗中记他贫妻弱子与家境，哭他多愁多病的生活，诗句动情，令人泪目：

忆君初病时，仓皇造君榻。知为寒所中，胫痹连左胛。蒋子丹有神，三日能屈伸。五日扶杖立，十日行逡巡。于时数相见，谈娱靡曾倦。啜茶犹满瓯，改诗忽盈卷。君亦疑勿药，春和可为乐。仙家桃最红，同践天台约。多愁积如山，令君心不闲。残疴故未去，涩啬肠腑间。岳僧有烈剂，倒箧得余惠。服之汗翻浆，事与东流逝。啼妻无完裙，弱子犹哀麇。诗人例穷苦，穷死更怜君。君如三秋草，不见一日好。根荄霜霰侵，萎绝嗟何早。哭君日无光，思君月照床。犹疑君不死，猛省欲颠狂。昨者君未疾，相过不论日。晴窗春翦蒲，寒炉夜煨栗。石阶苔藓中，犹有旧行踪。忧心不能寐，无梦得相逢。君诗如贾岛，劲笔斡天巧。昔为人所称，今为人所宝。石峰云有地，葬从朋友议。须求侍郎铭，难见山民字。平生翁与徐，南去久无书。不知闻信后，涕泪当何如。写池烟水暮，宛是西川路。虚言楚客招，终感向生赋。

赵师秀还写了《徐灵晖挽词》，“天下黄金有，人间好句无”，是对徐照苦吟诗的赞辞。结句妙绝，只有知心者才能说得出来，在坟头种上几株好茶树，以慰徐照平生的喜好：

在生贫不害，早丧可嗟吁。天下黄金有，人间好句无。魂应湘水去，名与浪仙俱。平日惟耽茗，坟前种几株。

更令人感动的是，赵师秀在徐照过世一段时间后，又写了《后哀》感叹友人离去后永无归期：

交交谷鸟哀，郁郁涧松折。山民无还期，春物失怡悦。平生感斯人，难以常理说。共智己则愚，忽巧众亦拙。芳名信可垂，在世何寂灭。含栖为卜兆，窀穸利兹月。行当宿草生，当使我泪歇。未知百年后，谁复耕此穴。寄言苦吟者，勿弃摄生诀。

翁卷也有《哭徐山民》，其中“穷侵骨”“上天意”“苦吟人”“瘦精神”等都说到伤心处，刻画在痛点上：

已是穷侵骨，何期早丧身。分明上天意，磨折苦吟人。花色连晴昼，莺声在近邻。谁怜三尺像，犹带瘦精神。

虽然以上撷取的是“永嘉四灵”相交在情感上的诗，是忆旧句式，甚至是悼念之辞，而实质上体现出来的是“永嘉四灵”的“瘦精神”，是人与人相处难舍的情感，是诗人间牵挂之情在苦吟中的表达，更是温州这片土地上文化人特有的细腻。这种苦吟与细腻，是让人千年丢不开、放不下的理由。

赵师秀　闲敲棋子落灯花

赵师秀约客敲棋图

黄梅时节家家雨，青草池塘处处蛙。有约不来过夜半，闲敲棋子落灯花。

赵师秀这首《约客》，让中国人记取千年。它是闲适诗，也是南方雨季的情景诗。

赵师秀（1170—1219），字紫芝，号灵秀、天乐，永嘉（今浙江温州）人，宋太祖八世孙。他是江湖诗派的诗宗之一，还是宗室文人的代表，与徐照（字灵晖）、徐玑（号灵渊）、翁卷（字灵舒）并称“永嘉四灵”。赵师秀集多重身份于一身，在南宋诗坛上展现出别样的风采。

悠然远世纷　诗有谢客遗韵

温州的山水诗风是谢灵运开创的，到了南宋赵师秀这一代，时间已经过去了近八百年，而其中那种贵族气质和精神还存在，并透露出一种求胜向上的意志。谢灵运的这种气质深深影响了温州诗风，也影响了“永嘉四灵”的诗歌创作。

赵师秀于绍熙元年（1190）中进士，时年二十一岁，可谓少年得志。但他骨子里渗透着士子与皇族相融合的气质，瓜庐诗人薛师石也称赵师秀是“能教瓦砾化成金”的诗人。如《呈蒋薛二友》表达了“无欲自然心似水”的生活态度。其中既有“人立梅花月正高”的清气，也有“重上天台看海涛”的豪气，这些都是谢灵运气质的承继：

中夜清寒入缊袍，一杯山茗当香醪。乌飞竹叶霜初下，人立梅花月正高。无欲自然心似水，有营何止事如毛。春来拟约萧闲伴，重上天台看海涛。

温籍词人卢祖皋在《雨后得月小饮怀赵天乐》中对赵师秀闲居湖畔的诗意生活有这样的描述：“语高惊鹤睡，坐久见乌飞。想见湖居友，扁舟不肯归。”这完全勾勒出赵师秀的率真性情。

“池塘生春草，园柳变鸣禽。祁祁伤豳歌，萋萋感楚吟。”谢灵运诗中这种祁祁萋萋的伤情，是被掩盖了豪情的苦吟，不是普通士子能吟唱的。赵师秀的《数日》神情与此相似，只是多了他自己江湖诗派的气息：

数日秋风欺病夫，尽吹黄叶下庭芜。林疏放得遥山出，又被云遮一半无。

谢灵运是失意之后被贬至永嘉（温州），他把入相的抱负寄托在山水间，身体力行探索着山水世界的深度，以徒步与舟楫，打开中国山水诗之门。用白居易的话来说，他的壮志“大必笼天海，细不遗草树”，他把情怀全泄在山水中。赵师秀也同样将山水之美融入五言诗中，如《赠张亦》：

一别无书信，相逢各老苍。山川烽外远，岁月梦中长。空橐盛诗草，单衣涴酒香。因言瀼溪宴，同忆旧时狂。

如《安仁道中》，他对着大自然的溪路、冰雪、麦蔬发出吟唱，绣口吐出强烈的发问：

行尽沿溪路，天寒岁又除。欲消冰似雪，初长麦如蔬。于世无成事，何时有定居。等缘贫所役，为仕愧为渔。

《秋日游栖霞庵》则空旷萧疏，既兼容了前人的诗情，又开辟了自己的诗境：

乘兴入孤村，神凝秋水间。菊开嫌径小，荷尽觉池宽。林影悬崖屋，钟声何处山。清游殊未倦，初月照松关。

“永嘉四灵”生活在得天独厚的山水诗环境里，有自己的地缘优势。温州诗人注重对地域风光的呈现，加之南宋后期温州商业经济发展，市民社会逐渐成型，使得江湖诗派有了良好的群体扩张环境。

淡了“封侯念” 开创江湖诗派

赵师秀和“四灵”同伴们之所以能专心作诗，是有时代背景和地缘因素做支撑的。南宋，正是我国历史上少有的学术繁荣时期，人才辈出，形成了百家争鸣的局面。这时温州也形成了“人物满东瓯”的局面。在这样的背景下，温州诗坛活跃，诗歌创作也慢慢地从道学所追求的内在意义中淡出，以求得诗的纯粹性与对事物看法的自足性。

在《官舍初成》中，赵师秀透露了为官取向：

为宅傍城墙，先求夏日凉。凿池容众水，栽竹断斜阳。官是三年满，身无一事忙。不知何补报，安坐恐难当。

“官是三年满，身无一事忙”，这是他浪迹与休闲的心态。晚年的他，索性宦游去了，后又寓居钱塘（今浙江杭州），写下了许多西湖佳作。他很爱这片神奇的山水，与一些诗人在此吟诗唱和。他逝于杭州，葬于西湖。

赵师秀在题友人诗卷时，也展现了这种心际淡然、视觉宽广的画面：

一观桃花红似锦，两堤杨柳绿于云。游人只是游晴昼，烟雨朝昏尽属君。

赵师秀是宗室文人平民化趋势中的典型代表，诗人风骨与江湖浪漫融合，创作出的诗词富有生机。《送倪道士之庐山》体现了平民化风格，自然随和，樵夫也能听得懂：

近方辞地肺，本自住天台。有鹤相同出，无云作伴回。道房随处借，诗板逐时开。又说庐山去，闲看瀑布来。

他学习和倡导唐代贾岛、姚合的诗风，这是他的根底。《薛氏瓜庐》的“不作封侯念，悠然远世纷”，是当时温州诗人群体的精神写照：

不作封侯念，悠然远世纷。惟应种瓜事，犹被读书分。野水多于地，春山半是云。吾生嫌已老，学圃未如君。

赵师秀的诗格调是高的，虽是田园诗，却也有气象。如

《题方兴化茔舍》，是可以读出清泉来的诗：

使君如玉不雕镌，可惜埋藏已十年。佳兆昔令人入梦，遗经今有子能传。紫藤附暖应生地，苍柏凌空欲到天。要识德源无尽处，一池清甚发渊泉。

因贫远行 佳句后人评

今人读“永嘉四灵”诗，会以为他们都是顺境下写就的，其实不然。赵师秀的诗，不仅有“闲敲棋子落灯花”的好句，也有因贫远行、困境吟声。贫穷让赵师秀在诗歌中展现了一种乏力又淡然的状态，如《杨柳塘寄徐照》：

因贫为远别，已是十三程。尽日行山色，逢人问地名。近书无便寄，新句与谁评。想尔寒宵雨，思予亦梦成。

苏轼词中有“无可奈何新白发，不如归去旧青山，恨无人借买山钱”的远行苦涩，而赵师秀《赠邓汉卿》中“冲雪自言行路苦，看松长恨买山迟”一句也有此意境：

单独一身长不定，亦无书卷得相随。忙过人世当闲日，老遇朝廷用少时。冲雪自言行路苦，看松长恨买山迟。萧萧白发寒灯下，写就诗篇欲寄谁。

《德安道中》的“蚕月人家闭”，写出了农家蚕月的特有寂静。全诗无一生僻字，尽显平和：

餐余行数步，稍觉一身和。蚕月人家闭，春山瀑布多。莺啼声出树，花落片随波。前路东林近，惭因捧檄过。

赵师秀出身皇族，诗歌却体现了平民的精神态度，透露出贵族与平民相融的气息。可贵的是他将平民意识审美化，即通过自嘲的方式在精神上取胜。如《送沈庄可》以自己的审美意识写出了清贫：

清事贫人占，斯言恐是虚。与花方作谱，为米又持书。时节寒相近，山林拙未除。西江波浪急，送子一愁予。

《后哀》是他的理性之作，诗中清醒地认识到生存是第一要义，“寄言苦吟者，勿弃摄生诀”让我们清楚地看到士人的生活艰难：

交交谷鸟哀，郁郁涧松折。山民无还期，春物失怡悦。平生感斯人，难以常理说。共智己则愚，忽巧众亦拙。芳名信可垂，在世何寂灭。含栖为卜兆，窀穸利兹月。行当宿草生，当使我泪歇。未知百年后，谁复耕此穴。寄言苦吟者，勿弃摄生诀。

《岩居僧》描写了僧人的生活环境，是逃避名利、逃逸现实的诗。如果赵师秀不是为清苦困扰，是写不出这样的诗作的：

开扉在石层，尽日少人登。一鸟过寒木，数花摇翠藤。茗煎冰下水，香炷佛前灯。吾亦逃名者，何因似此僧。

另一首写寺观的《桐柏观》则十分空灵，尤其是“石坛遗鹤羽，粉壁剥龙形”一句，将旧墙壁剥落的形状描绘得体，看似写着轻松，却是对无奈生活的自嘲：

山深地忽平，缥缈见殊庭。瀑近春风湿，松多晓日青。石坛遗鹤羽，粉壁剥龙形。道士玉灵宝，轻强满百龄。

《十里》是赵师秀赴筠州任推官路上写的诗，也是他宦游行旅中的佳作：

乌纱巾上是黄尘，落日荒原更恐人。竹里怪禽啼似鬼，道傍枯木祭为神。亦知远役能添老，无奈高眠不救贫。此地到城惟十里，明朝难得自由身。

“亦知远役能添老，无奈高眠不救贫”生动地描写了古代士人在贫困状态下，不肯说又不得不说的心态，将贫穷与远役所造成的矛盾张力表达得很真切。纪昀也认为：“五、六真语好，占身分人不肯道，不知说出转有身分，胜于诡激虚憍也。”

关注边事　婉约问国策

生活在战争风险较低的温州，诗人们对于动荡的国情有自己的精神表现，特别是贵族出身的小官员赵师秀，他在诗中的情怀是平和的，那是无奈的平静。如《九客一羽衣泛舟分韵得尊字就送朱几仲》，诗中“慷慨念时事”“北望徒太息”等句，能看出他的家国情怀：

人生苦形役，不定如车辕。况各异乡井，忽此同酒尊。此尊岂易同，意乃有数存。西湖雪未成，两山翠相奔。山根日照树，花放林逋村。野馔具藋藿，一饱厌百飧。有客何多髯，吐气邻芳荪。慷慨念时事，所惜智者昏。砭疗匪无术，讳疾何由论。北望徒太息，归欤寻故园。哆然黄冠师，笑请子勿喧。东南守太乙，此宿福所屯。吾子且饮酒，酒冷为子温。

赵师秀或许不会如辛弃疾、陈亮等在诗词中表达出强烈的爱国情怀，但其诗中还是有一些贵族式的爱恨无力、无奈呻吟。如《抚栏》，既关注边事，也盼望和平。他不随意用情，点到即止：

抚栏惊岁月，久住欲如何。水国花开早，春城人上多。病令诗懒作，闲喜客频过。听说边头事，时贤策在和。

赵师秀的七律不多，《姑苏台作》是其中一首触景怀古的佳作。“千古青史梦”“夫差旧台榭”“愁来不敢吟”等关键词，不难看出他有于国、于民、于故乡的情怀：

何人可与话登临，徙倚危栏日又沈。千古苍茫青史梦，一年迢递故乡心。天无雨雪梅花早，地有波涛雁影深。为是夫差旧台榭，愁来不敢越人吟。

赵师秀的另一首《题方兴化茔舍》中也有“但欲有言扶国是，不嫌无计作身防”的无奈。他虽有爱国情怀，却也只能“心事对床应细语”，或者“慷慨念时事，所惜智者昏”。

丽句比谢朓　苦吟物所在

“永嘉四灵”的诞生得益于叶适的力挺，他认为“四灵”诗转变了当时的诗风，恢复了唐诗传统，其中格律精严、景物妍丽、情思哀婉等特色也都体现在赵师秀的诗中，并将赵师秀比作小谢（谢朓）。赵师秀有诗《叶侍郎送红芍药》，从中可以看出他们师生的关系：

雕栏迎夏发奇葩，不拟分来野客家。自洗铜瓶插欹侧，暂令书卷识奢华。旧游尚忆扬州梦，丽句难同谢朓夸。应被花嗔少风味，午窗相对一杯茶。

赵师秀是江湖诗派的核心人物，他的诗中常有丽句，雅俗共赏。他的诗避免了贾岛诗过于凄冷孤寒的缺点，继承了姚合诗刻画细致的特点。他的《缙云县宿》，清而不冷，幽而不孤：

亲知因别久，具酒劳经过。古邑居人少，春寒入夜多。雨香仙地药，烛动石桥波。稍觉离家远，乡音一半讹。

赵师秀善于化用古人成句，也乐于推敲，如《赠孔道士》的“生来还姓孔”就化用了姚合的“悲君还姓傅”：

生来还姓孔，何不戴儒冠。诗好逢人诵，琴清只自弹。访师行郡远，爱竹透庵寒。见说丹炉内，黄金化不难。

雕闌迎夏發奇葩不擬分來野客
家自洗銅瓶插欹側暫令書卷
識奢華舊遊尚憶揚州夢麗
句難同謝朓誇應被花嗔真少風
味午窗相對一杯茶
趙師秀詩葉侍郎送芍藥
此律足見師生情誼　壬寅夏初　嚴和

由于叶适不断推崇，“永嘉四灵”的创作让南宋诗坛重现生机。戴复古《赵苇江与东嘉诗社诸君游一日携吟卷见过一语谢其来》写道：“白首无聊老病躯，一心唯觅死头颅。时人误作梅花看，今日枝头雪也无。”这说明当时温州的诗社之盛，已经影响到处州、台州一带。

赵师秀的《雁荡宝冠寺》不同于常规的写景诗，无一字着笔寺庙，只是描写环境的幽静，让人从幽静中得到心灵感受。“流来桥下水，半是洞中云”，一字不苟，足见苦吟工夫：

行向石栏立，清寒不可云。流来桥下水，半是洞中云。欲住逢年尽，因吟过夜分。荡阴当绝顶，一雁未曾闻。

居唐栖寺的杭州诗人释永颐有首《悼赵宰紫芝甫》，是对赵师秀苦吟诗风的归纳：

紫芝昔赋天台日，桐柏宫诗老更成。梦断玉楼春帐晓，蝶迷花院夕魂轻。钱郎旧体终难并，姚贾新裁近有声。有子无家须吊问，故交谁不为伤情。

万波不浑　百川自东

赵师秀在南宋诗坛上有很大的影响，诗如百川向东。其诗友对他的评价很高，诗人释居简曾为赵师秀的画像作赞曰：

一点虚明，八窗玲珑。万波不浑，百川自东。殆见其洒然乎外，孰知其渊乎其中。谓其襄阳漫仕，曰吾不为南宫；谓其江湖散人，曰吾不为龟蒙。乌在乎仪刑先进，而丹青太空。

葛天民在《简赵紫芝》中描写了赵师秀后半生的生活。“清坐有仙骨，苦吟无宦情”，赵师秀以诗、酒、茶为伴度日：

紫芝虽漫仕，五字已专城。清坐有仙骨，苦吟无宦情。囊因诗句重，分与酒杯轻。所好煎茶外，烧香过一生。

赵师秀本人对自己晚年的生活也有描述。《会宿再送子野》中描写了他一边等待着诗稿的出版，一边独惭酒夜的生活。在身体每况愈下，羸病不能送客的情况下，他还在认真作诗，在寒缸边苦吟。从这些诗中可以看出，《约客》的发生地有可能也是在西湖边上：

又承出郭到贫家，一度分携鬓易华。自说印书春可寄，独惭阙酒夜难赊。眠迟古鼎销残火，吟苦寒缸落细花。羸病不能亲送别，梦魂先立渡头沙。

徐照《会宿赵紫芝宅》描绘了他们诗友在赵师秀家吟诗过夜的情景：

残烛照屏风，高堂暑气空。初旬长少月，半夜忽来鸿。旧集三年久，清吟四坐同。城楼杀更点，声在雨声中。

而《寄筠阳赵紫芝推官》则回忆了他与赵师秀邻室共居的友情：

府后岩峦众，何时访古仙。井甘邻室共，钟远雪风传。病去茶难废，诗多石可镌。蜀江春未动，犹得缓归船。

赵师秀的《月夜怀徐照》更是充满情感，最后两句说你我虽不同寝，却在梦中相寻：

月色一庭深，迢遥千里心。湘江连底见，秋客与谁吟。寒入吹城角，光凝宿竹禽。亦知同不寝，难得梦相寻。

徐玑《述梦寄赵紫芝》说自己每每梦见赵师秀时，睡梦里也大声地悲唤，声音惊醒了妻儿。诗中情感至深，感染后人：

江水何滔滔，渡江相别离。揖子客舍前，对子衣披披。问子何所为，旅客未得归。执手一悲唤，惊觉妻与儿。起坐不得省，清风在帘帷。平明出南门，将以语所知。过子旧家处，寒花出疏篱。萧萧黄叶多，袅袅归步迟。子去不早还，何以慰我思。

翁卷有诗《同徐道晖赵紫芝泛湖》：

相见即相亲，吟坛得几人。扁舟当是日，胜赏共闲身。山雨曾添碧，湖风不动尘。晚来渔唱起，处处藕花新。

陈起是宋代的刻书家、藏书家，与“永嘉四灵”及江湖诗人关系密切。《寄赵紫芝运干》是他与赵师秀诗词吟唱的美好回忆。此诗用仄声韵，其中“殊难忍”“秋未尽”，读来甚为伤感：

陋室与高门，东西互接畛。相聚虽不稠，相别殊难忍。风帆去何之，到时秋未尽。少试稗画材，计台作标准。恨无双羽翔，汩汩成蠹隐。便结南浦梦，独立江风紧。

叶适说：“古诗作者，无不以一物立义，物之所在，道则在焉。非知道者，不能该物，非知物者，不能至道。道虽广大，理备事足，而终归之于物，不使散流。”叶适的意思是，作诗应当是摹写物象的，事物描写生动了，道理也就通了，而不是以说道谈理作为基础的。南宋魏庆之所著诗话集《诗人玉屑》是流传千年的经典诗评，其中对赵师秀有很高的评价。书中认为赵师秀把唐诗读熟了，下笔很像唐诗，是自然流露，而不是蹈袭。其中所列举的几首赵诗，很有史料价值：

赵天乐冷泉夜坐诗云：“楼钟晴更响，池水夜如深。”后改“更”为“听”，改“如”为“观”。病起诗云：“朝客偶知承送药，野僧相保为持经。”后改“承”作“亲”，改“为”作“密”。二联改此四字，精神顿异，真如光弼入子仪军矣。

天乐送真玉堂诗云：“每于言事际，便作去朝心。”用唐人林宽语也（林宽送惠补阙云：“长因抗疏日，便作去朝心。”）。寄赵昌父诗云：“忆就江楼别，雪晴江月圆。”用无可语也（无可同刘升宿云：“忆就西池宿，月圆松竹深。”）。赠孔道士诗云：“生来还姓孔，何不戴儒冠。”用姚合语也（姚合赠傅山人云：“悲君还姓傅，独不梦高宗。”）。宝冠寺诗云：“流来桥下水，半是洞中云。”用于武陵语也（武陵赠王隐人云：“飞来南浦水，半是华山云。”）。瓜庐诗云：“野水多于地，春山半是云。”亦用姚合语也（姚合送宋慎言云：“驿路多连水，州城半在云。”）。此类甚多，姑举一二，盖读唐诗既多，下笔自然相似，非蹈袭也。其间又有青于蓝者，识者自能辨之。

温州在南宋时走向繁荣，成为当时的南方重镇，温州的文化也在这个时期持续发展。温州诗坛造就了一批有影响力的诗人，赵师秀则凭借其苦吟诗风脱颖而出，成为南宋江湖诗派最重要的诗人。

翁卷　离山春值雪 忧国夜观星

绿遍山原白满川，子规声里雨如烟。乡村四月闲人少，才了蚕桑又插田。

翁卷这首《乡村四月》，能令南方人读来亲切，杜鹃声中的春天来了，养蚕插秧的季节到了；能让北方人读了不禁叫美，天空中烟雨蒙蒙，山坡田野间草木茂盛，稻田里的水色与天光相辉映。

翁卷，字续古，一字灵舒，温州乐清人。翁卷仅参加过一次科举考试，未中就放弃了，一生都为布衣。翁卷存诗一百四十五首，以山水田园诗为主。他的诗作继承了晚唐细腻精致的风格，蕴含了宋诗理性化的特点。翁卷在“永嘉四灵”中是比较有个性的诗人，其游历诗篇吐出了硬气与豪迈。

身如野鹤栖无定

翁卷和徐照一样，在“永嘉四灵”中属于没有入仕的诗人。他游走于江湖，真切地感受了江湖的风雨滋味。翁卷在游历中看到了南宋破碎的半壁江山，拓展了视野，也增强了诗歌的厚度。《寓南昌僧舍》中有“身如野鹤栖无定，愁似顽藤挽不除”，顿生江湖生涯愁绪：

突兀禅宫何代余，闲同衲客听钟鱼。身如野鹤栖无定，愁似顽藤挽不除。旧隐定多新长竹，远交全乏近来书。炉香碗茗晴窗下，数轴楞伽屡展舒。

翁卷诗里有豪健之风，是其为江湖野客之后形成的。严羽《沧浪诗话》云："近世赵紫芝、翁灵舒辈，独喜贾岛、姚合之诗，稍稍复就清苦之风。江湖诗人多效其体，一时自谓之唐宗。"翁卷曾经在"越帅"辛弃疾幕中任职，时间大约在嘉泰三年（1203）左右，诗风因此得到转换。如《京口即事》，诗中借古喻今，顿生国家兴亡之叹：

长江当下流，铁瓮此为州。前代多名迹，闲人欲遍游。夕阳波上寺，明月戍边楼。一曲渔家笛，生予无限愁。

历代诗人在京口写下无数家国兴衰之诗，如范仲淹《京口即事》："突兀立孤城，诗中别有情。地深江底过，日大海心生。甘露楼台古，金山气象清。六朝人薄命，不见此升平。"范诗感慨的是"六朝人薄命"，而翁卷是即景生愁，愁在当下。

开禧北伐期间，翁卷在叶适帐中任幕僚之职。徐玑《送翁灵舒游边》曰：

子向江淮去，应怀计策新。但须先审己，然后可图人。战野寒犹力，边城草不春。曹刘若无竞，闲却卧龙身。

徐照也有《送翁灵舒游边》，其中"翻营战地腥"一句，可证实翁卷此时正经历战事，所处环境恶劣：

孤剑色磨青，深谋秘鬼灵。离山春值雪，忧国夜观星。奏凯边人悦，翻营战地腥。期君归幕下，何石可书名。

多年游历，翁卷留下了丰富的纪游诗。黄檗寺坐落于福建省福清市渔溪镇黄檗山，这首《福州黄檗寺》是淳熙十四年（1187）翁卷游历黄檗寺时所作：

天下两黄檗，此中山是真。碑看前代刻，僧值故乡人。一宿禅房雨，经时客路尘。将行更瞻礼，十二祖师身。

薛师石写有《送翁灵舒闲游》，正是翁卷漫游江湖的写照：

袖有新诗如美玉，知君去意十分浓。山行见草认灵药，午歇就阴依古松。两鬓已添蓬蒿色，三年判作飘零踪。羁情夜后更愁绝，深涧断猿溪寺钟。

摹尽物态　袖有新诗

翁卷一生布衣，寄情山林，摹尽物态。《过太湖》是翁卷在太湖周边写下的，虽然是写水乡景观却有“亡国恨”的隐痛：

水跨三州地，苏州水最多。昔年僧为说，今日自经过。亡国岂无恨，渔人休更歌。洞庭山一抹，翠霭白云和。

他在常州写下了《题常州独孤桧》，“年深”“名重”“老节”等句，简朴直白，刻画精致，是不留痕迹的颂扬：

此桧何时种，相传是独孤。年深成古物，名重入州图。老节坚难蠹，皴皮裂似枯。托根列帝庙，应不虑樵夫。

他登上南昌城楼望远，写下了《春登南昌城》。“四望低”“不堪题”“几深浅”“犹未齐”等字句用得不寻常，从远近和深浅处把握情感，也是对时事迷茫发出的倾诉：

独立高城四望低，望中无物不堪题。欲知春事几深浅，芳草青青犹未齐。

苍岭是南北交通要道，也是温州人北上和外来官员来温州必须经过的山道。翁卷的《处州苍岭》虽是随意口占，但“不雨溪长急，非春树亦新”却是佳联：

步步蹑飞云，初疑梦里身。村鸡数声远，山舍几家邻。不雨溪长急，非春树亦新。自从开此岭，便有客行人。

未得橋開鎖去船難自由渚禽飛入竹山葉下隨流忽見秋風喜還成早歲愁卧聞舟子說明日到衢州

翁卷泊舟龍游 敝和

冯公岭即桃支岭，在今丽水缙云县西南，《读史方舆纪要》载：“冯公岭，县西南三十里。一名木合岭。崎岖盘屈，长五十里。有桃花隘，为绝险处，郡北之锁钥也。”翁卷《冯公岭》中有“众山却是此山低”，说明山道从低处走的险势：

乱峰千叠拂云霓，辐合坑崖立似梯。曾向括州州里望，众山却是此山低。

冯公岭也是南北驿道，叶适、曹豳、姜特立、陈高、刘琏等都在此处留诗，其中曹豳有佳句：“最是愁人最奇崛，冯公之巇浙江潮。”元代陈高《过冯公岭》曰：“他年履坦道，慎勿忘崄巇。”刘基长子刘琏诗曰：“登高望我乡，心情增怆怅。”叶适《冯公岭》曰：

冯公此山民，昔开此山居。屈盘五十里，陟降皆林庐。公今去不存，耕凿自有余。风篁生谷隧，雨旆来岩虚。人随乱云入，咫尺声相呼。四时草木香，异类果蔌腴。采薪得崖花，结缀成襟裾。此亦佳窟宅，可对幽人娱。何必种桃源，始入仙者图。瓯闽两邦士，汹汹日夜趋。辛勤起芒屩，邂逅乘轮车。山人老白首，名氏不见书。我独何为者，拊身念居诸。

《东阳路傍蚕妇》是翁卷的另一种抒情，即为百姓立言。“抽得丝来还别人”，蚕妇之苦类似于白居易笔下的卖炭翁之苦：

两鬓樵风一面尘，采桑桑上露沾身。相逢却道空辛苦，抽得丝来还别人。

古时朋友之间交往的诗歌，往往会毫无顾忌地吐露心声。如在翁卷《送戴汉老》中可以看出，戴氏与翁氏先辈早有交往，感情深厚。戴氏在温州任期已满，乘船还乡时，翁卷赠上送别诗，为他才情得不到施展而鸣不平：

三洞耸奇秀，双溪泻澄鲜。上有婺女光，照耀无穷年。储灵复产异，人物相比肩。君虽生后来，识与先辈连。如筠挺修直，似玉抱贞坚。策名甲科上，初仕瓯海边。孰云簿领闲，文案方满前。敏手信无敌，虚怀常坦然。驾言指归期，通邑皆拳拳。乃知为政者，何苦用心偏。良才世所稀，华职当骤迁。愿君养盛业，益使芳誉传。明晨潮信来，挂席从中川。

叶适也有《送戴汉老》，诗中赞扬了戴氏的学问：

隐侯之郡成公宅，辞流屈注回理窟。前辈渊骞晚凋谢，后进由求蚤超绝。圣朝论士皆公卿，千乘何足留高名。春风无痕万情化，尽付双溪舞雩下。

翁卷虽没有入仕的机会，隐居时也经常为地方官员提出建议。包履常是包拯的七世孙，和翁卷是姑表亲，临危受命任吉水县令。《送吉水包长官》是翁卷对包履常的殷殷期待：

不耻身为令，惟存济物心。离家春雨足，入境夏苗深。吉字水初识，洞岩仙可寻。知君修净化，白日只弹琴。

后来翁卷又写了一首《送包释可抚机》，包履常时任安抚使属官：

州带福星明，君今指去程。乱山秋雨后，一路野蝉鸣。时静军书少，人闲官况清。归来话风土，尽识荔枝名。

瑞安的曹豳有一首流传很广的好诗《春暮》：“门外无人问落花，绿阴冉冉遍天涯。林莺啼到无声处，青草池边独听蛙。”翁卷与曹豳是知交，《送曹西士宰建昌》曰：

买得秋风棹，江行不问程。谁知书判笔，中有惠慈情。旧治川僧说，新衔楚吏迎。名山皆在望，应费好诗评。

归意十分浓 家乡有好峰

南宋初期宋高宗曾驻跸温州，而经过永嘉学派的文风熏陶，温州诗风逐渐形成了士林风尚。翁卷在这种环境中成长，

诗歌中洋溢着青春的气息。如《白纻词》:

翩翩长袖光闪银，绣罗帐密流香尘。歌分四时舞一色，渌觞传处驰金轮。急竹繁丝互催逼，吴娘娇浓玉无力。呵星唤月留夜长，十二围屏暖山色。

翁卷青年时所作的诗中，可见他对隐居与游历的向往。《游仙篇》中有“旭日升太虚，流光到萌芽”“悟彼劳生人，无异芳春花”这种对人格独立的大胆追求，这在“四灵”诗中是不多见的:

旭日升太虚，流光到萌芽。旁有五云气，焕烂含精华。所愿服食之，跻身眇长霞。带我清泠佩，飞我欻忽车。宁为世间游，世道纷以拿。三山不足期，千龄讵云赊。悟彼劳生人，无异芳春花。

“知君去意十分浓”，薛师石在《送翁灵舒闲游》中真诚地劝说两鬓斑白的翁卷，不要漂泊羁旅。当翁卷在客舍听到深涧中的凄厉猿啼与溪上寺院的钟声，也产生了赶紧回归家乡的念头。

回到家乡之后，翁卷开始转向描绘家乡的美好事物，写下了诸多景物之咏、野逸之吟、山水之篇。这些诗留传千年，成为温州古诗的代表作。如《冬日登富览亭》写出了瓯江潮水、渔舟唱晚、积雪遥山、江屿古寺:

未委海潮水，往来何不闲。轻烟分近郭，积雪盖遥山。渔舸汀鸿外，僧廊岛树间。晚寒难独立，吟竟小诗还。

温州知州楼钥也写过温州富览亭，楼钥的诗有气势，翁卷的诗有美感。楼钥《富览亭》曰:

城郭占佳胜，眼高贞白鼍。霜天开浩荡，云屋涌嵯峨。四面山总好，东窗江最多。脚跟盘巨石，吞吐任风波。

翁卷咏景写物追求平淡简远，诗中少有愁苦，多有野逸之趣。如《春日和刘明远》，他将“幽隐”“逃名”作为春日休闲的前提：

不奈滴檐声，风回昨夜晴。一阶春草碧，几片落花轻。知分贫堪乐，无营梦亦清。看君话幽隐，如我愿逃名。

《登飞霞山作》是翁卷年轻时的诗作，诗中透露此时的他已娶妻生子，暂不作远游：

局居厌纷丛，荡志寻岖嶔。拂衣出城隅，杖策循湖阴。何年彼真仙，遗宫寄幽岑。连树窈蒙密，灵洞疑虚沈。攀条承藓飙，立石弄澄深。眺睐增殊欢，超忽涓烦襟。美人逝云远，青草畴与吟。感昔兴重嗟，会意良在今。山公悦崇资，嵇氏陶清音。保真道无违，逐欲情易淫。顾乏安期资，华鬓能不侵。虽非尚子贤，傥遂毕娶心。

历代诗人多写“晓对”，但境遇和情绪各有不同。宋代张玉娘有“抱琴晓对菱花镜，重恨风从手上吹”，张耒有“饥马卧嘶毛瑟缩，羸童晓对色苍茫”，而翁卷《晓对》的“梅花分地落，井气隔帘生”，完全是文人心态：

独对晓来晴，天寒景物清。梅花分地落，井气隔帘生。曾是吟招隐，何时遂耦耕。萧疏头上发，已白二三茎。

野望也是古诗中的主要题材，唐代王勃《早春野望》有“他乡临睨极，花柳映边亭”，杜甫《江亭》有“坦腹江亭暖，长吟野望时”，五代李中《春日野望怀故人》有“云散天边野，潮回岛上痕”。翁卷的《野望》则显现了“永嘉四灵”的特点，特别是后两句为苦吟出来的妙句：

一天秋色冷晴湾，无数峰峦远近间。闲上山来看野水，忽于水底见青山。

又如《山雨》，是温州晚秋初冬之交的天色写照，这边还是林霜月白，那边可见溪水流急，应是不远的地方有雨了：

一夜满林霜月白，且无云气亦无雷。平明忽见溪流急，知是他山落雨来。

翁卷晚年行旅不定，贫病交加。然而他的游历诗中，还能见到他遍历沧桑、浪迹天涯的风姿，如《题武义赵提干林亭》：

武陵诸胜状，如列在檐前。一郭楼台日，数村桑柘烟。鸟啼春满谷，秧绿水平田。中有渔樵影，吾诗咏不全。

天台山与雁山邻

翁卷朋友多、交往广，与僧、道、名流、隐士彼此唱和，留下了许多精彩的好诗。如与僧侣相关的有《赠东庵约公》《悼雪庵禅师》《送爽公抄化》《寄从善上人》等；与道士相关的有《赠陈管辖》《赠九华李丹士》《寄沈洞主》等；与名流、隐士相关的有《赠孙季蕃》《呈余伯皋》《送刘成道》等。

翁卷《太平山读书奉寄城间诸友》曰：

寥寥钟磬音，永日在空林。多见僧家事，深便静者心。虚庭云片泊，侧径石根侵。此去城间远，君应懒出寻。

翁卷《寄赵灵秀》中有“千山落叶深，高树不藏禽”，《寄山友徐灵晖》中有“若非殊俗好，那肯爱幽居。深径无来客，空山自读书”。这些都是“四灵”之间相互勉励，共同追求内心宁静的企盼。

从诗友写给翁卷的诗中，我们更能深入了解翁卷。南宋著名江湖诗人戴复古写有《湘中遇翁灵舒》：

天台山与雁山邻，只隔中间一片云。一片云边不相识，三千里外却逢君。

徐照与翁卷住得近，同为布衣，诗交最密。其《寄翁灵舒》曰：

游远令人瘦，思君甚渴饥。恨无如意事，懒乞送行诗。帝陌喧车马，王门守鹿貔。何时借僧榻，切勿负幽期。

《和翁灵舒冬日书事》三首则体现了两位诗人志趣同、诗风近：

石缝敲冰水，凌寒自煮茶。梅迟思闰月，枫远误春花。贫喜田新长，吟令鬓已华。城中寻小屋，岁晚欲移家。（其一）

十日南山雪，今朝又北风。烧冲崖石断，梅映野堂空。难语伤时事，无成愧野翁。一生吟思味，独喜与君同。（其三）

徐照还有一首《刘明远会宿翁灵舒西斋》，看起来徐照比较喜欢陪客，并常到翁卷家中做客：

秋色侵肌骨，还将鬓色侵。自来难会宿，安得废清吟。竹露滋丛菊，邻钟觉曙禽。城中同此月，不起故山心。

当赵师秀、翁卷离开温州时，徐照就觉得"春愁随日长"，而《怀赵紫芝翁灵舒》正表达了他对友人的思念：

紫芝别我天台去，翁十深山自结茅。但见春愁随日长，不知庭叶蔽禽巢。

赵师秀有《简同行翁灵舒》：

久晴滩碛众，舟楫后先行。终日不相见，与君如各程。水禽多雪色，野笛忽秋声。必有新成句，溪流合让清。

赵汝镃，淳祐五年（1245）出知温州。其《翁灵舒客临川因经从访之不遇闻过村居》是对翁卷的最好写照：

闻道深村里，结茅三四间。买田因种秫，移树为看山。诗好人皆诵，身安心自闲。有时思雁荡，依旧棹舟还。

徐玑是"四灵"之一，其《檄途寄翁灵舒》曰：

闻道长溪令，相当一馆闲。便令全近舍，尚隔几重山。为旅春郊外，怀人夜雨间。年来疏览镜，怕见减朱颜。

戴栩，嘉定元年（1208）进士，《送翁灵舒赴越帅分韵得欲字》是他送别翁卷入幕之作：

越峰罗四围，越水镜相烛。我昔扁舟来，十日看不足。天垂禹祠旁，海入秦望曲。荒寒暝色归，牛背下鸲鹆。兴亡百粤乡，俯仰千载俗。恨我劣风骚，眼到笔不属。君今挟此游，万象困搜劚。有类古趫将，敌勍乃所欲。市驱羲献军，降竖元贺纛。策勋六义右，正始渺丝粟。秋风吹虫声，桂菊渐结束。京华万种身，聚散棋着局。吾徒日夕偕，文字当杯醁。奈何夺此翁，为我谢州督。

葛绍体，字元承，建安人，师事叶适。《送翁灵舒》是翁卷即将去湘时葛绍体的送别诗：

寻常居异所，客路得同行。别久话难尽，路长愁易生。湘江春自绿，衡岳古来青。何似归休好，西岩深处耕。

叶适为翁卷撰写了《西岩集序》，也是对永嘉诗学与“四灵”的肯定：

适时就甥馆，往来棠阴柳市间，知声韵之学翁氏世业也，以故人人能诗而灵舒、常子两先生特著。常子之诗原本少陵，规完矩正，比竹谐丝。予尝取《松庐集》而序之，以为如秤星然，谓其铢黍不爽也。若灵舒则自吐性情，靡所依傍，伸纸疾书，意尽而止。乃读者或疑其易近率，淡近浅，不知诗道之坏，每坏于伪，坏于险。伪则遁之而窃焉，险则幽之而鬼焉，故救伪以真，救险以简，理也，亦势也。能愈率则愈真，能愈浅则愈简，意在笔先，味在句外，斯以上下三百篇为无疚尔。试披吟风雅，其显明光大之气、敦厚温柔之教，诚足以津梁后人，则居今思古，作者其有忧患乎！乃知集成花萼，梦入草塘，彼各有所长，讵苟焉而已也？然则非得少陵之深，未许读松庐之什，非得三百之旨，尤未易读西岩之篇也哉。

徐玑　诗书两擅 高峰影里坐阴凉

徐玑监造御茶图

徐玑（1162—1214），字致中，又字文渊，号灵渊，祖籍福建晋江，至父亲徐定这一代徙居温州。徐玑出身官宦之家，承父荫入仕，先后任建安主簿、永州司理、龙溪县丞、武当令等职。晚年改任长泰令，但徐玑没就任便去世了。为官期间，他做过很多有益于百姓的事，是一位清正廉洁的官员。徐玑著有《山泉集》，今佚，现存《二薇亭诗集》。徐玑是“永嘉四灵”中富于才情的诗人，诗书两擅，赵师秀评价说：“心夷语自秀，一洗世士陈。”

浮沉州县　心系烽火天南路

徐玑少年时就在叶适门下学习，受理学熏陶，诗中有豪气、热忱的一面，并常见家国之恨。《传胡报二十韵》就充满了爱国热情和士大夫的气质：

胡虏无仁义，兴衰匪百年。如何凭气力，久欲靖中边。异类依天角，黄头住海堧。愚堪呼鹿豕，健每学鹰鹯。猰狄时方惫，燕云耗颇传。奸臣贪拓境，黠计落空拳。氈毳分伊水，旌旗湿汴川。莺花春自老，风雨夜相连。文物东南盛，舟车蜀广聊。规模垂翼翼，鼎石赖乾乾。五福祥光近，千龄厚泽绵。雨晴均化日，丰穰庆秋田。禽兽闻相噬，干戈斗欲缠。瓜分争块壤，鼎沸逐埃涓。亡北惟堪伺，良图盍自坚。藩篱兼谨守，阃外勿轻捐。晋赵非殊异，山河本浑全。人心方激切，天道有回旋。王佐存诸葛，中兴仰孝宣。何当渭桥下，拱揖看骈阗。

这首长诗写在北伐失败前，流露出疑惑担忧，但基调乐观。诗的开头就直奔主题，“胡虏无仁义，兴衰匪百年”，表达了他对收复中原的希望。“如何凭气力，久欲靖中边”，表达了他欲参与国事、要为国出力的心情。“晋赵非殊异，山河本浑全。人心方激切，天道有回旋。王佐存诸葛，中兴仰孝宣。”徐玑以诗人的热情呼吁，只要天下民心激愤，可使天道回旋，敢教山河浑同，中兴国运、南北统一指日可待。“何当渭桥下，拱揖看骈阗”是对战事胜利的期盼。

“永嘉四灵”中徐玑与翁卷较为关心国事。翁卷去边关时，徐玑写了“战野寒犹力，边城草不春”。翁卷自己也写过“亡国岂无恨，渔人休更歌”。而赵师秀所写的“听说边头事，时贤策在和”则不痛不痒，没有表达自己的想法。这说明“永嘉四灵”的诗作大方向相同，艺术心态却是有些差异的。

徐玑因父荫入任后，只在地方做过一些小官。赵师秀在徐玑逝后写下的《哭徐玑五首》，是对徐玑才华与仕宦生涯的评价：

君早抱奇质，获与有道亲。微官漫不遇，泊然安贱贫。心夷语自秀，一洗世士陈。使其养以年，鲍谢焉足邻。（其一）

徐玑在《漳州送王益统制谪归时方收峒寇》中以东汉中期名臣李固来勉励自己，其中“众情欢杀贼，国本在安民。功过今方便，忠诚正可陈”这样硬朗的诗句，与他的田园诗风形成了较大的反差：

京口丘都督，江淮第一人。竭心安宋代，决策斩苏罴。猛将亲经选，高材近莫伦。六钧来有力，一骑去无尘。塞静良弓隐，时明枉事伸。迁车行地远，归诏及春新。恃隐猺奴蠢，招亡鼠技贫。众情欢杀贼，国本在安民。功过今方便，忠诚正可陈。能言学李固，兹日顾亡身。

《送徐侍郎南迁》是一首平常的送别诗，在徐玑笔下却有“风急满江皆白浪，雨收何处不青山”这样的佳句：

已见皇家日月安，更教远去不辞艰。若人岂谓元城在，有客先知御史还。风急满江皆白浪，雨收何处不青山。天心正欲扶宗社，为报慈闱得解颜。

塔峰长入座　池色自临扉

徐玑一直生活在温州松台山麓，这里是温州历代文脉不断，诗风相传的地方。自谢灵运任永嘉太守以来，松台山一带渐渐成为文化发展的中心，到南宋更是文人云集，诗风蔚然，是“四灵”与“四灵诗派”活动的重要区域之一。薛师石在《哀徐致中》中说“几回行过深深巷”，道出了徐宅就在松台山脚的一条巷子里。翁卷《哭徐玑》中有“塔峰长入座，池色自临扉”，把徐玑的住宅位置也点出来了，那里能看到净光塔。薛师石诗中又有“书窗闭久梅添润，花径荒来草又青”，说明徐玑宅中有花园，书房前有梅树。徐照《酬赠徐玑》的“每到斋门敲始应，池禽双戏动清波”，说明徐玑居住之地十分清幽静谧。

徐玑在《冬日书怀》中描写了冬天的景色，“朝碧”“晚红”，“野寺”“溪翁”，可谓佳对：

闲庭黄叶满，园树尽玲珑。寒水终朝碧，霜天向晚红。蔬餐如野寺，茅舍近溪翁。非是分嚣寂，由来趣不同。

《山居》则写出春草池塘的景色，“地僻春犹静，人闲日自迟”，特别闲逸：

柳竹藏花坞，茅茨接草池。开门惊燕子，汲水得鱼儿。地僻春犹静，人闲日自迟。山禽啼忽住，飞起又相随。

《夏日闲坐》写的是温州古城中典型的山陬小景：

无数山蝉噪夕阳，高峰影里坐阴凉。石边偶看清泉滴，风过微闻松叶香。

《新凉》是徐玑一首比较出名的诗，传唱久远：

水满田畴稻叶齐，日光穿树晓烟低。黄莺也爱新凉好，飞过青山影里啼。

《孤坐》是徐玑的心境之诗。诗中忘却世事，看景饮茶，透露出他对隐逸生活的热爱：

晨起犹孤坐，瓶泉待煮茶。寒烟添竹色，疏雪乱梅花。独喜忘时事，谁知改岁华。多君能过此，人里似山家。

“永嘉四灵”生性简远，爱诗如痴。而徐玑一生生活稳定，以温州为创作基地，创作了大量山水诗。如《宿觉庵》《绝境亭》《会景轩》《茶山堂》四诗，是徐玑描写温州净光山的一组律诗，其中一些联句，已经被用于现代景观建设之中：

欲问庵中事，无论后与先。还因一宿觉，不用再参禅。门远青山曲，檐依古木边。谁当秋夜静，来看月孤圆。（宿觉庵）

行向最高处，惟将物色参。郡城依薮泽，地势转东南。对景身垂老，题诗兴欲酣。可能清晓出，四面有晴岚。（绝境亭）

屋自与山背，西原景最清。凉风从下起，新月向前明。林静闻僧语，四虚见鹭行。此方多积翠，略似镇南城。（会景轩）

山是朝廷赐，名从古昔传。为堂居此地，汲水记前贤。雨露余根在，荆榛细蔓缘。困来求一盏，打坐亦安禅。（茶山堂）

除了寄情山水，徐玑还是描写生活逸趣的高手。如《酒》，前四句是写山妻做酒的手法工艺，后四句写世味，写冷暖，借酒说人世社会：

才倾一盏碧澄澄，自是山妻手法成。不遣水多防味薄，要令曲少得香清。凉从荷叶风边起，暖向梅花月里生。世味总无如此味，深知此味即渊明。

《宿寺》描写了徐玑独自一人在寺院里读诗，读着读着已经半夜了，就睡在佛殿之中，一直到啼鸟在林东鸣唱才醒来。这是何等自在的生活：

古木山边寺，深松径底风。独吟侵夜半，清坐杂禅中。殿静灯光小，经残磬韵空。不知清梦远，啼鸟在林东。

《春日晚望》是徐玑的观景诗。正值春日新雨后，徐玑登楼赏春，远望城郊有轻烟，近观树绿半池浑：

楼上看春晚，烟分远近村。晓晴千树绿，新雨半池浑。柳密莺无影，泥新燕有痕。轻寒衫袖薄，杯酌更须温。

《新春喜雨》是写农民眼中的春雨，蔬畦麦垅先发青，怎不高兴：

农家不厌一冬晴，岁事春来渐有形。昨夜新雷催好雨，蔬畦麦垅最先青。

《春雨》则是写文人眼中的春雨，“无数鸳鸯溪上飞”，是何等的生态好景：

柳着轻黄欲染衣，汀沙漠漠草菲菲。晓风吹断寒烟碧，无数鸳鸯溪上飞。

《江亭临眺》写的是温州临江景色：

问得梅花信，寒林动晚声。雨来山渐远，潮去水还清。寥落寻新句，欢娱解宿酲。相携归路滑，灯火近孤城。

《中秋集鲍楼作》是徐玑与诗友的雅集之作。古代温州士人喜欢在水岸名楼欢度中秋，“风流似永和”，徐玑将此次雅集比作兰亭雅集：

秋在湖楼正可过，扁舟窈窕逐菱歌。淡云遮月连天白，远水生凉入夜多。已是高人难聚会，矧逢佳节共吟哦。明朝此集喧城市，应说风流似永和。

鲥鱼，又称迟鱼、时鱼，是温州水产珍品，国家一级野生保护动物。徐玑《时鱼》曰：

风晴霜气合，沙渚夜鸣榔。独喜鳞兼细，时看寸有长。月斜寒动影，水碧静传香。可爱渔翁乐，溪梅次第芳。

徐玑《雁山》中说雁荡山在南宋还是深又僻的，唐时更是无人问津，只是南渡之后名气方显：

雁山深又僻，无数石岩奇。皆是僧分住，最先谁得知。逐时多异景，前辈少题诗。南渡名方著，唐人不到兹。

《秀峰寺》中说自己十年之中有三次来过这里，僧人一见便知是旧相识：

篮舆晚泊近岩隈，精舍门临古道开。僧子相逢便相识，十年三过秀峰来。

惟怜篱下菊　渐渐可相依

徐玑怀友诗多，与“四灵”其他三人的唱和诗更多。徐玑的唱和诗诗题较少使用敬语，如“奉和”“奉酬”等，可见“四灵”之间交往的真挚。

如《秋夕怀赵师秀》是徐玑怀念赵师秀的，诗中层次迭现，浓入淡出，韵重句微：

冷落生愁思，衰怀得句稀。如何秋夜雨，不念故人归。蛩响砌尤静，云疏月尚微。惟怜篱下菊，渐渐可相依。

另一首《夏夜怀赵灵秀》曰：

古郡草为城，怀贤隔此扃。水风凉远树，河影动疏星。江国晴犹润，烟林暮转青。荷锄曾有约，独喜带骚经。

《赠徐照》是徐玑用深深情意写下的。他劝徐照回到城中居住，减少夜梦：

近参圆觉境如何，月冷高空影在波。身健却缘餐饭少，诗清都为饮茶多。城居亦似山中静，夜梦俱无世虑魔。昨日曾知到门外，因随鹤步踏青莎。

而徐照在《送徐玑》中亦表达了两人之间的深情厚谊：

一舸寒江上，梅花共别离。不来相送处，愁有独归时。去梦千峰远，为官三岁期。思君难可见，新集见君诗。

徐玑《奉酬翁松庐见寄》的最后两句是说他与翁卷酬和甚密：

客路归时雨似烟，归来还近菊花天。寸心不到青云上，一事难成白发前。风外松声如昨夕，竹间梅蕊接新年。闲来得句频相送，自有高人住屋边。

《夏夜同灵晖有作奉寄翁赵二友》则以景寄情，体现了“四灵”的诗意生活：

斋居惟少睡，露坐得论文。凉夜如清水，明河似白云。宿禽翻树觉，幽磬度溪闻。欲识他乡思，斯时共忆君。

“永嘉四灵”之外，徐玑与其他温州诗人的关系也十分亲密。《潘德久挽词》中有“吟成癖”“亲笔墨”“买琴书”，都是他与潘柽的共同爱好：

只为吟成癖，官闲乐有余。病惟亲笔墨，贫亦买琴书。别奠临西野，春风入故庐。悠悠想精魄，如赋钓台初。

徐玑诗书两擅，书法师从单炜，得临池要领。单炜，字丙文，是南宋中期诗书大家，与著名词人姜夔有过交游。叶适曾夸赞徐玑“得魏人单炜教书法，心悟所以然，无一食去纸笔。暮年，书稍近《兰亭》”。徐玑《送单丙文先生归沅州》曰：

传得临池诀，勤劳敢遽忘。锥沙惟是正，舞剑本非狂。旧隐寻芳芷，离怀对碧湘。寸心长记面，不似隔他乡。

叶适门人　雪芽若针吐清奇

徐玑在政治上逐渐失去信心，主要由于经历了“庆元党禁”这场政治事件。此事件中以赵汝愚为首的五十九人被贬，温州籍官员犹多，陈武、徐谊、陈傅良、叶适、陈岘、蔡幼学等都受到处理。因此徐玑在《记述二十韵为赵沂公作》中将赵汝愚比作屈原：

日月交辉际，乾坤欲整时。谋谟无远近，顾盼有安危。国倚宗臣重，人惟正统推。将军兼问古，中尉不言私。美德开初祀，清风起四维。山河春蔼蔼，雨露夜垂垂。川浩鼋鼍穴，田丰鼠兔窥。险辞萋莫已，深网障无遗。流谤看金策，纯诚表竹枝。丹心元未改，只影去奚疑。能胜归天道，云亡忽事宜。蜀关几犬豕，淮岸迩旌旗。将相通新好，朝廷说旧规。渠奸甘授首，盛代巩丕基。褒叙还宗祏，光昭在鼎彝。凄凉余谥法，慷慨付诸儿。汨水芬芳地，三闾绝好词。子兰真已矣，靳尚亦奚为。乐事云悲事，新知匪故知。续骚何日了，千古泪如丝。

在建安主簿任上，徐玑曾奉命监造御茶，而《监造御茶有所争执》中记载了其中的冲突：

森森壑源山，袅袅壑源溪。修修桐树林，下荫茶树低。桐风日夜吟，桐雨洒霏霏。千丛高下青，一丛千万枝。龙在水底吟，凤在山上飞。异物呈嘉祥，上奉玉食资。腊余春未新，素质蕴芳菲。千夫喏登垅，叫啸风雷随。雪芽细若针，一夕吐清奇。天地发宝秘，鬼神不敢知。旧制遵御膳，授职各有司。分纲制品目，簿尉监视之。虽有领督官，焉得专所为。初纲七七夸，次纲数弗差。一以荐郊庙，二以瀹宾夷。天子且谦受，他人奚可希。奈何贪渎者，凭陵肆奸欺。品尝珍妙余，倍称求其私。初非狐鼠媚，忽变狼虎威。巧计百不行，叱怒面欲绯。再拜长官前，兹事非所宜。性命若蝼蚁，蠢动识尊卑。朝廷设百官，责任无细微。所守傥在是，恪谨焉可违。君一臣取二，千古明戒垂。以此重得劾，刀锯弗敢辞。移官责南浦，奉命去若驰。回首凤凰翼，雨露生光辉。

徐玑的率真性格和对家乡的思念常体现在诗中，如《自觉》中就吐露了“归日是春边”的想法：

自觉中年后，惟能半夕眠。寒窗微带月，山郡远闻泉。行乐人同尚，迟留我未然。题书寄朋旧，归日是春边。

他在《晨起》中更是觉得自己有“世事非难了，尘劳独未休”的烦恼，表达了仕途的倦意：

晨起风吹面，朝晴野雾收。高峰多远见，浅水少平流。世事非难了，尘劳独未休。今年看鬓发，已变一茎秋。

“故里诸公应念我，稻花香里计归程”，这是徐玑在《六月归途》中写的：

星明残照数峰晴，夜静惟闻水有声。六月行人须早起，一天凉露湿衣轻。宦情每向途中薄，诗句多于马上成。故里诸公应念我，稻花香里计归程。

叶适于开禧三年（1207）罢官后，一直居于永嘉（温州）著书，与“永嘉四灵”和其他温州诗人来往密切。《上叶侍郎十二韵》正是徐玑向叶适致敬的一首诗：

侍从西湖宅，安闲近水心。门开春郭静，桥度野池深。山翠连龙起，云楼学虎临。芙蓉通远渚，槐柳步回阴。盛业归宗匠，斯文并古今。典谟存大雅，金石振余音。畴昔留藩管，江淮拥带襟。雍容平宇宙，潇洒在园林。玉富难渊测，仙癯鹤可寻。步趋垂杂组，言笑响鸣琴。补衮心无替，弹冠迹未沉。于今幽兴极，正可辩清吟。

徐玑综合温州地域诗风，融合永嘉学派的学术力量，紧密地结合时代变迁，使自己的诗歌脱颖而出，成为“永嘉四灵”中比较独特的诗人。

薛师石　野水多于地 春山半是云

瓜庐读诗图

薛师石（1178—1228），字景石。他出身于名门薛氏，家族曾出现薛强立、薛弼、薛季宣等人才。薛师石还是状元木待问的女婿。薛氏族人或以政治地位，或以学术研究，或以文学创作著称于世。薛师石是南宋中期的隐逸诗人，筑庐会昌湖上，名曰“瓜庐”，有《瓜庐集》存世。他与“永嘉四灵”多有唱和，对当时的诗风产生过一定的影响。赵师秀有一首《薛氏瓜庐》，写出了薛师石种瓜、读书、作诗的生活场景，诗中塘河、野田、春山等田园风光构成一幅美好的图画：

不作封侯念，悠然远世纷。惟应种瓜事，犹被读书分。野水多于地，春山半是云。吾生嫌已老，学圃未如君。

瓜庐的文会作用

薛师石所组织的瓜庐诗社，是温州同期最有人气的诗歌社团，起到了文会的作用。他去世后，温州诗人戴栩、王绰为其作祭文和墓志铭。薛师石之子所编《瓜庐集》付梓，为其作序题跋的有永嘉人曹豳、赵汝回、赵希迈、刘植和黄岩人王汶等。由此可见，“永嘉四灵”和薛师石之后，温州仍活跃着大批诗人。王绰《薛瓜庐墓志铭》记述了“永嘉四灵”圈子里的诗人：

永嘉之作唐诗者首“四灵”，继灵之后，则有刘咏道、戴文子、张直翁、潘幼明、赵几道、刘成道、卢次夔、赵叔鲁、赵端行、陈叔方者作。而鼓舞倡率，从容指论，则又有瓜庐隐君薛景石者焉。诸家嗜吟如啖炙，每有文会，景石必高下品评之，曰：“某章贤于某若干，某句未圆，某字未安。”诸家首肯而意惬，退复竞劝，语不到惊人不止。然景石不但工于诗，而其小楷初授法于单炳文，日经月纬，已忽超诣！识者叹其得昔人用笔之意。盖诗自建安以来，体制屡变，至开元、元和而后极工。书由魏、晋而下，法度渐失，迨欧、虞、褚、薛而迄不可复。景石著句必于郊、岛之间，落笔期于钟、王之次，诗浸逼唐人，而书不止于唐人焉，斯亦奇已。继诸家后，又有徐太古、陈居端、胡象德、高竹友之伦，风流相沿，用意益笃，永嘉视昔之江西几似矣，岂不盛哉。

薛师石牵头的瓜庐诗社，不但起到汇聚诗人的作用，而且还是提高诗歌品质的研究班。从墓志铭上看，薛师石善于评品诗人，“诸家嗜吟如啖炙，每有文会，景石必高下品评之”。他们在互相品评修改中追求“句圆”“字安”，符合“四灵”对声律和谐、结构整饬的推崇。以下的唱和诗歌，可以反映瓜庐诗社的活动状况。

戴栩《送翁灵舒赴越帅分韵得欲字》是送别翁卷入幕的诗。分韵，是数人相约赋诗，选择若干字为韵，各人分拈，依拈得之韵作诗。他们经常在一起，将诗文当成美酒来交融：

越峰罗四围，越水镜相烛。我昔扁舟来，十日看不足。天垂禹祠旁，海入秦望曲。荒寒暝色归，牛背下鸲鹆。兴亡百粤乡，俯仰千载俗。恨我劣风骚，眼到笔不属。君今挟此游，万象困搜劚。有类古趫将，敌勍乃所欲。市驱羲献军，降竖元贺纛。策勋六义右，正始渺丝粟。秋风吹虫声，桂菊渐结束。京华万幵身，聚散棋着局。吾徒日夕偕，文字当杯醁。奈何夺此翁，为我谢州督。

赵希迈也是瓜庐诗社中的积极参与者，《吴中中秋怀瓜庐诸友》是他怀念诗友之作：

凉分一半秋，此夜客吴州。无侣共明月，唤醒同倚楼。天虚云气尽，风静桂香浮。遥忆前年醉，狂吟沧海头。

薛师石《送文子监草料场》是送别戴栩的诗，首句“坐局何烦听晓鸡，豆萁苜蓿亦诗题”，说的就是他们大题小题都入诗的趣事：

坐局何烦听晓鸡，豆萁苜蓿亦诗题。好文不爱今人体，色养宁嫌古署低。翰苑旧交应顾访，相门新近事招携。岁寒惟有君于我，老去过从许杖藜。

赵汝回是薛师石的好友，也是永嘉诗派的主要成员，其《薛景石瓜庐》对薛师石赞赏有加。诗中用了“真逸”“鹤语”“桂丛”“云僻”等高雅的词语来形容薛师石的庐与诗：

湖村有真逸，爱着钓鱼袍。鹤语柴门静，身闲笔砚劳。移来瓜种别，看得桂丛高。所写虽云僻，文名不可逃。

四库馆臣评价薛师石曰：“今观其诗，语多本色，不似‘四灵’以尖新字句为工，所谓‘夷镂为素’者殆于近之。至于边幅太窄，兴象太近，则与‘四灵’同一门径，所谓‘融狭为广’者殊未见其然。盖才地视四人稍弱，而耕钓优游，以诗自适，意思萧散，不似‘四灵’之一字一句刻意苦吟，故所就大同而小异也。”此处“夷镂为素”与“融狭为广”正出自赵汝回所作《瓜庐诗序》。

古交淡淡无嫌猜

瓜庐诗社是士人相聚与离别的“驿站”，《瓜庐集》中就有大量描写薛师石与诗友们相聚与离别的诗歌。

《会宿赵紫芝宅》的“论诗漏欲尽，煮茗匣重开”，描述了薛师石与赵师秀论诗的情景。诗中还挂念着刚去世的徐照，惦记着徐照墓前的松树未栽：

薛师石　野水多于地　春山半是云

賈島文章懷素書
得來讀罷卷還舒
西湖鄉下為君宅
東海雲邊是我廬
千里江山常若此
一生心抱欲何如
相思唯有加餐食
不暇逢人寄鯉魚

薛師石和葛天民

嚴和鈞錄

书薛师石《和葛天民》

郊居无一事，喜见友人来。促席坐添火，推窗立看梅。论诗漏欲尽，煮茗匣重开。此夜思徐照，墓松犹未栽。

《送卢次夔兼柬卢九秘书》是薛师石送别温籍著名词人卢祖皋的诗：

蔡邕初入直，撰著几书成。所取友若此，遥知人至清。朝回收疏稿，夜语杂诗情。愧我多年别，相烦一寄声。

《送赵几道赴台州录事》中“若匪佛种应仙才”“古交淡淡无嫌猜”等句，说明当时诗社的诗人多，诗词是他们友谊的桥梁：

应前绠汲何从来，清流海底通九垓。天河地脉灑旋转，上中下井躔三台。满城桃花二仙种，方广金殿三门开。一时会上几许人，若匪佛种应仙才。于公徒知高其闾，岂识大化非胚胎。今兹送言暂相别，诗规笔诲纷崔嵬。傅说明星定入梦，方朔迹秽空谐诙。不昵不阿予与汝，古交淡淡无嫌猜。

薛师石与赵师秀的交游最深，酬赠也多。《送赵紫芝入金陵幕》是以吟诗送别赵师秀赴金陵任职：

为官亦僦居，官况定何如。昨夜交游散，满湖秋雨疏。此邦佳丽久，旧吏拜参初。喜是贤侯幕，新年有荐书。

《喜徐玑至》是欢迎友人回乡的诗。诗中赞美徐玑诗好官清，四年未见，二人并未疏离：

荣满自南归，曾过秦系庐。无心缘见道，会面只如初。诗好多人说，官清得荐书。柴门劳顾访，未觉四年疏。

《题南塘薛圃》中薛师石描绘了自己所处的环境：

门对南塘水乱流，竹根橘柢自成洲。中间老子隐名姓，只听渔歌今白头。

慢慢地，薛师石也让环境改造着自己的品性，他的《无题》曰：

平生爱菊与梅花，菊比渊明梅似逋。谁知此道今寥落，爱菊爱梅人也无。

瓜庐诗社是地域文人群体抱团写诗的典范。他们彼此认同，以共同的诗歌志趣为基础，不讲年齿、穷达，结成一个群体，成为南宋温州诗歌创作的闪光点。

渔父听清歌

薛师石的田园诗亲近生活，贴近民众，能“飞入寻常百姓家”，让情愫与田园风光相映成趣。诗人能从野水里看见自己的影子，能从四围的丘山中听到自己的回音。读他的诗，是在慢慢地品尝自然，轻轻地放飞自我，能同诗人一起营造一方安逸的精神天地。如《水心先生惠顾瓜庐》是薛师石为叶适来访所写的七律诗：

未成三径已荒芜，劳动先生枉棹过。数朵葵榴发深愧，一池鸥鹭避前呵。路通矮屋惟添草，桥压扁舟半没河。再见缁维访渔父，却无渔父听清歌。

薛师石有七首《渔父词》，体现了他对平民生活的关注。其中记述了用“笭箵”作装鱼的工具，用“茧丝”作钓鱼线，这些有趣的生活细节，读着让人倍感亲切。若将这七首诗连着读，也能勾勒出一卷江南水乡的渔趣图：

十载江湖不上船，卷篷高卧月明天。今夜泊，杏花村，只有笭箵当酒钱。

邻家船上小姑儿，相问如何是别离。双堕髻，一弯眉，爱看红鳞比目鱼。

平明雾霭雨初晴，儿子敲针作钓成。香饵小，茧丝轻，钓得鱼儿不识名。

系船兰沚鲙长鲈，曲袷方袍忽访吾。神甚爽，貌全枯，莫是当年楚大夫。

春融水暖百花开，独棹扁舟过钓台。鸥与鹭，莫相猜，不是逃名不肯来。

夜来采石渡头眠，月下相逢李谪仙。歌一曲，别无言，白鹤飞来雪满船。

莫论轻重钓竿头，住得船归即便休。酒味薄，胜空瓯，事事何须著意求。

薛师石终生不仕，隐居读书，但从《李白墓》中可以看出他是称羡江湖生活的：

野火攻残竹数枝，诗魂飘荡定何之。娟娟秋月照采石，不在荒坟在水湄。

午歇就阴依古松

“四灵诗派”写的是休闲诗，可薛师石的诗就更休闲了。如《送翁灵舒闲游》中有“午歇就阴依古松”，写的是翁卷，说的是自己的生活。日常生活很是轻松，歇着歇着，就在老松底下睡着了，这就是“四灵诗派”的风格：

袖有新诗如美玉，知君去意十分浓。山行见草认灵药，午歇就阴依古松。两鬓已添蓬薫色，三年判作飘零踪。羁情夜后更愁绝，深涧断猿溪寺钟。

薛师石诗大多以清空淡雅为主，因为他是“逃名者”，如《渔家》：

小舟轻似叶，曾不畏风涛。自说磻溪好，翻疑钓濑高。晚来鱼换酒，归去子持篙。定是逃名者，时闻歌楚骚。

诗人写的是渔家，羡慕的是渔者的生活。全诗流韵明快，与赵师秀的“楼钟晴听响，池水夜观深”(《冷泉夜坐》)、翁卷的“岚蒸空寺坏，雪压小庵清”(《石门庵》) 相比，还要清淡得多。

《宿瞿溪》也是一首很有特色的闲适诗。诗中说薛师石在塘河上划着小船前往瞿溪，夜里就索性泊船上岸，住在小店里了：

船泊溪西岸，人家见晚春。疏星寒有雁，村寺夜无钟。竹径通新店，茅柴暖病容。农夫不相识，问我欲何从。

这首诗写得很淡，带着“病容”，还有“疏”“寒”这些冷冷的字，村里有座连钟声也没有的小寺院。诗人坐在茅柴堆里暖着身子，与不相识的农夫在闲聊。薛师石诗好似苏州评弹，不高亢，腔调很圆，文字上娴熟、沉稳，没有锐气和棱角。

薛师石在别人眼中是不求利禄的，有超乎世俗的情怀，但从《喜翁卷归》中我们可以读到布衣人的晦涩：“我老寡俦侣，年荒值冬迫。膝下有啼寒，瓶中无储积。”薛师石是在向友人倾述自己的生活困境。在宋代有这种困境的诗人不在少数，而这也反映了士人群体仕与隐的矛盾心理：

我老寡俦侣，年荒值冬迫。膝下有啼寒，瓶中无储积。岂不展转思，自欠经营策。儒冠匪谬误，赋性素褊窄。渊明疑夙世，荷锄心使适。嗟余四友朋，惊见三化魄。一翁尚凄凉，六秩因行役。家贫病难愈，诗苦发全白。昨来叩我门，偶往比邻宅。闻语亟倒屣，已去倏无迹。知君怀百忧，虽出难久客。从今幸安居，况有旧泉石。清晨过穷庐，竟夕话畴昔。逝者已云远，相期守枯瘠。

卢祖皋 浙人皆唱蒲江词

南宋中期，温州有好多诗人词家，而卢祖皋是其中最出名的词人，两浙一带都喜欢唱他的词。黄升《中兴以来绝妙词选》卷八评曰：“（申之）乐章甚工，字字可入律吕，浙人皆唱之。”

卢祖皋（约1174—1224），字申之，一字次夔，号蒲江，今温州市龙湾区蒲州人。宁宗庆元五年（1199）进士，初任池州教授，历任吴江主簿、秘书省正字、校书郎、著作郎，累官至权直学士院。遗著有《蒲江词稿》，刊入《彊村丛书》，凡九十六阕。卢祖皋的诗作大多遗失，但楼钥曾说他“古风已喜能行意，近体尤欣细属联”。

乡情节意 会昌湖上扁舟

卢祖皋《蒲江词稿》中有几阕描写家乡风情的，以《水龙吟·淮西重午》为著。词中卢祖皋首先说自己几年都没有回乡了，多想泛舟在会昌湖上，微醉在扁舟上，意趣浓浓。然后他披露了自己刚入仕途，犹如“安榴半吐”。他抒情于“千里江山”“薰风淮楚”，怀古于“念离骚恨远，独醒人去，阑干外”。最后他呼应了前面的“西山路”“会昌湖”，归结到“乡情节意，尊前同是，天涯羁旅”的愁绪。他是多么想念家乡涨绿的池塘，翠阴的庭院啊，只是自己是宦游之人，归期无定：

会昌湖上扁舟，几年不醉西山路。流光又是，宫衣初试，安榴半吐。千里江山，满川烟草，薰风淮楚。念离骚恨远，独醒人去，阑干外，谁怀古。　　亦有鱼龙戏舞。艳晴川、绮罗歌鼓。乡情节意，尊前同是，天涯羁旅。涨渌池塘，翠阴庭院，归期无据。问明年此夜，一眉新月，照人何处。

《木兰花慢》是卢祖皋写自己老家蒲江（州）的：

向蒲江佳处，报新葺、小亭轩。有碧嶂青池，幽花瘦竹，白鹭苍烟。年华再周甲子，对黄庭、心事只翛然。都占壶天岁月，便成行地神仙。　　十年。微禄萦牵。梦绕浙东船。更吾庐才喜，藩篱尽剖，门巷初全。何时归来拜寿，尽团栾、笑语玉尊前。吟寄疏梅驿外，思随飞雁行边。

这阕词有序曰："先君买屋蒲江，半属叶氏，似之五兄方并得之。因举六秩之庆，并致贺札。"卢祖皋居住在温州东郊的蒲江，以地名为号。词中对家乡的回忆很真切，小亭、门巷、碧嶂青池、幽花瘦竹、白鹭苍烟等都让他"微禄萦牵"，时常"思随飞雁行边"。蒲州河在温州东郊，现在依旧很美，如同一幅静谧的水乡画卷，在宽广的水岸边，仿佛还能听到卢氏的词唱。

江涵雁影梅花瘦

卢祖皋词以《贺新郎》最为出名，是能读出美景来的佳作，黄升《中兴词话》评此词"无一字不佳。每一咏之，所谓如行山阴道中，山水映发，使人应接不暇也"。词曰：

挽住风前柳，问鸱夷、当日扁舟，近曾来否。月落潮生无限事，零落茶烟未久。漫留得、莼鲈依旧。可是功名从来误，抚荒祠、谁继风流后。今古恨，一搔首。　　江涵雁影梅花瘦，四无尘、雪飞云起，夜窗如昼。万里乾坤清绝处，付与渔翁钓叟。又恰是、题诗时候。猛拍阑干呼鸥鹭，道他年、我亦垂纶手。飞过我，共樽酒。

此词小序曰："彭传师于吴江三高堂之前作钓雪亭，盖擅渔人之窟宅，以供诗境也。赵子野约余赋之。"引彭传师，名法，《桯史》云："传师……以恩科得官，依钱东岩之门……督府尝欲举以使虏，而不克遣，终老于选调云。"三高堂于宋初建，在江苏吴江，主要纪念越国上将军范蠡、晋江东步兵张翰、唐赠右补阙陆龟蒙。钓雪亭在雪滩，嘉靖《吴江县志》载"宋嘉泰二年县尉彭法建"。卢祖皋这阕词是应赵子野之约而赋。赵汝淳，字子野，号静斋，昆山人，开禧元年（1205）进士，与楼钥、戴复古、赵师秀、赵汝镃、陈造、刘宰等均有诗交。

古人喜欢写雪景，卢祖皋则写出了别样的雪景。全词思致深远，风格潇洒。词的上半阕，赞"三高"之风，境界开阔。下半阕是景与情的表达，雁影梅花、渔翁钓叟，飞雪鸥鹭，以景喻情。卢祖皋是抒发清逸之兴的高手，很自然地倾吐出"道他年、我亦垂纶手"的心愿。

卢祖皋一生在外做官，词中多半描写异地风光，交往的多是他乡朋友。《木兰花慢·别西湖两诗僧》是卢祖皋写给两位僧家诗人的词：

嫩寒催客棹，载酒去、载诗归。正红叶漫山，清泉漱石，多少心期。三生溪桥话别，怅薜萝、犹惹翠云衣。不似今番醉梦，帝城几度斜晖。　　鸿飞。烟水弥弥。回首处，只君知。念吴江鹭忆，孤山鹤怨，依旧东西。高峰梦醒云起，是瘦吟、窗底忆君时。何日还寻后约，为余先寄梅枝。

全词由留别西湖、思念友人等元素构成，寄离别情绪于美景。词中有鸿飞烟水、吴江鹭忆、孤山鹤怨、高峰云起、窗底瘦吟、梅枝先寄……茫然亦丰富，孤隐又雅致。

词的上半阕用了三起句擒题，轻揽胜概，将诗酒清游的主题亮出。“嫩寒”是风日之美，“嫩”字将轻寒人格化了。西湖周边红叶满山，石间流泉汩汩，此处卢祖皋用了《世说新语·排调》中“漱石枕流”的典故，其脱落簪绂、息影山林的心曲自然流出。古代词人喜欢用“心期”，李商隐《七月二十九日崇让宅宴作》中有“岂到白头长只尔，嵩阳松雪有心期”；黄庭坚《蓦山溪·赠衡阳妓陈湘》中有“心期得处，每自不由人，长亭柳”；张元幹《石州慢》中有“心期切处，更有多少凄凉，殷勤留与归时说”。而卢祖皋在这里用“多少心期”表达了离别的惆怅。

词中有这么一句，“三生溪桥话别，怅薜萝、犹惹翠云衣”。杭州天竺寺后有三生石，与冷泉亭、合涧桥等都属有名的景观。这阕词是写给两位诗僧的，景观是他们熟知的，由此点出了宿缘之意。卢祖皋在词里适当地加入“三生”，迎合了诗僧的信奉，并强调自己对此地的留恋。“犹惹翠云衣”，用了“惹”字，尤使草木生情。

词的下阕设想别后的思念，“高峰梦醒云起”把朝云、高峰、梦醒进行组合，用想象拥抱山河。接着的“瘦吟”一句，借用了李白《戏赠杜甫》的“借问别来太瘦生，总为从前作诗苦”。宋代词人张炎有“瘦吟心共苦，知几度、翦灯窗小”，瘦与苦相连，更苦。

卢祖皋的词作略带伤感，可能与他身处“西湖歌舞几时休”的杭州有关。如《江城子》也是写于杭州，是一首伤春怨别、感叹飘零的作品。全词以“愁”字贯穿，哀婉低回，韶华易逝而旧梦难再的孤寂落寞在心中难以消除：

画楼帘幕卷新晴。掩银屏。晓寒轻。坠粉飘香，日日唤愁生。暗数十年湖上路，能几度，著娉婷。　年华空自感飘零。拥春酲。对谁醒。天阔云闲，无处觅箫声。载酒买花年少事，浑不似，旧心情。

语高惊鹤睡　嘉月弄光辉

卢祖皋诗与词一样清致，笔姿生动，妙喻联翩，《全宋诗》录其诗十三首。《雨后得月小饮怀赵天乐》是思念“四灵”之一赵师秀的诗。其中“想见湖居友，扁舟不肯归”，说得情真意切，如怨如诉，但格调不低；“语高惊鹤睡，坐久见乌飞”，笔润情愁：

梅花此夜稀，嘉月弄光辉。不饮强呼酒，欲眠重启扉。语高惊鹤睡，坐久见乌飞。想见湖居友，扁舟不肯归。

《种橘》是卢祖皋在他乡异地写的，这就让“橘”成为思乡果，有温州的家乡味：

小擘枝头满袖香，累累秋实正宜霜。每来长是移时去，为尔风流似故乡。

卢祖皋虽然存诗不多，但从他好友们与其酬唱的诗作中能够看出他的风貌。如赵师秀，他比卢祖皋年长四岁，二人同是温州人，同在临安生活较长时间。《卢申之载酒舟中分韵得明字》写出他们“弄花忘昼暑”的情调：

闲人闲处住，载酒荷高情。小舍宁容客，同舟却向城。弄花忘昼暑，忧谷念秋晴。归路虽无月，银河亦自明。

薛师石也是温州人，比卢祖皋小四岁。《送卢次夔兼柬卢

庭綠初圓結陰濃香溝收拾舊梢
紅池塘少歇鳴蛙雨帘幕輕回
舞東風春又老笑誰同澹烟斜
日小樓東相思一曲臨風笛吹過
雲山第幾重
盧祖皋詞鷓鴣天　張毅和

九秘书》表达了二人的友朋深情：

蔡邕初入直，撰著几书成。所取友若此，遥知人至清。朝回收疏稿，夜语杂诗情。愧我多年别，相烦一寄声。

戴栩与卢祖皋是同门，皆从学于叶适。《送卢次夔赴仲父校书之诏》的“有句诗人读，无书馆吏供”是卢祖皋诗名与学问的写照：

离家向京国，客思独从容。有句诗人读，无书馆吏供。蛰雷先一月，晴岭沓千峰。马上思亲处，题缄寄所逢。

戴复古（1167—？），字式之，号石屏，台州黄岩人，南宋江湖诗派诗人。他一生不仕，浪游江湖，曾从陆游学诗。《卢申之正字得春郊牧养图二本有楼攻愧先生题诗且征予作》是写给卢祖皋的，题中的“楼攻愧先生”，即卢祖皋的舅父楼钥：

竹弓鸣，雁鸭惊。飞来别浦无人境，春风不摇杨柳影。长颈纷纷占作家，半游波面半眠沙。或行或立或如舞，或只或双或群聚，饮啄浮沉多态度。物情闲暇世忘机，分明一片太古时，巧伪不作民熙熙。我之居，元在野，平生惯识牛羊者。今见蒲江出此图，半日不知渠是画。一犍当前转头立，一犍度浦毛犹湿。中有一苍骑以牧，羖羜相随数十足，殿后两枚黄觳觫。分明如活下前坡，路转南山春草多，耳根只欠牧儿歌。

陈郁（1184—1275），字仲文，号藏一，江西崇仁人。《得卢蒲江刘惩斋倡和墨》中他称赞卢祖皋为“一世之雄”：

天锡吟笺慰老怀，笔花文藻卷中开。二分者作有如此，一世之雄安在哉。嵺邑坟荒惟宿草，玉堂人去几秋槐。诗仙应赴诗家供，一展寒斋定一来。

叶适是卢祖皋的业师。《赠卢次夔》证明了卢祖皋居住在市区的东郊，此时卢祖皋已经是温州的重要诗人：

家住东郊深，能诗人共寻。冰梭间道锦，玉轸断文琴。城漏宵添滴，窗花昼减阴。新凉白头句，清甚费悲吟。

此外，许及之还有与卢祖皋唱和的《次韵卢次夔直学投赠二首》：

老眼青灯字字愁，犹能宅胜复栖幽。要追野叟田夫辈，愿作渔乡橘里侯。蚤取科名辞举业，来陪散吏入诗流。小孙勤苦童蒙训，未解知名杜若洲。

大难过访忆曾酬，谒入徒惭刺字留。惠我新诗堪照夜，喜君逸气正横秋。时哉好去陈三策，老者那能画一筹。暇日太丘如共款，忘炊肯更作糜不。

舅父外甥 相交诗书画

卢祖皋的舅父楼钥，字大防，号攻愧主人，明州鄞县人，曾在温州做官多年。他有多首与卢祖皋的酬唱诗作，从中能看到二人的舅甥之情。如《卢甥申之自吴门寄颜乐闲画笺》中有“贤甥更好奇，惠我小画幅”“苟非欧虞辈，谁敢当简牍”，可以反映卢祖皋的书画功底：

年来吴门笺，色泽胜西蜀。春膏最宜书，叶叶莹栗玉。贤甥更好奇，惠我小画幅。开缄粲殷红，展玩光溢目。巧随研光花，傅色湿丹绿。桃杏春共妩，兰桂秋始肃。赵昌工折枝，露华清可掬。妙手真似之，藏去不忍触。苟非欧虞辈，谁敢当简牍。又闻乐闲君，古篆颇绝俗。并求数纸书，寄我慰幽独。

卢祖皋喜欢收藏书画，楼钥也多次在其藏品上题诗。如《题申之寄示春郊画轴》中就寄托了楼钥对四海承平、风调雨顺的期盼：

郊原膴膴春意足，细草凄迷芳树绿。雁鹜无数泛陂塘，羊牛相与随刍牧。几年不泛浙西船，恍如苏台俯平川。闲人忧国无他策，但愿好雨成丰年。

《跋卢申之所藏韦偃三马》是楼钥为卢祖皋收藏的韦偃《三马图》所题。韦偃善于画马，在唐代与曹霸、韩幹齐名。唐朱景玄谓其“居闲尝以越笔点簇鞍马……或腾或倚，或龁或饮，或惊或止，或走或起，或翘或跂，其小者或头一点，或尾一抹……曲尽其妙，宛然如真”。古代知名诗人很喜欢在韦偃画上题诗。如杜甫《题壁上韦偃画马歌》云：“一匹龁草一匹嘶，坐看千里当霜蹄。时危安得真致此，与人同生亦同死。”苏轼《韦偃牧马图》曰：“神工妙技帝所收，江都曹韩逝莫留。人间画马惟韦侯，当年为谁扫骅骝。”黄庭坚的《题韦偃马》则将杜甫诗和韦偃画一齐议论：“韦侯常喜作群马，杜陵诗中如见画。忽开短卷六马图，想见诗老醉骑驴。龙眠作马晚更妙，至今似觉韦偃少。一洗万古凡马空，句法如此今谁工。”楼诗曰：

嗟哉马之生，驰骤乃其性。一为人所羁，寸步不得骋。局促闲厩中，专俟圉人令。调服无踶啮，始可用朝请。战骑冒锋镝，或致陨其命。绣羁非不华，金狨号为盛。青黄木之灾，此亦马所病。立仗尤贵重，一鸣辄斥屏。何如在牧时，卧起玩烟景。丰草胜刍豆，清波恣游泳。韦侯擅笔精，幻出无人境。思陵赐珍题，昭回光炳炳。身方缚名缰，三年惭负乘。细窥乐宽闲，悠然动归兴。

楼钥与卢祖皋是舅甥关系，且诗交密切，这在古代诗人中是不多的。他在《又谢申之示诗卷》中称赞卢祖皋的新诗，无论古风与近体都能信手拈来，并鼓励卢祖皋要下功夫继承唐人卢仝的诗风：

不见贤甥十一年，新诗示我百余篇。古风已喜能行意，近体尤欣细属联。宅相真成珠在侧，冷官休叹坐无毡。作诗勿谓今余事，更下工夫继玉川。

《赠别卢甥申之归吴门》中也寄托了浓浓的亲情，卢祖皋当时在苏州任职，楼钥希望他闲暇时要多多寄来新诗：

千里何妨命驾来，晤言未厌已西驰。子休重赋琼瑰赠，我亦懒歌亲戚离。好向清江论乐府，更从叶子说新诗。乐闲引纸五十尺，为篆离骚继李斯。

戴栩　笔下江山胜概

戴栩（约1180—？），字文子，戴溪族子，永嘉县人。宁宗嘉定元年（1208）进士，历任定海县主簿、太学博士、秘书郎，终湖南安抚司参议官。其《江山胜概楼记》《永嘉重建三十六坊记》等文章是南宋温州城市繁荣景象最好的见证。

出句似“四灵”　点题出名头

弘治《温州府志》对戴栩有如此评价：“栩少师水心叶适，得其旨要，故于明经之外，亦豪于文。”孙诒让在《温州经籍志》中也称其文“奇警恣肆，杂之《水心集》中，几不可辨”。戴栩与“四灵”诗风同源，四库馆臣评价戴栩《浣川集》说：“栩与徐照、徐玑、翁卷、赵紫芝等同里，故其诗派去‘四灵’为近。然其命词琢句，多以镂刻为工，与‘四灵’之专主清瘦者，气格稍殊。盖同源异流、各得其性之所近。”

钱锺书《宋诗选注》曾举例说明“四灵”诗歌开头两句常“死扣题目”，类似作文时的“破题”。如徐玑《送赵灵秀赴筠州幕予亦将之湖州》的“郡以竹为名，因知此地清”点破“筠州”之义；还有翁卷《题常州独孤桧》的“此桧何时种，相传是独孤”，赵师秀《桃花寺》的“旧有桃花树，人呼寺故云”等，都存在破题的现象。戴栩诗中也能找到这样点题的例子。

如《题石龙》，起首一联紧扣“石龙”之义：

嵌崖双合处，罅石隐龙形。鳞甲从人看，莓苔自旧青。两洼唯一滴，尽日不盈瓶。饮此清甘极，全令尘思醒。

《白鹤寺作》第二联也点明了“鹤”与“寺”：

子晋昔游处，平台片石成。寺名犹记鹤，松响却疑笙。岩壁飞双瀑，金沙照一泓。野人岂仙伴，随鹿过溪行。

《挽张金都郎中词》开头两句即点明了逝者的郎官身份：

唤作郎官三十年，淡于名爵自应贤。摩天灵焰诸生笔，匝地春风使者旃。手种路松添墓色，门开族井冽炊泉。淳熙耆旧今无几，忍把豪华万口传。

戴栩与“四灵”交往密切，酬唱频繁。《送翁灵舒赴越帅分韵得欲字》是戴栩写给翁卷的，其中不厌其烦地向翁卷介绍越地风光，有“十日看不足”的情致：

越峰罗四围，越水镜相烛。我昔扁舟来，十日看不足。天垂禹祠旁，海入秦望曲。荒寒暝色归，牛背下鸲鹆。兴亡百粤乡，俯仰千载俗。恨我劣风骚，眼到笔不属。君今挟此游，万象困搜劚。有类古趫将，敌勍乃所欲。市驱羲献军，降竖元贺纛。策勋六义右，正始渺丝粟。秋风吹虫声，桂菊渐结束。京华万种身，聚散棋着局。吾徒日夕偕，文字当杯醁。奈何夺此翁，为我谢州督。

“四灵”中徐玑与戴栩的交往是最多的，他曾有诗《送戴文子赴定海主簿》。从诗中可以看出，戴栩在定海任主簿是“初禄仕”，意气风发：

江天经雨后，秋意转新高。远棹送行客，凉飔生细涛。高人初禄仕，判语亦风骚。若到海西岸，佛光盈翠袍。

叶适是宗师　诗交“水心圈”

戴栩曾从叶适游学，与其门下弟子也多有来往。他在《题吴明辅文集后》序中回忆道：“颇忆从水心（叶适）游时，遇佳题，辄令同赋。”《贺水心先生七十》写的就是叶适在门人心目中的形象：

欲盟鸥鹭老昌湖，其奈君恩未许何。迟此经纶今日后，定须酬折得年多。著书新稿天无尽，阅世闲心海不波。七十却嫌人贺寿，缭墙闭雨长庭莎。

《和叶水心会昌观小集》也是对叶适的赞颂：

深居抱穷空，弱质资冻暴。蹑齐迩高堂，凌阴得重燠。败素谅难迁，窘逼尚可复。再拜窥著书，甘以谢华毂。涉海浩无津，眩汗颈为缩。万葩拾一二，浅心自兰菊。喟焉怀世情，否泰几翻覆。经纶委道周，伊谁获已熟。哲人信委蛇，爱士比金玉。盖摩集云门，艇凑思远渎。一觞为我陶，千载期尔勖。岁晏霜雪交，故林有乔木。

戴栩存诗一百余首，交游诗占了大部分。如他与平阳陈昉有深交。陈昉，字叔方，曾任吏部尚书，与刘克庄等被称为“端平八士”。戴栩《送陈叔方闽县丞》的“秋边梧叶无风下，旱后苗根一雨青”与徐玑的“凉从荷叶风边起，暖向梅花月里生”十分相似：

两年湘岸听筹声，又向闽峰住冷厅。可是初阶带朝籍，已闻独荐起斋铃。秋边梧叶无风下，旱后苗根一雨青。客路方新世路熟，莫将彩笔斗英灵。

卢祖皋是楼钥的外甥，也是著名的词家。戴栩《送卢次夔赴仲父校书之诏》曰：

离家向京国，客思独从容。有句诗人读，无书馆吏供。蛰雷先一月，晴岭沓千峰。马上思亲处，题缄寄所逢。

另一首《宿局次韵卢直院炎夜之作》则描写了在官署亭里纳凉的趣事：

市屋炎蒸极，爱眠官署亭。洒泉清坐石，疏纸出危棂。露草有尘色，风枝无动形。怀人兼述句，钟尽钥开扃。

刘植，字成道，永嘉人。戴栩有诗《寄刘成道》，朗朗上口，而情上心头：

归淮方向浙，度尽一年寒。想见添诗卷，传闻摄酒官。雨多江溆暗，米贱客愁宽。旧友参台幕，应留看牡丹。

刘植也是叶适的弟子，曾有诗《呈叶先生侍郎》：

位虽奎阁贵，独处一斋空。还以经纶事，全归著述中。闲心同野水，煦物尽春风。掩面将何向，西楹奠已终。

南宋江山胜　东嘉记繁华

在温州的文学史上，有些诗文能成为地域标识。如戴栩创作于端平年间的《江山胜概楼记》，全文描述了温州的繁华，对温州的经济富庶、商业发展、市民社会、都市建设等进行了刻画，特别是从历史人文、人口变化等方面反映了温州的景象：

谢康乐守永嘉，垂七百年，郡人始即城北门为楼，以康乐泛中川，涉孤屿，历览倦乎江堧，因取北亭叙别之诗，借楼以表之。然《晋志》永嘉属临海，合三郡户不满二万，今较以一县，何翅倍蓰！计其当时荒凉寂寞，翳为草莽之区，与今之鄽肆派列、阛阓队分者，迥不侔矣。以故市声澒洞彻子夜，晨钟未歇，人与乌鹊偕起。楼跨大逵，自南城直永宁桥，最为穰富，俗以双门目之，而罕以谢称也。独郡有大宴会，守与宾为别席更衣之地。酒三行登车，迎导殿诃，回集府治，往往快里陌观瞻而已。

江山胜概楼是南宋绍定年间温州知州史宜之倡导扩建，也是为纪念谢灵运任永嘉太守七百年而建。此记描写温州城内“市声澒洞彻子夜，晨钟未歇，人与鸟鹊偕起”的繁荣景象，为南宋温州商品经济的发展提供了史料佐证。

南宋温州的城市规模与晋代相比大幅拓展，店铺林立，商业繁荣，地方官与市民同乐。戴栩记述了郡守史宜之兴建此楼的初衷和详情：

其在斯楼也，或牖扃弗启，帷帘复张，曾未觌江山之面，而讵能识康乐之心哉！四明史公以奎阁月卿藩宣我邦，尝按图牒，登楼而玩之，病其庳陋不敞，且頫栋落楹，础没而瓦漂，慨曰：“江山信美，而谁与领之！”乃辟旧址，乃鸠新材，两庑旁翼，三闼洞开，周以栏楯，临以罘罳。白湀界其前峙，罗浮接其右隈，斗山回缭，迭为崔嵬。大江横以东下，势欲去而徘徊。见夫云霞出没，景魄往来，寺塔映乎林壑，艘舶凑乎帆桅，于是江山之胜与目力不约而谐矣。榜曰“江山胜概”，以与众共之，而题康乐诗于屏间。然则康乐始独受是楼之名而不专其名，今同享江山之实而得全其实，公与康乐神契于七八百年之上，非所谓善学康乐者欤！

当时的温州城不但有戴栩描述的盛况，还有“摭其胜地则容城、雁池、甘泉、百里是已”的景致，这在“四灵”诗中也有反映。如徐照《移家雁池》：“不向山中住，城中住此身。家贫儿废学，寺近佛为邻。雪长官河水，鸿惊钓渚春。夜来游岳梦，重见日东人。”翁卷亦有《雁池作》：“包家门外柳垂垂，摇荡春风满雁池。为是城中最佳处，每经过此立多时。”春风、垂柳加上官河，在翁卷看来正是城中风景最佳处。

叢嶺書翻昨夜風，主人應辟出山中。長淮再定田前畫，小邑頻難試後功。辦得分明歸版籍，寫得清靜入絲桐。朝堂趁日勤延問，應説無它只至公。

戴栩送蔡子重知松陽

東嘉修志人　嚴和

书戴栩《送蔡子重知松阳县》

三十六坊记　示温州格局

戴栩的《永嘉重建三十六坊记》展示了南宋温州的城市格局。《记》云：

绍圣间，杨侯蟠定为三十六坊，排置均齐，架缔坚密，名立义从，各有攸趣。故摭其胜地则容城、雁池、甘泉、百里是已；溯其善政则竹马、棠阴、问政、德政是已；挹其流风则康乐、五马、谢池、墨池是已。否则歆艳以儒英，掖导以世美，梯云双桂，儒志棣华，与夫扬名袭庆、绣衣昼锦云者，彪布森列，可景可效。而最切于防范，俾家警户省，则孝廉孝睦之号，遗忠遗爱之目，或旌以招贤从善，或靳以简讼平市，义利明而伦类彰，取舍审而操响正，有不说之教焉。

杨蟠建三十六坊，实质上是对温州城市的整治。他于绍圣二年（1095）重定城内三十六坊名称；次年，从三十六坊增加到四十坊。扩建后的四十坊，“观其博栋竦楹，翼以楗础，飞榱延橑，被之藻彤”。四十坊内各有功能分工，店铺密布，诸业齐全，酒楼、茶坊、饭铺、浴室、妓院、瓦舍、勾栏……尽显繁华，“从来唤作小杭州”，由此而来。另据叶适《东嘉开河记》载，温州经杨蟠整治后，“环外内城皆为河，分画坊巷，横贯旁午，升高望之，如画奕局”。到南宋，温州坊巷已相当繁荣了。

《永嘉重建三十六坊记》突出了杨蟠在命名上的用心，指出：“分画井鄽，标表术衖，此政也，而有教焉。”又曰：“名者教之所自出也，讵容漫漶而就湮，摧圮而终废哉！”北宋时城市改建已是大势所趋，如崇宁初青州知州黄裳改青州十六界为三十六坊，“为之门，名各有物，庶乎其有义也。迎春之类，以辨坊名之也；延宾之类，以遗事名之也；文正之类，以人才名之也；自正之类，以道化名之也”。南宋时镇江府置七坊，“曰崇德，曰践教，曰静宁，曰化隆，曰还仁，曰临聿，曰太平”。《永嘉重建三十六坊记》揭示了士大夫们“以德名乡”“彰善旌淑”的用意，而北宋的温州地名有些至今还在沿用，如招贤坊、庆年坊、遗爱坊等。杨蟠有诗《去郡后作》：“为官一十政，宦游五十秋。平生忆何处，最忆是温州。思远城南曲，西岑古渡头。缘觞春送酒，红烛夜行舟。不敢言遗爱，惟应念旧游。凭君将此句，寄写谢公楼。”诗中有“遗爱”，便是遗爱坊的由来。

诗中耕犁事　坐局楚骚年

戴栩以近体诗取胜，诗中既有社会生活、名人交往，也有大量家事、农事。如《五月一日出局偶书》曰：

坐局无营饭又茶，楚骚词里记年华。小窗不厌经宵雨，红到葵梢第一花。

《劝耕题正觉寺诗次王文康韵二首》的风格与其他劝农诗不同，气场强而境域宽，信息量也很大：

渤澥东南极，何年梵室开。地形缘水尽，潮势挟山来。古市朝仍暮，遥帆去若回。老僧无一事，窗日射飞埃。

海山春过半，未见一花开。岩溜无时滴，松风尽日来。前生身已到，归路首重回。只恐山灵笑，衣巾着吏埃。

戴栩对农事熟悉，对农民亲近，如《农家》写出了田家辛勤的劳作生活：

农家何所有，挂壁一锄犁。岁计唯供赋，门前自好溪。剥麻秸覆日，缫茧蛹分鸡。不复知炎月，南风焚稻泥。

《久雨记农父语》是首“亲农”诗。冷春湿雨，秧烂甲换，诗中表达了自己枉为朝官，无补于乡农的惭愧：

炊烟不出窟，雨久未知晴。冷缩秧芽烂，滋含树耳生。南风愁甲换，湿土怕星明。朝客惭无补，归来伴耦耕。

《渔浦》是戴栩写渔村的诗，笔墨简古，意境幽寂：

久惭窃食侣鹓鸿，尚以诗名玷至公。喜对亲慈说田里，了无事鄙到船蓬。涨流暂急潮差候，阴霭俄销月在空。梦读道经人一笑，却怜踈直有仙风。

《永康道中》则描绘了浙西山间的初夏景色，颇具情致：

涨渌无风影自摇，芡花生刺藕花娇。山禽不记春归去，深树一声婆饼焦。

蝗灾，在古代是乡村的大灾，戴栩写的《捕蝗回奉化泊剡源有感》，是南宋民生的真实写照：

十月五日江信风，小舟摇兀芦苇丛。云端初月吐复翳，时有鹳鹤鸣寒空。梓荚离离挂石发，松萝矫矫垂羽幢。徒步长歌者谁子，乍抑乍扬惊远厖。令人惨淡百感集，呼酒不饮心未降。自从作吏涴泥滓，故书蛛网尘满窗。海田无雨种十一，是处奔走祈渊龙。龙慵不报蝗四起，茹草啖叶无留踪。早击暮遮夜秉火，遗子已复同蜩蛩。吏无功德可销变，勉力与尔争长雄。矮屋三间自寒暑，居无十日甘憧憧。却忆莱堂应梦我，白云正隔西南峰。人生富贵亦何用，长年菽水胜万钟。一丘一壑自不恶，我欲从之郁曼容。

方干为晚唐布衣诗人，名重当世。戴栩的七律《题方干墓》，触景和怀旧交融，语境悲切：

生前知己人谁是，今日人人识姓名。葬地不封秋树死，诗坛空在墓山平。子孙零落行人酹，画像微茫钓渚清。惟有寒蝉思凄切，别枝依旧曳残声。

《送庐陵胡季昭梦昱以上济邸封事贬象州》为戴栩的送行诗。嘉定十七年（1224）宁宗死，权臣史弥远废皇子赵竑，另立理宗，以竑为济王出居湖州；次年又借湖州兵变逼竑自缢，史称“济邸之狱”。此诗就是在这种历史背景下写成的，有历史的沧桑感：

古郡荒凉象迹新，君行况是去装贫。此愁欲别柳边雨，明日初程桂外人。从古不多如意事，加餐宜惜未归身。春风未必天涯尽，木槲花开瘴水深。

戴栩诗中文思如泉涌，下笔举重若轻，其长诗《题顾恺之画洛神赋欧阳率更书高宗御跋寿右司》，诗中有画：

建安七子云锦裳，东阿冠佩俨帝傍。美人依约驻何许，危言和饰含芳芗。虎头妙处似痴绝，丹青貌出花边月。空词无色重徘徊，多态有颦转萧屑。软风吹香熊耳苍，蘅皋芝田晴翠长。玉笙飘断牵情梦，羽葆翻开顾影光。兰钗横峨双凤翥，调高不染巫峰雨。龙髓生霞谢露铅，蝉衫如水萦金缕。瀛洲学士老率更，服暗编简谁施嫱。平生肝肠忽妩媚，神气钩画同飞扬。阅晋经唐今几昔，光景常鲜日月白。绍兴天子曾品题，价重珊瑚何翅百。吾闻商雒神灵居，只今王会临皇舆。原公翊我九畴主，更睹龟呈绿字书。

竞渡思远楼　今古同情怀

温州思远楼在北宋时就很出名，杨蟠离开温州后，写下《去郡后作》，其中就回忆了此楼，“思远城南曲，西岑古渡头”。

思远楼在水心村附近，叶适在此居住。叶适《醉乐亭记》

展现了这样的场景："舟艇各出芰莲中，棹歌相应和，已而皆会于思远楼下。"在《雪后思远楼晓望》中叶适又写道："腊尽冻初合，风花江欲平。急从高处赏，已向岁前晴。莫与鬓争白，试将身比清。楼头接远岫，历历正分明。"

戴栩《次韵水心端午思远楼小集》曰：

众嫭容独丑，孤正轧群倾。何必远者思，今古同一情。士方慕洁修，各以好自萦。一旦履华膴，争夺遗世名。枭獍随诋凤，蝼蚁起困鲸。醉中触灵均，到今唤不醒。朋社角曼衍，冶游眩轻盈。无情湘水窟，有恨郢山棱。

此诗是为和叶适《端午思远楼小集》而作的，叶诗曰：

凭高难为观，楼居势尽倾。思远地不远，空复生遐情。上惟山绕围，下惟溪环萦。此实擅清境，岂以旷朗名。土俗喜操楫，五月飞骇鲸。鼓声沈沈来，起走如狂酲。不知逐臣悲，但恃勇气盈。衰翁茧帐卧，南风吹作棱。

曾官知枢密院兼参政的许及之也写过思远楼，其《次韵常之五日禁竞渡》曰：

仍年此足为吾病，举世谁人似我闲。思远楼前重禁渡，容成洞里独看山。交游雨绝梅还溽，赓倡星分稿自删。赖有松庐相慰藉，新篇时复到榆关。

思远楼不仅有叶适、许及之、戴栩等名家写下诗文，民间说唱和戏曲也留下唱词。南戏《荆钗记》中写道："越中古郡夸永嘉，城池阛阓人奢华。思远楼前景无限，画船歌妓美如花。"这戏词中有"越中古郡"四字，是对温州地域的恰当定义。

戴栩是继叶适之后文名斐然的学者。温州城内的思远楼、江山胜概楼、三十六坊，是当时的名楼和中心街巷，他都留下了珍贵的诗文。

温州知州诗人

张九成　功到不添斧凿痕

张九成（1092—1159），字子韶，号无垢居士，祖籍开封，后徙居钱塘（今杭州）。张九成四十一岁时，即南宋绍兴二年（1132）为状元，后历任宗正少卿、著作佐郎、权礼部侍郎兼侍讲等职。因他主张抗金，反对议和，为秦桧所忌，出知邵州，后复以“谤讪朝政”的罪名落职，谪居南安军十四年（治在江西大余）。秦桧死后，张九成重新得到起用，于绍兴二十五年（1155）出知温州。

独有柑花照眼明

张九成是位学问家，也是理学大家杨时的弟子，著有《横浦集》等多种，对经学有独创见解，后形成“横浦学派”。张九成在诗歌上很有成就，《全宋诗》录其诗二百七十三首。他倡导“吟咏性情”，主张“须是达理，便自得趣”，既体现了儒家积极入世的思想，也表达了禅家清平淡泊的修养。

张九成爱写田园诗与咏物诗，并在诗情和诗意上铭刻下深深的哲理。何谓诗情，是他因景物随感，托物寄情；何为诗意，是他应时应地用心而咏，表达际遇。如《柑花》是寄情之诗。春和景明，张九成咏出田园里的柑花，照人明眼。这首诗不能确定是否为其在温州任上所写，但却似为瓯柑之乡温州的写照。假如我们来到温州郊外的瓯柑园，读着这首诗，也定能与瓯柑结友：

群芳落尽只青青，独有柑花照眼明。已许江梅来结友，未容岩桂擅清名。芬芬兰麝三春底，濯濯冰霜一座倾。更待秋风资爽气，垂黄篱落伴金橙。

《菖蒲》应是张九成在朝中为官时写下的，诗的最后有“终朝澹相对，浇我磊魂胸”。其中“座有江湖趣，眼无尘土踪”，略带禅意：

石盆养寒翠，六月如三冬。勿云数寸碧，意若千丈松。劲节凌孤竹，虬根蟠老龙。傲霜滋正气，泣露泫春容。座有江湖趣，眼无尘土踪。终朝澹相对，浇我磊魂胸。

张九成作诗淡浓相间，并主张“文不贵雕虫，诗尤恶钩摘”。他的诗境界高，却不张扬，且字句深沉，大有“有志深沉定，无心出处同”的自我约束。

《秋兴》这首诗根据诗意，似为秦桧死后，张九成将被起用时所写。正值“秋意入茅屋，杖策登平原”的时节，诗人自己也正处在“身世两相违，于今六十年”的阶段。“我生本闲放，胡为此拘挛。”诗人在诗中自由地表达生性，却有意无意地带着“勇退未为怯，锐进岂其贤”的进退纠结。如此重要的思想变化情绪，诗人又将其融入前四句的景物写照中：

秋意入茅屋，杖策登平原。落日衔西山，一川顿明鲜。萧萧江上竹，溜溜岩下泉。我生本闲放，胡为此拘挛。身世两相违，于今六十年。勇退未为怯，锐进岂其贤。

张九成还有另一首《秋兴》。这首诗表达了他“爱潜归”“游已倦”“惊梦回”，展现了他易于满足的“鹪鹩心”：

半夜惊梦回，桐叶纷索索。杖藜视天宇，雨罢云收脚。清风拂襟裾，片月堕篱落。嗟我游已倦，怅此久淹泊。豆畦今已花，稻垅行可获。翻思黄卷中，古人谁可作。田园爱潜归，箪瓢识颜乐。譬彼鹪鹩心，平生在丛薄。

肯对江山叹滞淹

《题郡斋壁》似为张九成在温州任内所作。前两句是咏物，其文案、修竹、疏帘只是陪衬，精神落在最后两句，透露出“老矣欲归”的思想。他在温州为官时，已经是六十多岁的老人，没有了仕途上的激情，加上身体状况不佳，只有“肯对江山叹滞淹”了。这首诗表达了他的晚年情绪，即典型的倦游心态：

吏散兵休文案静，数竿修竹隔疏帘。嗟予老矣欲归去，肯对江山叹滞淹。

我在写这段诗话时，正值庚子元宵。张九成也有一首《元夕》，其中“今宵顿寥落”“独拥一冰轮”，唤起了我与古人的共鸣，寂寞生愁：

前年元夕宴谯门，万朵红灯闹早春。谁谓今宵顿寥落，长天独拥一冰轮。

张九成在温州作诗不多，他的大部分诗均是被贬南安军时所作。但他在温州为官三年，对永嘉学的发展起到推动作用。就张九成自己的学术研究来说，在温州的三年，也是他心学与道学有机结合的过程，他的学术受温州事功之学影响，近现实接地气。

他到任温州后，悉心了解“元丰九先生”的事迹，寻访隐士贤哲，还致书当地名流宋之翰、何逢原、刘愈表达敬慕。在温州，张九成与陈开祖交往最深。陈开祖，名一鹗，与九成同

张九成　尺牍

台北故宫博物院

年登第，私淑伊川之学，居官以廉靖著。陈开祖又是永嘉学派主要人物郑伯熊的舅父。《横浦集》中保存了张九成与陈开祖的通信，内容为共同讨论张九成作的《论语解》。张九成还为陈开祖作《静胜斋记》，称“彼我两忘，天下之能事毕矣”。陈开祖的母亲去世，张九成为之作墓志铭。此外在《次陈一鹗韵》中，张九成表达了“百事皆已余，一心正吾本”的禅意：

大道若坦涂，践履何早晚。榛荆蔽不扫，日夜劳勤垦。圣门一以披，即日到堂阃。但办不已心，此道谁云远。譬如积水陂，万顷才一建。胡为不勇决，长年成连蹇。百事皆已余，一心正吾本。人欲如火聚，急避勿缱绻。超然领斯会，故乡今已返。嗟我困不学，终日徒衮衮。羡子有渊源，浚治令深稳。斯文付诸公，容我老息偃。

被永嘉县屿北村汪姓一族奉为祖先的汪应辰是张九成的学生。张九成状元及第是绍兴二年（1132），汪应辰中状元为绍兴五年（1135），师生前后科紧挨着成为状元，这在中国历史上是少有的。张九成的学术和诗文对汪应辰有很大的影响，而且他在诗作中对汪应辰赞赏有加。如《癸亥初到岭下寄汪圣锡》中称汪应辰“文字妙入圣，操履到所难”：

人物苦难得，闭眼不敢看。孤芳擢荒秽，秀色出榛菅。怀我同心友，正在天一端。文字妙入圣，操履到所难。美玉经三煅，贞松过凝寒。怜我窜庾岭，色惨颜不欢。书来每慰荐，苦语余辛酸。不上泰山顶，安知天地宽。相思暮烟起，片月过前滩。

张九成还有一首长诗《怀汪圣锡》，其中不仅对汪应辰大加褒扬，而且还有“磨礲尽箭镞，刮洗成混圆”“青青乔松枝，霜雪弥贞坚”等劝诫之辞：

美玉藏精璞，明珠媚深渊。天清气或朗，光景露涓涓。或者辄按剑，奇才叹难全。之子英杰人，声名何轩轩。妙龄魁四海，终始皆称贤。过眼不再读，悟心非口传。文真翻手成，识超余子先。森森列五岳，浩浩朝百川。谓年未三十，当握造化权。陶甄到唐虞，修洁偕渊骞。谁云一戢翅，沈滞十二年。众论今未谐，子心方藐然。磨礲尽箭镞，刮洗成混圆。上造羲轩外，下极宣政前。讨论分本末，钩颐穷由缘。遥遥数千载，恍然落眼边。斯文天其兴，子能常踬颠。试看桃李花，三春何暄妍。未及瞬息间，飘零堕风烟。青青乔松枝，霜雪弥贞坚。子如识此理，聊卧白云巅。

张九成诗是哲人诗，是历经风霜的官员诗，文字在大彻大悟与诗情诗意间游荡，却很少留下刻意的痕迹。《论语绝句》百首是他的哲学思辨，也是他的人生感悟，是用论语中的人物和经典来说明生活、学习、为人的道理。兹录下面六首以作举要：

愿乘车马衣轻裘，便与颜回论不投。更得预闻夫子志，天高地下果难俦。

算来此亦是寻常，不比其他味较长。孔子弦歌颜子乐，大家相见没商量。

仁智从来不可分，动中机向静中存。自然形体难增损，不要犹添斧凿痕。

未识机锋莫浪猜，行藏吾只许颜回。苟能用我吾何慊，不惜因渠也一来。

要之恐惧常修省，乃是吾心所必然。君子如云止三畏，又何终日却乾乾。

有道不妨三见黜，当时人恨以为多。从来一向贪婪辈，读此其如愧耻何。

刘宋谢灵运　南宋张九成

谢灵运出守温州（422）与张九成出知温州（1155）相隔七百三十三年，一位是贵族出身的山水诗人，一位是状元出身的思想家。两位名郡守虽处不同朝代，但在温州历史文化中均留下了深深的痕迹。

《宋书·谢灵运传》记载："郡有名山水，灵运素所爱好，出守既不得志，遂肆意游遨，遍历诸县，动逾旬朔，民间听讼，不复关怀。所至辄为诗咏，以致其意焉。"谢灵运在温州任上将不得志的情结都"泄为山水诗"，《登池上楼》的名句"池塘生春草，园柳变鸣禽"，张九成评价说："灵运平日好雕镌，此句得之自然，故以为奇。"宋代词人李元膺却以为"反覆求之，终不见此句之佳"。

张九成的诗名虽不如谢灵运，但其学术成就斐然。他是一位执着的读书人，被贬南安军后，他躲在斗室里读了十四年的书，其《题书室柱》曰：

> 余生平嗜书，老来目病，执书就明于此者十四年矣。倚立积久，双趺隐然，可一笑也。被命北归，因书此柱。丙子元夕，范阳张子韶书。

这篇小铭文是写在长年倚靠读书的小柱子上的，是在朝廷要起用他，离开之时写下的。能在地面上站出脚印来，这是多么深的读书功夫啊。

绍兴二年（1132）三月二十三日，高宗策试于殿，对身边辅臣说："朕此举将以作成人才，为异日之用，若其言鲠亮切直，他日必端方不回之士。自崇宁以来，恶人敢言，士气不作，流弊至今，不可不革。"并"手诏谕考官，直言者置之高等，凡谄佞者居下列"。张九成的殿试对策就是典型的直言，他上言高宗“以高大为心，无遽以惊忧自阻”。高宗感慨说：“九成对策，文虽不甚工，然上自朕躬，下逮百执事之人，无所回避，擢置首选，谁谓不然？”理学大师杨时（1053—1135）是张九成的业师，曾对张九成说：“廷对自更科以来未之有，非刚大之气不为，得丧回屈不能为。”

楼钥　更得江山助诗好

楼钥（1137—1213），明州鄞县（今浙江宁波）人，为四明“庆历五先生”之一楼郁之孙，是吏部尚书汪大猷的外甥。楼钥生长在宋室南渡之后，承家族世学，真诚做学问，论学少空言，孝、光、宁三朝大典多出其手，是温州地方官中的学问家。他先后担任温州教授与温州知州，在温州留下的丰富诗歌，是温州的文化遗产。

便觉胡尘万里收

北行是楼钥诗中的重要内容。乾道五年（1169），楼钥舅父汪大猷担任出使金国的贺正使，出于对外甥的照顾和提携，他推荐楼钥为书状官，跟随使团北行。楼钥沿途用心观察、详细记录，留下了珍贵的使金日记《北行日录》与北行诗。《北行日录》参照黄庭坚《宜州乙酉家乘》的写法，以“先书时日，次记阴晴，后写事实”的格式，详细记载从处州出发，过临安，经金国的南京路、大名府路等，抵达金国都城燕京，随后返程至临安的全过程。楼钥有史家意识，日记中有时日、干支和天气的记录，为后人留下了当时的气候资料。

《北行日录》中有些名词，为史志提供了可考的依据。如“李固渡”，为金代黄河津渡名，在今河南滑县西南沙店南三里许。金大定八年（1168）黄河在此决口，形成两河分流的局面。楼钥使金于此渡河北上，记录下此地名。如“铺马”，为古代驿站传递公文、迎送公差的坐骑。《北行日录》载：“遇贺正人使，先排两马南去。虏法，金牌走八骑，银牌三，木牌二，皆铺马也。”如“新河”，为东汉建安十一年（206）曹操为征乌桓所开运河。楼钥北行使金亦经由此河。

北行经历对于楼钥很重要，在敌国的见闻影响了他后来的思想。北行途中，他看到遗民们对大宋的眷恋，对故国的情感；看到老人以手加额顶礼，并表示见到大宋故人死也无憾，这让他多有感怀的诗作。如《灵壁道中》借用了汉高祖和项羽的故事，陈述了江山易主之悲，每个字都填满了哀伤：

古汴微流绝，余民尚孑遗。高丘祠汉祖，荒草葬虞姬。垓下空陈迹，鸿沟怆近时。膏腴满荆棘，伤甚黍离离。

在《使北雪中渡淮》中，楼钥用“胡尘万里收”来抒发爱国的情绪，抗金意志在心中萌生：

风卷清淮夜不休，晓惊急雪遍郊丘。坐令和气三边满，便觉胡尘万里收。瑟瑟江头辉玉节，萧萧马上点貂裘。归来风物浑相似，二月杨花绕御沟。

《北行日录》起到了补史的作用，北行诗则是楼钥真实情感的流露。楼钥发现，越是靠近金朝中都地域，经济越发达，原因是金朝将燕京五百里划为御围场，不容许民间采捕。“虏人浚民膏血以实巢穴，府库多在上京诸处。故河南之民甚贫，钱亦益少。”可见金国统治者的掠夺，是造成靠近南宋疆界人民贫穷的直接原因。他的《灵壁道傍怪石》以怪石述说兴亡，叹历史如遗石苍凉，句句能语：

饱闻兹山产奇石，东南宝之如尺璧。谁知狼藉乱如麻，往往嵌空类镵刻。长安东风万岁山，搜抉珍怪穷人间。汴流一舸载数辈，径上艮岳增孱颜。当时巧匠斫山骨，寘之河干高突兀。干戈动地胡尘飞，坐使奇材成弃物。君不见黄金横带号神运，不数台城拜三品。只今零落荒草中，万古凄凉有遗恨。木人漂漂不如土，坐阅兴亡知几许。行人沉叹马不前，石虽不言恐能语。

楼钥在《论恢复》一文中写道：“国家之大者莫先于恢复之计，君臣之间，所当朝夕以谋之……以至欲图外攘，必先务内修，则政事日以举；欲谋西北，先保东南。”楼钥冷静的政治分析和军事判断，足可证明他的抱负与智慧。《题龙眠画骑射拖球戏》虽是题画之作，却有北行视野所带来的笔势，恢宏壮阔。“安得士马有如此，长驱为决单于战”，写出了收复失地、恢复中原的渴望：

绿杨几枝插平沙，柔梢袅袅随风斜。红绡去地不及尺，锦袍壮士斫鬃射。横磨箭锋满分靶，一箭正截红绡下。前骑长缨拖绣球，后骑射中如星流。绣球飞碾最难射，十中三四称为优。元丰策士集英殿，金门应奉人方倦。日长因过卫士班，飞骑如云人马健。驾幸宝津知有日，穷景驰驱欣纵观。龙眠胸中空万马，骇目洞心千万变。追图大概写当时，至今想象如亲见。静中似有叱咤声，墨淡犹疑锦绣眩。闲窗抚卷三太息，五纪胡尘暗畿甸。安得士马有如此，长驱为决单于战。

东挹江山穷望眼

楼钥留下的诗歌，是研究温州人文的重要文学史料。其中的温州山水诗，是瓯江山水诗的精华。

楼钥在雁荡山写下了一首长诗《大龙湫》，记述“龙湫天下无”的景象，并评说谢灵运虽在温州做过太守，可惜没有到过雁荡，留下千年遗恨。又说，李白、杜甫如果到雁荡也会“吟不彻”：

北上太行东禹穴，雁荡山中最奇绝。龙湫一派天下无，万口赞扬同一舌。行行路入两山间，踏碎苔痕屐将折。山穷路断脚力尽，始见银河落双阙。矩罗宴坐看不厌，骚人弄词困搜抉。谢公千载有遗恨，李杜复生吟不彻。我游石门称胜地，未信此湫真卓越。一来气象大不侔，石屏倚天惊鬼设。飞泉直自天际来，来处益高声益烈。从他倒泻三峡流，到此谁能定优劣。雁山佳趣得要领，一日尽游神恶亵。骊龙高卧唤不应，自愧笔端无电掣。轮囷萧索湍不怒，非雾非烟亦非雪。我闻冻雨初霁时，喷击生风散空阔。更期雨后再来看，净洗一生烦恼热。

在雁荡，楼钥还写了灵峰等景色。在《入雁山过双峰》中，他大胆化用杜甫的“无边落木萧萧下”与苏轼的“不识庐山真面目”，写出了雁山气势：

眼前未见古龙湫，望望前山景自幽。红日一门千嶂晓，翠峰双耸半空秋。风高落木无边下，气劲闲云逐处收。要识雁山真面目，直须霜后一来游。

《永嘉天庆观》是温州风土诗，极目东瓯大地，吟赞温瑞风光：

斗口横安华盖山，茂林修竹路湾环。琳宫迥出沧瀛表，羽士如游昆阆间。东挹江山穷望眼，西临阛阓笑尘寰。自知去此无多日，著意来寻一饷闲。

《从子沨送梅枝戏作》是一首物华诗，颂扬了温州的温润气候，可见楼钥对温州气候风物的爱恋：

向来地暖见东嘉，带叶江梅殿岁华。不似青春三月暮，南枝梅子北枝花。

地处温州、台州、丽水交界的苍岭，是历代文人、商贾北上必经之道。明代刘基有诗《壬辰岁八月自台州之永嘉度苍岭》：“昨暮辞赤城，今朝度苍岭。山峻路屈盘，峡束迷晷景。谽谺出风门，坎窞入天井。冥行九地底，高阚群木顶。瀑泉流其中，黝若泄溟涬。哀猿啸天外，去鸟飞更永。仆夫怨跋涉，瘦马悲项领。盗贼逭天诛，平人遘灾眚。伫立盻嵚岑，心乱难为整。”楼钥的《过苍岭》与刘基诗有所不同，在他笔下写的是风光，流露出来的是崇朝之后的好心绪和南宋时期温州祥和的社会景象：

黄云满坞沙田稻，白雪漫山荞菜花。路人缙云频借问，碧香酒好是谁家。

崇朝辛苦上孱颜，泥径初平意暂闲。苍岭东头移野步，眼前便得处州山。

有诗重送老同年

楼钥在温州担任过教授和知州两个职务，他看重温州“素好多士，学有渊源。近岁名流胜士，继踵而出”。他谦卑于永嘉学派前辈，“范物以躬，出入冠带惟谨”，与永嘉学人有着很深的交谊。

从治学上论，楼钥又是永嘉之学的“私淑”者，学界认为“楼氏之学实本原于薛（季宣）、陈（傅良）等永嘉诸子”。袁燮也曾出知温州，他在楼钥的行状中记载道：“公之官永嘉也，闻寺正薛公季宣深于兵略，屡请问焉，乃知兵者古人之常，若乐舞行缀之类，皆兵法也。每言儒不知兵，无以应猝，惟讲之有素，则缓急可用。”楼钥自己也说：“乾道末年，客授东嘉，始闻其说于毗陵使君薛士隆（薛季宣）。而陈君（陈傅良）又以薛氏所传《握机》及《马隆赞》示余。”在楼钥为薛季宣所作的祭文中又称：“钥登门最晚，受知独深。”这些说明楼钥曾请益于薛季宣，又问学于陈傅良。

楼钥涉及温州历史与时务的诗很有价值。如《送陈君举舍人东归》是首长诗，“去天真尺五，朝纲赖扶颠”，透露出对陈傅良深深的敬意。“春秋隐公传，国史建隆编”，对陈傅良的才气和在朝的影响力大加褒扬：

皇天生人物，千载非偶然。冲和兼万人，始得一英贤。夫君乃其人，人一己百千。飞黄欲追风，况复勤著鞭。文阵蚤奔放，气欲摩青天。短褐东海濒，名贯牛斗躔。闻道更独早，自言若坠渊。出登龙虎榜，径上鹓鹭联。中间几流落，清湘穷泝沿。白首始为郎，一见意已传。登瀛上麟台，授简游兔园。擢为柱下史，遂君紫微垣。去天真尺五，朝纲赖扶颠。龙楼缺问寝，万口争进言。惟君最勇决，螭头屡直前。危言破人胆，三进加勤拳。天高听亦高，归袂何翩翩。高风激颓波，同列空惭颜。君虽未必去，一去胜九迁。我欲留孔戣，有怀不得专。况我自欲去，何心挽归船。嗟我生何为，与君幸齐年。先后才九日，相与同气然。几年苦契阔，班心忽差肩。判花同代庖，君思如涌泉。上房草数制，下房时一篇。一篇辄高妙，隗始愧余先。春秋隐公传，国史建隆编。周官授大旨，所得俱未全。聚散不可料，饯别沧江边。君将处於陵，我耕绵上田。君行毋疾驱，中途恐传宣。不然遂成别，孤帆渺风烟。梦魂不可制，随君堕中川。

陈傅良出守桂阳军时，楼钥作《送陈君举守桂阳》送别：

重寻漫壁认题名，十五年来一梦惊。谁料今朝携客至，却

楼钥 致叔清宣教尺牍
台北故宫博物院

成此地送君行。桂阳卧治真谈笑，鲁史遗编赖发明。文定南轩仙去后，湖湘又得一先生。

陈傅良有和诗《和楼大防尚书送行韵》，和得很贴切。“自昔从君瞻马首，如今输我与鸥盟”，陈傅良此时已有“鸥盟”之意：

齐年兄弟又齐名，商略行藏共此生。自昔从君瞻马首，如今输我与鸥盟。读书松竹交千载，曳履星辰听五更。借问塞翁谁得失，诸无一语到留行。

陈傅良去世之后，楼钥写的悼念诗，读之让人肃然起敬：

名盛望尤备，枝披实亦繁。无由究贤业，犹幸立斯言。书在经逾显，人亡道更尊。九京如可作，与子共南辕。

在温州任职的时光，对楼钥来说是刻骨铭心的，他有好几首写给后来到温州为官者的诗，重点夸赞了温州的景象与人文。如《送王正言守永嘉》，全诗无一处空白处，是温州文化、风光、民俗的美文：

江头潮生江月小，暝烟绿暗垂杨道。有客扁舟送史君，道傍不怕揶揄笑。向来一别三换岁，正喜情亲得倾倒。吏民引颈望旌麾，空有离愁满怀抱。史君读残万卷书，古事今事俱了了。便应珥笔侍天陛，不然代言登凤沼。瀛堧山水久寂寥，为屈朱轓来坐啸。恰帻峰高旧题咏，赤城所在经行饱。永嘉名郡太守尊，灵运后来诗绝少。天作雁荡地为藏，蜡屐穿山未曾到。改辕却向个中去，更得江山助诗好。斋铃静处定得句，不待池塘梦春草。去年海水上平地，大风驾浪从天杪。苍生溅溅生鱼头，聚落随波迹如扫。今年二麦连野秀，田家扶犁事秔稻。史君忧国眉不开，叱驭径行仍及早。哀哉千里方更生，县官租钱须户晓。纵民自恐上不足，诛取仍怜下无告。邦储邦本孰轻重，肯使疲民困征扰。君不见岩岩千古阳道州，政拙催科自书考。

楼钥在《送曾南仲（曾炎）寺丞守永嘉》中甚至说自己回首温州，常有“真梦境”，并羡慕曾炎在温州任职是“若登仙”：

六和久坐趣归鞭，却送旌麾水竹边。无说可裨新令尹，有诗重送老同年。城隅绿竹今安否，庭下朱栾定俨然。回首东州真梦境，羡君此去若登仙。

《送赵伯藏添倅永嘉》写得很动情，他说如果在温州有人问起我“老州牧”，就说我的双鬓已“绕清霜”了：

分教分符恰五年，异乡几若故乡然。归来几作池塘梦，送别欲随骖御仙。目断甘林应饱熟，手栽栾实想芳鲜。邦人若问老州牧，为说清霜绕鬓边。

楼钥是南宋大学问家汪大猷的外甥，大词家卢祖皋又是楼钥的外甥，他们甥舅之间别有诗情，三代人的诗词唱酬内容丰富。“不见贤甥十一年，新诗示我百余篇。”楼钥的《次韵十诗·其五》是甥舅之间的问候，又是地道的学人之间的唱和，表达了“甥舅酒边，情话怡然”的风趣：

甥舅相寻向酒边，相忘情话更怡然。人言难过双延阁，自愧叨联两大天。只觉光阴诗里过，何妨枕簟醉时眠。此中别有真消息，莫为人间醒者传。

中有桃源天地宽

楼钥除了政治时务诗和交友应酬诗，也不乏休闲情趣诗，如《以十月桃杂松竹置瓶中照以镜屏用潇韵》：

中有桃源天地宽，杳然溪照武陵寒。莫言洞府无由入，试向桃看背后看。

楼钥曾受宋孝宗御赐“蔷薇露”酒，其《三月七日上赐牡丹并蔷薇露劝酒》曰：

几见牡丹东海涯，暮年敢谓到京华。休论千品洛中谱，惊看百枝天上花。况有八珍来禁苑，更加双榼赐流霞。阖门饱暖聊同醉，稽首将何报宅家。

“流香”酒是宋代皇室赏赐大臣的御酒，楼钥不但喝过“蔷薇露”，还喝过“流香”，有《寒食》一诗为证。诗中他谦逊地说自己辅政无功，却屡次得到宣召，深蒙皇上的重恩：

辅政无功日歉然，佳时煖赉屡传宣。已蒙授粲仍分茗，既荷贻牟更击鲜。酒号流香盛宝榼，烛然新火散青烟。孙儿不识君恩重，但觅东宫则剧钱。

南宋宰相周必大曾于淳熙年间，“以待制侍讲经筵，赐流香酒四斗”。此外他在《庆东宫生辰二十韵》中写道：

喜气均三殿，恩颁出正衙。流香传御酒，七宝簇宫茶。饤坐麟为脯，堆盘枣胜瓜。子生同九月，鲁国谩多夸。

楼钥的诗歌具有丰赡多姿的艺术风格，与陈傅良的诗歌相近，且没有被“中兴四大诗人”所困，在古体诗上也有拓展，更可贵的是多有忧国之怀。

杨简 诗里深藏物外机

杨简（1141—1226），字敬仲，号慈湖，慈溪人。他是南宋学者，孝宗乾道五年（1169）进士，嘉定年间任温州知州。其著作有《慈湖诗传》《杨氏易传》《先圣大训》《五诰解》《慈湖遗书》等。

温州知州是心学大家

杨简是继张九成之后温州知州中又一位心学大家，但他们到温州为官的时间相隔了五十余年。张九成是杨时的学生，杨简是陆九渊的学生。杨简任富阳主簿时，陆九渊恰好经过富阳，他便拜陆为师，成为陆九渊的大弟子。

南宋慈湖学派是以杨简为代表的学派，因杨简号慈湖故名，学派的主要人物有钱时、陈埙、桂万荣等。杨简将陆氏心学发展成唯我论，提出“天地，我之天地；变化，我之变化，非他物也”。他认为主观的“意”决定了“我”的存在，“何谓‘我’?‘我’亦意之我。意生故‘我’立，意不生‘我’亦不立”，并以“发明人心”“悟天地为一己”为旨要，提出“一断诸己，直心而用”等观点。该派在江南一带影响较大，成为陆九渊心学向王守仁心学发展的过渡。

杨简生平著述丰富。他继承与发展了陆九渊的心学伦理思想，剔除了与其心学体系不合的“沿袭之累”，使之彻底化，更近简约。杨简在诗歌创作研究上，穷探中国的诗之源，从《诗经》的研究入手，用心学阐释诗经。他的诗，带着诗经的元素，如同种子刚出土一般，气质纯正。

杨简认为,《诗经》要揭开盲目“被尊”的面纱。因汉唐以来《诗经》被尊为六经之一，但其文学的本来面貌被笼罩于经学的面纱中。至宋朝,《诗经》的文学本质才被渐渐揭开。陆九渊的诗经学是宋代诗经学的重要分支，然而陆九渊述而不作，不立文字，故他提出的著名命题“六经注我，我注六经”之真义，让后人纷争。杨简作为陆九渊的大弟子，深味师旨，以心学阐释《诗经》，解开了陆九渊“六经注我，我注六经”的真秘。

杨简的诗作巧妙地融入心学、经学、文学与政治伦理学的内涵。杨简作诗，如同做学问，如《偶作》二十首，读这些诗，又似在读他的心学著述。兹录五首于下：

此道元来即是心，人人抛去却求深。不知求却翻成外，若是吾心底用寻。

谁省吾心即是仁，荷他先哲为人深。分明说了犹疑在，更问如何是本心。

若问如何是此心，能思能索又能寻。汝心底用他人说，只是寻常用底心。

此心用处没踪由，拟待思量是讨愁。但只事亲兼事长，只如此去莫回头。

可笑禅流错用心，或思或罢两追寻。穷年费煞精神后，陷入泥途转转深。

诗眼最难哲理开

读杨简的诗，再欣赏陆九渊的诗，真是一脉相承。如陆九渊的《简朱干叔诸友》，虽是写景，却植入了世事与物象：

利名风浪日相催，青眼难于世上开。何事诸君冒艰险，杖藜来入白云堆。

杨简也有轻松写景的诗，在他轻快的诗笔之下，能感受到大自然中的哲学。《咏春》与陆九渊诗如出一辙。明静的春光里有无穷的乐趣，却让他“下语难”，说明他作诗还是辛苦的，看到物象难写得满意：

日日看山不厌山，白云吞吐翠微间。静明光里无穷乐，只是令人下语难。

《石鱼楼》开头就说：“个里包坤更括乾，精神微动便纷然。”他将身边的景色当成乾坤来写，物象与精神一起微动：

多谢天工意已勤，四时换样示吾人。碧桃丹杏分明了，绿艾红榴次第陈。秋雁声中休卤莽，雪梅枝上莫因循。机关踏著元非彼，正是吾家固有身。

个里包坤更括乾，精神微动便纷然。桃红柳绿春无迹，鱼跃鸢飞妙不传。菱浪岂缘风衮衮，荷珠不为露涓涓。分明是了何言否，此事难容郑氏笺。

《丹桂》中不仅有对桂花与广寒宫的畅想，且灵根入手，有不一般的笔调：

世眼纷纷丹与黄，广寒宫里亦如常。目前不作两般见，笔下方腾万丈光。且莫锱铢深浅色，也休斤两淡浓香。灵根已入诗人手，不许嫦娥擅此芳。

《题进月堂》同样是写月亮，却与寻常诗人写的不同，写出了不圆不缺、难作进退的人生：

我有一轮月，不圆又不缺。更无昼与夜，光耀常洞彻。纵有蔀屋遮，亦莫之闲绝。将此之为烛，难作进退说。

可惜的是，杨简作诗有时连题目也懒得取，常以偶作、偶成来代替，说明他不重视物质与景观在何处何时，只注重此物此景在自己心灵里产生的共鸣。如《偶成》组诗中就有“物外机”的妙境：

春入园林种种奇，化工施巧太精微。山禽说我胸中事，烟柳藏他物外机。既遣杏桃呈似了，又令蜂蝶近前飞。如何有眼无人见，只解西郊看落晖。

脚踏和风步步春，石鱼楼上等闲人。兴来冲口都成句，眼去游山不动尘。李白谁知他意思，桃红漏泄我精神。忽逢借问难酬对，只恐流莺说得真。

桃红柳绿簇春华，燕语莺啼尽日佳。谁信声声沂水咏，又知处处杏坛家。

可惜有生都衮衮，如何终日只纷纷。满前妙景无人识，到处清音独我闻。

我吟诗处莺啼处，我起行时蝶舞时。踏着此机何所似，陶然如醉又如痴。

陆九渊的《莺》中也有与杨简诗相似的格调：

巧啭风台急管，清逾石涧回溪。好去枝枝惊梦，无人心到辽西。

杨简在做地方官时写有两首《湍水岩祷雨诗》，湍水岩在何处无考，但却留下了民众和地方官求雨的文史记录。“当知一饱皆公赐，雷地何人无喜心”，体现了农耕社会靠天吃饭，对天公作美的渴望：

湍水龙潭古迹遗，不因老叟有谁知。乡人祷雨无灵日，云魃常羊尚在时。说与县家诚且信，去后潭所宿为期。回头甘泽苏枯槁，插种工夫未是迟。

精祷何须到处临，只祈湍水沛甘霖。驱除旱魃无余事，感召灵神在寸忱。庭砌已酣行蚁战，山川能动老龙吟。当知一饱皆公赐，雷地何人无喜心。

评述历史　唐尧虞舜诗里见

典型的理学家诗人杨简与他人的诗有所不同，其理学诗大多是从历史事件、人物入手，通过“探究”“观物”“感悟”或者“格物致知”等方式，来实现“明理”“求道”等目的。杨简特别善于以诗记述历史，并以诗的语言来概述人物。他评述历史朝代的《历代诗》，将遥远的年代距离拉近，让人们认识。如《三皇五帝》：

混沌凿开知几岁，洪荒莫考传承裔。但闻前史载三皇，伏羲神农及黄帝。三皇之后五帝传，少昊颛顼高辛继。唐尧虞舜又继之，天下于斯为盛际。

如《夏》：

尧舜天位传禹王，禹之子启传太康。仲康王相少康后，王宁王槐及王芒。王泄不降王扃立，王廑孔甲何淫荒。王皋之后有王发，桀放南巢夏始亡。十七君余四百岁，夏之天下遂为商。

说到东周，杨简是这么写的：

平王避难迁洛阳，桓庄僖惠襄顷匡。定简灵景兼悼敬，二百余年春秋王。春秋之后周之晚，元王贞定相承篡。哀考威烈遂传安，夷烈显圣慎靓赧。三十七主始为秦，八百余年谁谓短。

西汉杨简用五言来写，体例不一，说明这些诗他是在不同时间写下的，用诗来代替读史笔记：

西汉十二君，高惠吕后文。景帝传于武，遂及昭宣元。成哀平帝后，王莽乃为君。昌邑兼孺子，二人不足云。

东汉接着西汉说，最后到了三分天下：

东汉之光武，高皇九世孙。诛莽中兴后，依前十二传。明章称显肃，乃及和殇安。顺贤冲与质，桓灵极不君。终当孝献帝，汉室遂三分。

《东晋》一诗写“两晋十五主，二百年而亡”的历史：

夷狄陷河洛，元帝南渡江。宣帝之曾孙，立号都建康。明成康与穆，哀废最堪伤。简文武安后，桓玄暂称王。卒闻恭帝世，逊位宋武皇。两晋十五主，二百年而亡。

《隋》是《历代诗》的第十七首，写得简单明了，将三位皇帝四十年，最后由唐承继天下的历史做概括地记述：

杨坚隋高皇，炀帝遂淫荒。恭帝不足道，四海正扰攘。三主四十年，天下禅于唐。

杨简在对《周易·晋卦》“《象》曰：明出地上，《晋》。君子以自昭明德”的阐发中说：

人皆有明德而自知者鲜。自知者已鲜，而能自昭而求无蔽者又鲜。何谓自知？人心自神自明，自广大，自无所不通，唯因物有迁，意动而昏。孔子所以每每止绝学者之意，他日门弟子总而记之曰“子绝四：毋意、毋必、毋固、毋我”，皆意之类，皆意之别名。孔子每每止绝学者四事，门弟子不胜其纪，故总而记于此，此万古学者之通患。（《杨氏易传》卷十二）

从论史诗中，我们可以看到杨简的史观，诗中揭示这样的道理：朝代在不停地更换，得天下，在于得人心。治理天下，就是教化人心。而杨简在对《周易》的阐发中论述了圣王如何具体实施教化人心的为政举措。

长寿知州　随世名言豁达诗

在温州知州中杨简是长寿的，他活了八十六岁，这与其豁达性情有关。“惟仁者乃能寿，为其念虑闲静，气凝而意平，长年之道也”，杨简的仁与寿观点值得一读：

圣门讲学，每在于仁。圣人曰：“知及之，仁不能守之，虽得之，必失之。”又曰：“力行近乎仁。”以此知仁非徒知不行之谓。吾目视耳听，鼻臭口尝，手执足运，无非大道之用；而有一私意焉隔之，不觉不知，谓之不仁可也。然则仁者，谓己常觉之，非徒知而已。……惟仁者乃能寿，为其念虑闲静，气凝而意平，长年之道也，此固非徒知者能到。学而不仁，非儒者也。

杨简诗中也能看到他的仁与寿思想。《丙子夏偶书·其二》最后写道“先圣为是发愤忘食，某也何敢空度岁年”，那年他七十六岁：

行年七十有六，随世名言则然。应酬衮衮万状，变化离坎坤乾。人情曲折参错，动静多寡后先。孰有孰虚孰实，无高无下无边。清明靡所不照，一语不可措焉。先圣为是发愤忘食，某也何敢空度岁年。

《丁丑偶书》是他七十七岁时所作，语句流畅，似打油诗，又很严谨：

新年七十七，是虚不是实。我心包太空，有无混然一。比日腑脏作，示病而无疾。凭栏拱翠峰，可咏不可诘。

杨简诗交广，诗友中不乏名流。如范成大写给杨简的《题

李云叟画轴兼寄江安杨简卿明府二绝·其二》:

新图来自雪边州，皴石枯槎笔最遒。明府能诗如此画，为渠题作小营丘。

《容斋随笔》的作者洪迈有首长诗《送杨简迁国子博士》，对杨简的爱民之心进行阐述：

杨君解墨绶，去作国子师。邑人十万户，遮道婴儿啼。曩岁天旱苦，赤地无余遗。饥殍千百辈，上山争采薇。采薇有时尽，讵能救长饥。慨然顾自任，舍我将告谁。昧爽出厅事，日暮忘旋归。大家贮陈粟，出粜不敢迟。偷儿纷狗鼠，锄治如平时。一意摩手抚，如子得母慈。明年粦麦登，比屋无流移。史牒载循吏，于今亲见之。我亦受一廛，惜哉轻语离。桥山未迄役，酌饯疏酒卮。聊述路人颂，持作送君诗。

沈焕（1140—1192）也算是杨简的师兄弟，因他师从陆九渊之兄陆九龄，探究心学大要。沈焕有一首《留别杨慈湖之鹅湖》，"分手传资每歧路，知心讲道更情亲"，表达了同学同道之情：

任地从天景孰真，何须向北定三辰。天涯未遇蜃楼市，仙峤偏多采药人。分手传资每歧路，知心讲道更情亲。离亭信宿梅花驿，只恐霏霏雨雪频。

杨简在温州为官时，首倡废除妓籍，以廉俭为温州百姓所爱戴，对温州的水利建设亦有贡献。嘉定五年（1212），他支持平阳知县汪季良和平阳民间修建水利设施，不仅修复凰浦埭，而且筑成新陡门、塘湾、江西、楼浦、下涝、萧家渡等六个陡门，世称"嘉定六陡"。他在任时支持地方贤达林居雅修建的平阳阴均大堤，越八百余年，至今发挥作用。其《永嘉平阳阴均堤记》曰：

天府府庠林子君雅合平阳东西、金舟、亲仁四乡父老而下

楊簡題華蓋山院默齋

漸漸疏鐘動幽深一徑開炎光隔林麓清興繞崔嵬擬作臨流賦應須倩雨催小窗宜挂起且放竹風來

庚子清明書錄　遁書樓　嚴和

书杨简《题华盖仙山院默斋》

衔哀兴敬，以请于州守杨某："四乡农田北距大海，西枕长江，凡四十万余亩，被咸潮巨害。自有江以来至于今，繇水利不治，岁告饥。嘉定元年汪令君惠抚吾邑，深虑熟计，建埭八十丈于阴均，障海潮，潴清流。又造石门于山之麓，以时启闭，以防涨溢。给资粮佐工费。又经理其旁之涂地，以为社仓，仿晦翁待制，奏请赈贷平阳十乡细民，不计息，遇饥岁并蠲其本。君雅暨父老而下受汪令君无穷大恩，今承讣，巷哭路吊，念无以仰酬汪令君不报之德，今将立石阴均，刻曰'令君汪公遗爱恩波'，使十乡之民世世子孙无忘。君雅等深知使君好善乐义，敢求亲墨大书八字，并专纪其事。乞鉴四乡同欲之请，伸四乡终身悲郁之思。"某于是乎恻然为之书且记。

杨简以温州景点为题的诗不多，但还是留下了《题华盖仙山院默斋》。这首诗，闲中透露出别致，"临流赋""倩雨催"等，都是好句：

渐渐疏钟动，幽深一径开。炎光隔林麓，清兴绕崔嵬。拟作临流赋，应须倩雨催。小窗宜挂起，且放竹风来。

杨简是"甬上四先生"（杨简，舒璘、袁燮、沈焕）之一，其思辨性哲理发展了中国哲学，在中国心学史上占有重要的地位。在温州任职期间，杨简与永嘉学人交往密切，既受到永嘉学派的影响，也自然会推动永嘉学派的发展。他比陈傅良小四岁，比叶适大九岁。叶适曾上书丞相周必大，举荐了陈傅良、陆九渊、吕祖俭、郑伯英、徐谊、杨简、戴溪等三十四人，"后皆召用，时称得人"。

杨简不是历史上有名的诗人，我却喜欢他"不知求却翻成外，若是吾心底用寻"的诗风，读之有味。谢灵运与杨简都是温州官长，前者书写了充满豪情的山水诗，后者留下的却是深刻的哲人诗。

赵汝镃　皇族中的田园诗人

赵汝镃（1172—1246），字明翁，号野谷，袁州（今江西宜春）人，宋太宗八世孙，宁宗嘉泰二年（1202）进士。他的仕宦生涯中，最后一任出知温州，时为理宗淳祐五年（1245），次年六月“以劳属疾”卒于温州任上，年七十五岁。

赵汝镃是江湖诗派诗人中才气豪放的一位，古体不但学王建、张籍，也学李白、卢仝，近体有浓郁的“四灵”风格，畅快伶俐又有苦吟痕迹。

大气诗风　体现皇族诗人气质

赵汝镃的诗歌丰赡多姿，且题材广泛，有山水田园诗、咏物游仙诗、抒怀隐逸诗、送别友情诗、饮酒酬唱诗等类别，最为突出的还是山水田园诗。如《夏夜与东叔昆仲小酌》，虽是描写小酌乘凉，也能写出“云收风卷幕，月满夜开奁”的天绪地情来：

入夏不为浅，亭虚未甚炎。云收风卷幕，月满夜开奁。怕热移灯远，开怀索酒添。半酣诗兴动，写韵客分拈。

《同子严初夏饮山阁》中不仅有“山翠含烟重，榴红著雨深”的景致白描，更有“行藏皆有命，计较漫劳心”的心思：

绿阴千百顷，约我共登临。山翠含烟重，榴红著雨深。行藏皆有命，计较谩劳心。病怕杯中物，怜余浅浅斟。

《闻舟中笛》对仗工整，格调高雅，有皇家诗人的气质：

横笛秋篷底，衔山夕照残。孤音起水面，余韵到云端。吹怨芦声惨，含凄雁影寒。有人江阁上，敛翠凭栏干。

《再登岳阳楼》是首情绪很纠结的诗，他一边描写了山光水色，一边却不能忘记半壁河山的沦落：

岳阳城下系扁舟，与客同登百尺楼。寻遍诗牌追旧句，恍惊岁律叹重游。波涵君鯿两山翠，天落巴荆一镜秋。北望边烽犹未熄，敢忘后乐与先忧。

《岳阳楼》则没有愁绪在字眼间，其气势令人惊叹：

洞庭雄压岳阳楼，万里风烟万里秋。左右江湖同浩荡，东西日月递沉浮。青蛇鸣袖神仙过，古瑟弹湘帝子游。朝暮飞鸥千百点，送迎城下去来舟。

《短歌行》中的“茫然无计相留连”，让诗人的矛盾心态一下子暴露出来：

赤龙驾轮飞上天，倏东倏西昼夜旋。流光万古去不返，少壮翻手成华颠。阆风层城羽衣仙，方瞳绿发耕芝田。玉楼贮春春不老，蟠桃一实三千年。我欲访仙弱水隔，住世奈此急景煎，茫然无计相留连。打并万事不放到眼前，右杯左蟹拍浮百斛船。

《君不见》，气势如谢灵运，情怀似李太白，是南宋的国运让诗人无法伸展豪气：

君不见卢生枕上客邯郸，君不见淳于穴中到槐安。出将入相群儿仕，赐爵锡邑公主贵。黄粱未熟已欠伸，清樽尚在遽惊起，人生荣华欢乐亦如此。双毂昼飞夜旋一弹指，胡不看取二人梦中事。

农家味道　唱和茅檐听午鸡

南宋中晚期，温州的“诗环境”相对平和，外地来温州做官的文人在这里执政、生活、交往、作诗，留下诗情诗话。

如《耕织叹二首》直书农事，诗中所描述的农人生活，让人有郁结难伸的感觉。“我身不暖暖他人”，艺术感染力很强：

春催农工动阡陌，耕犁纷纭牛背血。种莳已遍复耘耔，久晴渴雨车声发。往来逻视晓夕忙，香穗垂头秋登场。一年苦辛今幸熟，壮儿健妇争扫仓。官输私负索交至，勺合不留但糠秕。我腹不饱饱他人，终日茅檐愁饿死。

春气熏陶蚕动纸，采桑儿女哄如市。昼饲夜喂时分盘，扃门谢客谨俗忌。雪团落架抽茧丝，小姑缫车妇织机。全家勤劳各有望，翁媪处分将裁衣。官输私负索交至，尺寸不留但箱箧。我身不暖暖他人，终日茅檐愁冻死。

《翁媪叹》出自皇族诗人的笔下，这种体恤的笔调是很难得的：

旱曦赫空岁不熟，炊甑飞尘煮薄粥。翁媪饥雷常转腹，大儿嗷嗷小儿哭。愁死未死此何时，县道赋不遗毫厘。科胥督欠烈星火，诟言我已遭榜笞。壮丁偷身出走避，病妇抱子诉下泪。掉头不恤尔有无，多寡但照帖中字。盘鸡岂能供大嚼，杯酒安足直一醉。沥血祈哀容贷纳，拍案邀需仍痛詈。百请幸听去须臾，冲夜搥门谁叫呼。后胥复持朱书急急符，预借明年一年租。

《下程》是一首描写农村小景的诗，六七岁牧童赶着数头牛，饶有风趣：

下程疑颇早，店主劝予休。今晚莫贪路，明朝便到州。疏篱编马眼，新笋护猫头。六七岁童子，一人随数牛。

下程鬆頗早店主勸予休
今晚莫貪路明朝便到州
疏籬編馬眼新筍護貓頭
六七歲童子一人隨數牛
南宋知州趙汝鐩詩 嚴和

书赵汝鐩《下程》

《蚕舍》是农村的时令诗，蚕舍的周围须安静，亲朋不能近，儿孙不能哭。如果不是亲临现场，难有如此准确的表达：

每天蚕时候，村村多闭门。往来断亲党，啼叫禁儿孙。不惜兼旬力，将图终岁温。殷勤马明祝，灯火谨朝昏。

《到农家》是农家访贫图，勾勒出官家到农家的热闹场面，百姓为他掘笋、网鱼、斟酒，亲和力很强：

难得官人到，茅檐且驻车。自携锄掘笋，更取网求鱼。一媪来斟酒，诸童竞挽裾。须臾对吾泣，科役苦追胥。

《春郊》是春天备耕图，写绿杨、蜂喧、牧童、鸟聒，将农忙雇工的制度也给记录下来：

数点绿杨风，春光是处同。蜂喧搜蕊瘠，鸟闹聒山聋。联句逢诗友，寻僧问牧童。家家办农具，准拟试新工。

赵汝镃在温州为官时已经七十多岁了，经验充足，阅历丰富，心态平和等等，都反映在他的诗中。如《庄居》是在农村考察留宿的情景描述：

三四间茅屋，回环水石清。鸡催残漏尽，月截半窗明。好句枕边得，浮名身外轻。起来供日课，先绕药畦行。

《题村舍壁》是值得让人想象的田园诗。在柔风十里的春光里，一位官家下乡了，他行田兼春游，看雨后野水，采数枝春红，并接受田父邀请，吃了一盂白饭一盂菘，饭后兴致一来，便题诗在农家的墙壁上：

柔风十里日曈昽，雨后陂塘野水通。两岸柳烟笼晓绿，数枝桃露滴春红。明知钟鼎众皆羡，到了山林味不同。田父殷勤邀我坐，一盂白饭一盂菘。

又如《游目》，没有丰富的生活经验是写不出来的：

游目林垌信马蹄，十来家住小桥西。浮沉野水看晴雁，唱和茅檐听午鸡。菜要遮栏增旧堑，田分荫注作新堤。年丰米贱人人乐，农父相逢醉似泥。

淡然风格 与“四灵”相近

赵汝鐩的山水诗风，与“永嘉四灵”最为相近。他在温州任上，正好是“四灵”诗风兴盛之时。他比赵师秀小两岁，比徐玑小十岁。他与刘克庄幼年结交，刘克庄却“白首始见其诗”。

杭州书商陈起刊行的《江湖后集》收录了赵汝鐩诗，后人因此将他归入江湖诗派。刘克庄在《野谷集序》中说：“明翁（指赵汝鐩）诗兼众体，而又遍行吴越百粤之地。眼力既高，笔力益放。卷中歌行，跌宕顿挫，剸蛟缚虎手也。及敛为五七言，则又妥帖丽密，若唐人锻炼之作。”

读赵诗，比对“四灵”诗，感到赵诗像“四灵”。如《秋夕》的“窗开月到床”，浅到寻常家里，亲到平民身边：

秋风动梧井，无顿许多凉。夜静滩喧枕，窗开月到床。道心便冷淡，世事莫思量。只被浇花累，朝朝却用忙。

《避暑溪上》的“未约客须先觅酒”，与赵师秀的《约客》也类似：

不堪蜗舍暑如炊，何处清幽可杖藜。未约客须先觅酒，要寻凉必去临溪。撑船访洞林间港，坐石吟风柳下堤。晚网得鱼似湖白，銮刀鲙玉捣香齑。

《秋日同王显父赵子野何庄叟泛湖赵紫芝继至分韵得秋字》，是与赵师秀等友人的唱和：

雨余湖更爽，载酒共清游。天净倒涵水，峰高争献秋。风烟入吟笔，箫鼓自邻舟。堤上诗人过，相邀便肯留。

赵汝鐩注重乡间人物的描写，如“望见人家了，犹须转一坳”(《维舟》)、“村妇抱儿子，笼边教唤鸡”(《信步》)等。赵汝鐩的田园诗，甚至比“四灵”的还要休闲，如《途中》，“双燕”对“一鸣”，“烟江”对“山舍”：

雨中奔走十来程，风卷云开陡顿晴。双燕引雏花下教，一鸣唤妇树梢鸣。烟江远认帆樯影，山舍微闻机杼声。最爱水边数株柳，翠条浓处两三莺。

两首《泊舟》则意趣不同，前一首的“呼童治茶具，有客扣柴扃”，很有动感；后一首的“泽国人千里，暮霞天一方”，意境很远：

前头无泊处，且住荻花林。水沸知滩浅，烟蜂花在瓶。呼童治茶具，有客扣柴扃。共说山林话，休嗟两鬓星。

舟泊似差早，篙工爱酒坊。羊群归远陇，柳影恋斜阳。泽国人千里，暮霞天一方。茶多不思睡，渔唱听沧浪。

《不眠》是诗人的自我写照，得好句很兴奋，到了不眠状态：

刺齿搜新句，濡毫写短笺。读来疏脱少，欢喜不成眠。

赵汝鐩诗学杨万里，《访友野外》的“小童走报余将至，一笑松间倒屣迎”是典型的“诚斋体”：

雨意方浓改作晴，杖藜野外访柴荆。争寻桑叶占蚕熟，退立田塍避犊行。风过沙平收鸟迹，烟浓寺没但钟声。小童走报余将至，一笑松间倒屣迎。

赵汝鐩的官职不算低，但他的文人情趣还是很浓的，谢、陶之风在他身上表现得体。《访友人溪居》中有鹤在听琴的野趣，也有松列翠行的景色，还有苦留夜话的友人：

数间屋子压溪光，百十乔松列翠行。鹤为听琴朱顶侧，鸭皆睡日绿头藏。后园遣仆锄冬笋，隔岸寻僧度野航。天色黄昏归已晚，苦留夜话对胡床。

《访子益》却反映了一位江湖诗人的穷困破落生活：

拣得溪山住，三间草屋低。坐贫忧酒债，废事悔棋迷。壁坏何时补，诗成无处题。留余余戒饮，白饭荐黄鸡。

《刘簿约游廖园》也是一首访客诗，晚春景色，墙高蝶度，客人拍案争棋，书童注汤暖酒，好一番游园之乐：

名园新整顿，樽酒约追随。春晚花飞少，墙高蝶度迟。注汤童暖酒，拍案客争棋。寂寞秋千索，无人尽日垂。

赵汝鐩好诗很多，《读离骚》不写对离骚的感悟，而是在童子屡麾不去，一鹤中庭倾听中反映出来，其境界真是古人才有：

琅然醉读离骚经，一鹤闻之来中庭。童子屡麾不肯去，直凑樽前侧顶听。

体察民瘼　疾苦写入诗中

两宋在复杂尖锐的民族矛盾下，一直处于不断的战争中，兵火所经之处，广大人民饱受战争之苦。赵汝鐩体察民瘼，诗中多有非战思想出现，如《征妇叹》中飘荡着思念征夫的悲伤：

莲浴双鸳鸯，梧栖双凤凰。双舞蝶度墙，双飞燕归梁。倚栏人颦翠，忍泪心暗伤。闭户罗帏悄，孤灯耿空房。欲睡睡未得，独坐理丝簧。弹吹不成调，征夫天一方。

古代以“饮马长城窟”为题的诗很多，如唐代王建诗曰：“长城窟，长城窟边多马骨。古来此地无井泉，赖得秦家筑城卒。征人饮马愁不回，长城变作望乡堆。”赵汝鐩的《饮马长城窟》诗情切切，诗中描述了妻子叮嘱丈夫不要与马争水，酒后不要离开军门，雁来时要写上几行字寄给我，多么感人：

乌骓马，紫游缰，戍夫一鞭天一方。揆程想过长城下，思古筑役摧人肠。白骨如雪浸水窟，骨上犹带秦时血。雨打风吹宇宙腥，君渴莫饮救马渴。衣适寒暄饭加餐，省酒戒勿离军门。雁来不惜数行字，雁回我亦寄平安。自从君出与君别，怕听砧声怕见月。细思人生能几何，未卜彼此俱白发。官有好爵与尔縻，万死一生方得之。不如更戍闻早归，百年邻里夸齐眉。

《田家叹》也是盼望和平生活，诗中甚至惊呼“此生能得几年活”：

破屋三间结草扉，柴根煨火阖家围。此生能得几年活，薄命连遭两岁饥。肠久鸣雷惟淡粥，体虽起粟尚单衣。晚来稚子总欢喜，报道小姑挑菜归。

虽然非战是赵汝镃诗的重要主题，但他的《古剑歌》却能体现豪情壮志，有击楫中流之心：

洞庭吞天天无风，月印一镜星涵空。波心千丈光五色，渔人啧啧疑垂虹。睨而视之寂不见，举网下罩追遗踪。须臾雷轰怒涛吼，鼓荡六合雾溟濛。所得非鱼亦非龙，炯然三尺贯当中。肉销骨立精气融，铿鎗其声韬其锋。越砥稍稍加磨砻，壮士见之肝胆雄。雷焕已死不可起，有谁解识斗间气。人疑龙泉或太阿，万古凡剑空一洗。倚楼西北望边城，连月亘天烽火明。隐忧枕上思请缨，夜半跃鞘床头鸣。梦中见告若有神，吾价岂但直百金，吾勇岂但敌一人。知君素有击楫中流心，誓当助君报国万里清胡尘。

赵汝镃诗克服了皇族诗人诗歌题材较窄的毛病。他多地任职，深入农村社会，诗歌题材广泛。钱锺书评说赵汝镃：“江湖派诗人里算他的才气最豪放；他的古体不但学王建、张籍，也学李白、卢仝，近体不但传‘四灵’的家法，也学杨万里，都很畅快伶俐。”

赵汝谠 试凭工师手 高取空阔界

赵汝谠（？—1223），字蹈中，余杭人，嘉定年间知温州，在任内逝世。赵汝谠年少时得叶适规劝“名门子安可不学”，从此奋力学业而成材，与兄赵汝谈齐名，称为“二赵”。庆元元年（1195），韩侂胄定赵汝谠为朋党，遂被贬谪十年。赵汝谠曾言：“宗子不忘君，孝子不辱身，临难则功业当如朱虚，立身当如子政。”

刊刻《水心文集》并作序

赵汝谠对温州学术的最大贡献是刊刻了《水心文集》。

赵汝谠是叶适晚年时的学生，《水心文集》编辑、刊刻时，叶适还在世。学生能为老师刊刻文集并作序，说明赵汝谠的社会地位和学术成就是比较高的，是老师特别赞赏的学生，叶适也曾说过“汝谠颖悟英特”。

赵汝谠的《水心文集序》体现了编辑《水心文集》的意图，并揭示了叶适文道并重的思想。“金奏而玉应，其光耀变化，如骊龙翔而庆云随”，这是赵汝谠对叶适文众体皆备的赞誉：

备众文名一家言者，在唐始著，前不多见也。先生之作，从壮至老，由今并古，日迈月超，神心穷天地，伟烈动海岳，翼然如登明堂，入清庙，黼冕崇丽，金奏而玉应。其光耀变化，如骊龙翔而庆云随也。盛矣哉，其于文乎！粹矣哉，其于道乎！

中国古代文学体裁的多样化自唐代始，诗歌散文在唐宋时期已经进入完备阶段，这个时期的文学可谓百家争雄，叶适在这时期是驰骋文坛的人物。赵汝谠最能领会“先生之志”，懂得叶适经、史、文并重的学术追求，认为叶适的文章经史结合，是圣哲之文，堪称集大成：

盖周典、孔籍之奥不传，左册、马书之妙不续，诗迄韦、张，骚降景、宋，华与质始判，正与奇始分，道失其统绪久矣。世遂以文为可玩之物，争慕趋之，驰骋以其力，雕镂以其巧，彰施以其色，畅达以其才，无不自托于文，而道益离矣，岂能言易知言难欤？或者反之，则曰：“吾亦有道焉尔，文奚为哉？”夫子不云乎：“言之不文，行之不远。”六艺非万世之文乎？以词为经，以藻为纬，文人之文也；以事为经，以法为纬，史氏之文也；以理为经，以言为纬，圣哲之文也。本之圣哲而参之史，先生之文也，乃所谓大成也。

叶适以孜孜不倦的艺术追求引领了永嘉文派，南宋理学家黄震在《黄氏日钞》中就将叶适散文的艺术特点概括为“横肆”和“优雅”两个方面。黄震曾自称“非圣人之书不观，无益之诗文不作”，他对叶适赞誉难能可贵。

赵汝谠除了为叶适编纂文集，还接受戴复古的邀请为之甄选诗作，最终选定一百三十首编为《石屏小集》，并请赵汝腾作序。戴复古《石屏诗集序》曰：“懒庵赵蹈中寺丞作湘漕时，为仆选此诗，凡一百三十首。”这说明赵汝谠是在湖南任上为戴复古甄选诗作的。赵汝谠为戴复古编选《石屏小集》得到后人好评，《诗人玉屑》曰：“赵懒庵为戴石屏选诗百余篇，南塘称其识精到；其间白纻歌最古雅，今世难得此作。云：‘雪为纬，玉为经。一织三涤手，织成一片冰。清如夷齐，可以为衣。陟彼西山，于以采薇。’语简意深，所谓一不为少。”

叶适为汝谠母亲作墓志铭

叶适曾为赵汝谠的母亲写过墓志铭。叶适一生写了一百五十一篇墓志铭，其中为温州人撰写的墓志铭有五十篇。叶适如此重视书写墓志铭，已不是简单地认为此文体为一种丧葬文书，而是认定墓志铭的写作属于儒家文化仪式。叶适对墓志铭的写作用力极深，让其成为永嘉文派文体中的重要部分。

赵汝谠认为叶适的墓志铭有意识地寻求文史结合，是对欧阳修的继承，在“辅史而行”的特点上，甚至超越了欧阳修。南宋理学家真德秀也极为推重叶适的墓志铭：“永嘉叶公之文于近世为最，铭墓之作于他文又为最。”

赵汝谠为答谢叶适为自己母亲写墓志铭，奉上《谢叶水心作先铭》长诗，诗中情感饱满，对叶适景仰有加。其中“云章开人文，天笔垂古制”“遂登秦汉前，上与骚雅俪”是对叶适的崇拜；“发函已百拜”“勖哉奉格言，没齿无敢替”，表明对叶适教诲的永志不忘：

隙驹日月驰，拱木霜露苯。孤生望苍旻，永念负慈地。内德不越阃，先铭欲存世。以兹沥丹素，延首冀嘉惠。大匠斡九京，篇成重覃思。发函已百拜，陈庙复三喟。石之表故阡，修麓出光气。耿如瞻其亲，端用贻尔类。道归统会阔，躬探玄赜秘。云章开人文，天笔垂古制。照照训典立，亹亹伦纪备。遂登秦汉前，上与骚雅俪。碑板落东南，贝玉失瑰异。膏濡沦朽骨，黼藻被幽隧。史职补王明，陋巷压高位。余波扬懿则，惧忝弗克嗣。士恢宇宙心，学竟圣贤事。整驾期远造，为基戒中坠。岳峻尚可攀，海深安可计。勖哉奉格言，没齿无敢替。

赵汝谠在《水心文集序》中还对叶适四十年发之于文的成就做了精确的总结，并以欧阳修的碑铭作为比较，说叶适的文章记述完备，有世道的消长进退，有时贤的功绩，就是一些没有入仕或还没出名的隐晦者，叶适也都精心记载："集起淳熙壬寅，更三朝四十余年中，期运通塞，人物聚散，政化隆替，策虑安危，往往发之于文，读之者可以感慨矣。故一用编年，庶有考也。昔欧阳公独擅碑铭，其于世道消长进退，与其当时贤卿大夫功行，以及闾巷山岩朴儒幽士隐晦未光者，皆述焉，辅史而行，其意深矣。此先生之志也。"叶适的另一个学生吴子良在《荆溪林下偶谈》中也评论叶适碑志文的写人艺术："水心为诸人墓志，廊庙者赫奕，州县者艰勤，经行者粹醇，辞华者秀颖，驰骋者奇崛，隐遁者幽深，抑郁者悲怆，随其资质，与之形貌，可以见文章之妙。"

叶适为赵汝谠母亲所作的《夫人王氏墓志铭》，信息量很大，不仅有赵汝谠父亲赵善临任职于各地的记述，还有赵汝谠兄弟五人汝谈、汝谠、汝训、汝諿、汝诂的记述。王氏的四位女婿也史上有名，如潘自牧，历官龙游、常山令，著有《记纂渊海》。

赵汝谠与叶适马塍诗

《全宋诗》收录赵汝谠诗二十九首，与叶适相关的诗，除了《谢叶水心作先铭》，还有《和叶水心马塍歌》，诗中表露了

昔歐陽公獨擅碑銘其于世消長
進退與其當時賢卿大夫功行以
及閭巷山行樸儒幽士隱晦未光
者皆述焉輔史而行其意深
矣此先生之志也
趙汝讜序水心文集節錄 張嚴和

节录赵汝谠《水心文集序》

对花农受园税之重的同情，以及向往赵振文娱花的情趣：

昔年家住长安里，春风尽日香尘起。纷纷车马过绮陌，买花人多少人识。王侯第宅连苑墙，粲若琼蕊敷丹房。花窠近取马塍本，曲栏高槛深迷藏。主欢对客小举袖，击鼓吹箫满前后。真珠一斛聘国姝，琥珀千杯酌天酒。几年农器不铸兵，雨耕云穫歌且行。种花土腴无水旱，园税十倍田租平。拿音来近菰蒲住，演漾回溪通枉渚。霜晴沙浅橘林明，日暮水浑鱼网聚。东门故侯应自许，灞陵醉尉宁须怒。何当学稼随老农，荷锄驱犊田中去。

杭州西北郊有个地方叫马塍，记载始于五代，塘河流水，水草丰美，因吴越国国王钱镠在此养马而得名，宋代则以产花著名。赵汝谠的这首诗很耐读，在“何当学稼随老农，荷锄驱犊田中去”的赏花情绪下，还有“国破山河在”的感叹，“几年农器不铸兵”，便是士人“爱恨乏力”的浅唱低吟。

以马塍为题的唱和是叶适发起的，其《赵振文在城北厢两月无日不游马塍作歌美之请知振文者同赋》曰：

马塍东西花百里，锦云绣雾参差起。长安大车喧广陌，问以马塍云未识。酴醾缚篱金沙墙，薜荔楼阁山茶房。高花何啻千金直，著价不到宜深藏。青鞋翩翩乌鹤袖，严劳引首金蒋后。随园摘蕊煎冻酥，小分移床献春酒。陈通苗傅昔弄兵，此地寂寞狐狸行。圣人有道贲草木，我辈栽花乐太平。知君已于苕水住，尽日橹声摇上渚。无际沧波蓼自分，有情碧落鸥偏聚。追农风光天漫许，抛掷身世人应怒。君不见南宫载宝回，何如赵子穿花去。

赵汝谠另有《为赵振文赋马塍歌》，对月看云，歌长词逸，足见其诗家功力：

旧闻城北有马塍，聚花成锦常留春。我家苕水近来到，输他年少寻芳人。相夸此地百金惜，闲出奇花万钱直。接贴翻腾费工巧，拣构移将斗颜色。园翁爱花如子孙，寸生尺长勤培根。南邻北邻贫富改，独守养性经凉温。兄今已得闲居趣，扁舟暂向官塘路。攀条摘蕊娱性情，对月看云想风度。歌长词逸不可当，鬓发垂白吟沧浪。

此外刘克庄也有和诗《水心先生为赵振文作马塍歌次韵一首》：

洛阳牡丹隔万里，棘荒姚魏扶不起。马塍近在杭州陌，野人只向诗中识。匀朱傅粉初窥墙，海棠为屋辛夷房。千林春色已呈露，一株国艳犹闳藏。多情荀令香透袖，俊游恐落都人后。摇鞭深入红云乡，解衣旋贳黄縢酒。淮南芍药初过兵，人生何必塞上行。坠裀委壤各有命，肯学冻士鸣不平。移家欲傍园翁住，手开芜地通蘋渚。寻芳栩栩趁蝶飞，逐臭纷纷怜蚋聚。君不见玄都吟笔妙燕许，诗人却遣世人怒。君若拿舟独往时，我亦荷锄相随去。

高情老笔寄江河

赵汝谠仕途坎坷，有被冷落时，也有重振时，因“庆元党禁”被贬谪了十年。丰富而又坎坷的经历影响了他的诗风，那就是高情老笔寄江河。如《宿枕峰寺怀舅氏有作》，诗中的野竹有慈性，“霜清雁荡骨，春蔼天台姿”，老笔之中融入他的江湖之思：

野竹有慈性，丛生不相离。永怀寒泉感，昨与渭阳期。寺阁共秋晚，山云独移时。尚想谈论闲，丹颧映雪髭。气豪机事少，所嗜平生诗。起居今何如，会合渺难知。霜清雁荡骨，春蔼天台姿。混融入老笔，远寄江湖思。

赵汝说是真性情人，又得益于叶适的文风诗风影响，下笔俊逸飘洒，回旋腾挪中有气度，取势饱满，如《楼望》的“试凭工师手，高取空阔界”，瞬间变化，错落有致：

倚墙茂树阴，交覆状垂盖。面岑可为楼，所惜着亭隘。试凭工师手，高取空阔界。材章来何山，得补榱栋坏。泮宫对突兀，雉堞隐萦带。老榕剪东枝，遂破群碧碍。闲云入秋眺，远霭增暮慨。心知飞鸟边，历历归路在。

赵汝说是咏史高手，《读昭君曲》开头就有“昭君死作千年土，曲在人间调不同”，朴质自然、不事雕琢，却表现出咏史上的情感丰满，让昭君之魂如雁南飞，飞过上林苑：

昭君死作千年土，曲在人间调不同。绝塞烟沙空玉质，深宫日月自春风。当时有恨传骚客，往事无心论画工。已分二坐终寂寞，雁飞曾过上林中。

《斋居即事》是赵汝说对自己宅居环境的描述，是自我消遣的小品，但是却见高情和广思。其中的“鸂鶒游其内，焉知海鸥浴”，比对精到，吐出了自己虽努力避身，却又难逃其辱的感叹：

累石欲拟山，附垠爱生竹。半寻裁方沼，筒水注兹足。鸂鶒游其内，焉知海鸥浴。始收春葩丹，倏长夏条绿。观物各自遂，抚时一何速。深居有广思，纡履无远瞩。圣出营世宁，哲潜避身辱。高情或贻诮，散迹乃见局。逝将从负樵，归老寒涧曲。

赵汝说与“永嘉四灵”是同时代的人，在温州知州任上与其有来往和诗交。他是地方官，对“四灵”的“寒俭刻削”之态不反感，但也厌倦了江湖诗派的肤廓浮滥。他的诗风气魄大、力量雄、波澜富，追求涉历老练，布置阔远风貌。如《屈原祠》，就是赵汝说“以才学为诗”“以文为诗”“以史人诗”的体现：

忠深独逢尤，怨极翻作歌。岂云嗜好异，奈此芳洁何。郢都值末造，听惑贤佞讹。令尹专国事，君王信秦和。内思谋谏尽，旁困谗嫉多。秉道身必斥，徇时则同波。我生帝降直，臣节安敢颇。痛心易激烈，危步难逶迤。忍观宗绪坠，去复念本柯。采藻或涧滨，茹芝亦岩阿。下将从彭咸，终已投汨罗。湘水碧湛湛，湘山郁峨峨。昔存怀沙恨，今见垂纶过。仲夏草树蕃，初华粲莲荷。禅栖寄幽祀，羁思发长哦。风雅尚遗音，景宋寖殊科。远游一感叹，白首留江沱。

《郁孤台》又是赵汝说咏史的一首诗，注意剪裁和融会贯通，兼容众体：

杖藜登高台，四远披天风。清川漾光远，碧嶂含姿浓。闾井满后前，雉谯夹西东。雄为一州表，阔会群境从。摧颓久笼鹤，迅逸遐征鸿。矫首望丹阙，烟氛多翳蒙。南方少佳月，竟岁四五逢。稍喜今夕霁，迥当凉秋中。衰影朗在照，空庭恣鸣蛩。石栏叶露下，吟思殊未终。

《直州》一诗，赵汝说借古地名咏史，述说人事沧桑，是归隐念想之作：

时潦汇众川，朝暾耀中洲。岸回拿音急，水抱禅宇幽。竹树相覆带，云沙更荡浮。估船乘波发，渔艇沿潭游。他屿亦可登，爱此所览周。东轩既延伫，西阁复夷犹。归求种嘉橘，老欲守故丘。贾谊何远去，屈原竟深投。俗卑忌才高，世浊憎多修。请将招隐作，往和沧浪讴。

《和巩栗斋丰翠蛟亭》是一首和诗，被《全宋诗》收录：

众峰抱苍龙，蟠屈翠蛟水。放之两崖间，奔汹不得止。涛澜生席上，雷雹转石底。恍疑天柱摇，将拔阴洞起。苏公雄气压，诗骨得山髓。指麾驱鲲鲸，赫奕动箕尾。纷纷下土人，蚁垤自封侈。骤观目睛眩，笔坠汗流泚。坐令空谷啸，声彻霄汉里。君来松根吟，仙者相去咫。老蛟破锁出，余怒犹未已。决开涧千丈，散作雾五里。今年溪湖干，草树生意靡。寸泉落山苗，灵药起垂死。遗吾云子饭，报汝青玉几。野人寻泉窦，筒坏方复理。泓然山巅池，冬夏常若此。

梅未成阴失此贤

赵汝说是逝于温州任上，他生年无考，而又与先生叶适同年去世，如此推算，至少要小叶适二十岁。查阅赵汝说的诗交圈，往来唱和多为同道。如韩元吉之子韩淲曾有诗《余杭访赵蹈中郊居》:

新霜晴日见郊居，草树如斯亦有余。闻道又从湖外去，峰前回雁记传书。

南宋著名江湖诗派诗人戴复古也是赵汝说的诗友，其《送湘漕赵蹈中寺丞移宪江东》对赵汝说的节操表示敬佩:

持节复持节，因循霜鬓侵。盛衰关大数，豪杰负初心。宇宙虚长算，江湖寄短吟。番阳秋水阔，湘浦未为深。

《立春后呈赵懒庵》则称作诗方面赵汝说是自己老师:

久望春风至，还经闰月迟。梅花丈人行，柳色少年时。爱酒常无伴，吟诗近得师。离骚变风雅，当效楚臣为。

南宋著名诗人苏泂，存诗千首，四库馆臣从《永乐大典》中辑出《泠然斋诗集》八卷。苏泂与辛弃疾、刘过、王柟、赵师秀、姜夔等多有唱和，其《送赵蹈中府签对策大廷》曰:

奥学通玄象，须时对广廷。端为贾生策，动合圣人经。事往谁谋始，时今未敉宁。因留非所志，君相眼终青。

赵汝谠是周南妹夫，二人相赠诗文最多。周南《呈赵蹈中》称赵汝谠"经年忆破古人心"，称他作诗"只今且向晚唐前"，全篇漫出诗书传家的气氛：

赵子面白如玉傞，定须逃得文儒饿。经年忆破古人心，近日妹夫初病可。忽然到门已惊骇，令我失喜多两拜。君来看我还看亲，我顾不能君莫怪。自云曾见杭州火，说著红湖先泪堕。水衡支散新铸钱，诏书未御正朝坐。向来送我龙泉器，秋色新蔬恰相似。且将浊酒慰营魂，多留几日论文字。取诗须取杜正传，寻到岑参高適边。转处正须宽一步，只今且向晚唐前。

逝于任上的赵汝谠，让同道与诗友们为他伤心，泣下诗文，同族的赵汝迕有挽诗《哭赵蹈中》，读之最为伤情。"清名多是布衣传""梅未成阴失此贤"，道出赵汝谠的亲民形象，并诉下无尽的痛惜：

族老今为海内怜，清名多是布衣传。一封表乞从师郡，千里神寒觅句年。水镜照人前日政，雨丝吹旐别时船。离家忆值梅初白，梅未成阴失此贤。

赵汝谠继承叶适事功学中纵横捭阖的一面，其诗学、诗评和诗歌，以及后来文字都蕴含着事功进取的精神，叶适曾称誉赵汝谠是"韩篇杜笔"。也曾在温州任知州的赵汝腾（淳祐时任）与赵汝谠相交甚密，其《跋倪龙辅诗》曰："近世诗人，赵蹈中最为雄杰，每对予诵杜荀鹤'早被婵娟误，欲妆临镜慵。承恩不在貌，教妾若为容。风暖鸟声碎，日高花影重。年年越溪女，相忆采芙蓉'之句，击节不能已。"两任温州知州诗人相见时，一位在吟诵唐才子杜荀鹤的诗，一位在击节叹赏，场景再现。

吴泳　知州玉立是词人

吴泳（1181—1252），字叔永，号鹤林，潼川府中江县（今四川三台）人，历知宁国府、温州、隆兴府、泉州。吴泳是理学名臣魏了翁的高足，是南宋后期巴蜀作家群中仅次于其师魏了翁的文人，与其弟吴昌裔俱为南宋理学家、蜀中名士。他推崇实学，其政论针砭时弊，为官二十余年，历遍山水，交游广泛。他是一位出色的词家，其诗词作品数量多，范围广，在温州亦留下相当数量的诗词。《宋史》有传，有《鹤林集》四十卷存世。

饥馑年　到任温州忙赈荒

关于吴泳在温州做知州的时间有过多种记载，弘治《温州府志》载吴泳于嘉熙三年（1239）知温州，这应是他的任命时间，真正到任温州则是嘉熙四年（1240）年初。吴泳到任温州已经六十岁。

吴泳于嘉熙三年八月作《答郭子寄书》云："某端平更化初获接服容，观玉声于振鹭庭下，违去道德，倏又五年。'有斐君子，终不可谖兮'，未尝不置此诗于怀也。……忽今月五日误叨进职予都之命，恩出望外，拊心若惕。"从中可知，吴泳是年八月五日受命知温州。

《答郑子辩书》云:“某厌伏大名于缙绅之林旧矣。登朝十年,半交天下士,独一面未识荆州。……某旧学荒落,新知又不长进,今此冒为东嘉之行,凛然未知攸济,蒙赐惠问,感荷高情。”据“今此冒为东嘉之行”,此书作于受命知温州之时,且自绍定二年(1229)至是年正好是十年。这年冬,他赴任时经过处州(丽水),闻温州饥,“乞蠲租科降,救饿者四万八千有奇,放夏税一十二万有奇,秋苗二万八千有奇,病者复与之药。事闻,赐衣带鞍马”。

吴泳到任温州后,曾写下《进奉御书石刻状》,这是记述温州城楼的文字,其中有云:“昨者蒙恩出守东嘉郡,郡治有楼基,颇高敞,遂更葺之,题为‘拱极’,命工刻石,安奉其间。庶几上有以铺张对天之宏休,下有以揭垂经世之懿范。谨装背两轴,同臣所书‘拱极楼’三字。”

《知温州到任谢表》云:“去秋八月五日,伏承制书,除臣温州太守。……水陆七程,雨雪三日,遂于除夕到州,月正元日上讫。既祗厥事,延见吏民。”这段文字可以看出,吴泳除夕日抵温州,正月初一发布了吏民布诏。他在《知温州谢丞相启》中也说:“某敢不廉以饬身,勤于恤下?正岁遵治象法,已宽田赋之一分;春日奉宽大书,自出俸租之十月,撤赏柑之旧宴,辍梦草之新诗。专务赈荒,以图报国。”

吴泳来温州时就遇上灾情,让他心力交瘁,其《知温州丐祠奏状》云:“窃惟东嘉,素号乐土,逢此歉岁,遂至艰食。……今则麰麦登成,风雨时若,田畴之间,秧青水白,人有一饱之望,本州荒政月终亦可结局。”麰麦即为大麦,此时“风雨时若”“秧青水白”,大麦将熟未熟之时,即四月小满前后,在当地来说则为青黄不接之时。他在《答郭子寄书》中又云:“某自来东嘉,适值歉岁,悉力招救。……今则麰麦丰登,雨旸时序。秧青水白，当有一稔之望。生平精力尽耗于此，重以鸰原之戚，外景与内心相触，百念灰寒，恐废郡事。更望于吾君吾相之前，力赐一言，令某早得脱去，不胜至感。”

到任后，吴泳致力于恢复生产，《永嘉劝农归舟中》可见他的亲民风格，诗中“白叟真堪贵”“朱衣总是痴”，写出了“平贱者高贵”的赞美：

使君每爱读豳诗，稼事艰难亦粗知。水冻未闻秧布野，年饥且喜麦生岐。坐间白叟真堪贵，眼底朱衣总是痴。趁刺画船呼客语，春风已满劝农旗。

《温州劝农文》云：“方春东作，土膏脉起，负耒而往于田，合耦而耘于野。向也东瓯之俗率趋渔盐，少事农作……‘天用降威，荐饥我百姓，则兹惟有司之愆’。此太守不但劝民，而又身自为之劝也。虽有饥馑，必有丰年。太守与汝各勉之，毋忽。”嘉熙三年（1239）冬温州饥荒，此劝农文写于次年春。其中太守不但劝农，而又能以身作则，与农民共勉。

《与马光祖互奏状》中又云：“臣蒙恩守郡，恰已期年。救荒赈饥，粗无愧作。……臣守永嘉，光祖守处。温与处实为邻境……”马光祖，字华父，与吴泳同为真德秀的学生，此时他们师兄弟一位在温州，一位在处州。

吴泳什么时候离开温州？淳祐元年（1241）去任暂回德清居住。《答李微之书》云：“盖秋来一病，弥三月不愈，近方有起色。……某屏居一年，读书亦粗有绪。……某六十二翁矣，瞬息光阴，更不堪把玩。”吴泳六十二岁时为淳祐二年（1242），此时已经屏居一年。《又谢丞相启》云：“荷朝度之从宽，丐祠官而得请。……暨领海邦之牧，又逢岁事之荒。蠲夏税六万七千余缗，每虑邦财之不继；放秋苗二万八千余硕，旋忧兵食之弗充。”文中的“海邦之牧”“岁事之荒”，即指温州岁荒事。

重教育 贺金榜设鹿鸣宴

吴泳是擅诗的知州，然而因温州灾情，吴泳在“秧青水白”的环境里，“生平精力尽耗于此”，无好心绪作诗，但还是留下了《登罗浮山》三首：

要闲终是不曾闲，猛歇当头名利关。揩洗一双清净眼，稻花雨里看浮山。

海山半夜失蓬莱，微带云根雨脚来。元是道家清绝境，世间妄指作阳台。

玉蟾奔月灶炉干，老鹤巢松殿宇寒。里面看山山不见，不如只向外边看。

吴泳的两首鹿鸣宴诗词，是迄今发现的温州关于鹿鸣宴的珍贵资料。鹿鸣宴，亦作鹿鸣筵，是始于唐代并延续千年的一种科举制度中规定的宴会，即乡试后州县长官宴请得中举子，或放榜次日宴请主考、执事人员及新举人。吴泳留下这种题材的诗，说明他对温州科举的重视。他的《永嘉鹿鸣宴》起句就有“富贵易浮沉，斯文无古今”之戒训，最后有“科举债”，指出了举子背负此“债”的艰难：

人间富贵易浮沈，只有斯文无古今。义理工夫元坦易，圣贤言语不艰深。莫随近世诸儒辙，要识开山一祖心。待得了他科举债，梅花月下听瑶琴。

又是一年收获期，吴知州很兴奋，写下《谒金门·温州鹿鸣宴》，与“前岁杏花”成一色：

金榜揭。都是鹿鸣仙客。手按玉笙寒尚怯。倚梅歌一阕。　　柳拂御街明月。莺扑上林残雪。前岁杏花元一色。马蹄归路滑。

气如山　声悲动地入词作

吴泳是位学问家，与他的老师魏了翁一样，以诗词作为学者之间交流和教化的工具，努力发掘现实生活、政治生涯和生命意义。他的部分佳作显示了“气涌如山”“声悲动地”的风格。如《洪都病中梦与太白同登峨嵋亭有赋》，与李白同游，乘月在峨嵋亭上高歌，其中“莫使江山落人手”，有满满的爱国情怀：

翠浮天宇两眉修，不著尘寰半点愁。锦袍仙人去不反，乘月忽作斯亭游。月悬水底不受捉，牛渚矶翻酒星落。气涌如山白浪掀，声悲动地终风作。我思吊古登翠微，点检旧题无白诗。生平白眼睨力士，焉肯妩媚歌峨嵋。杨林渡头采石口，一处风寒几兵守。寄语中流把柁翁，莫使江山落人手。

另一首《洪都病中口占》是病中吟，但却有“宦情谁向死前休”的坚强与硬气：

去年舆疾上洪州，百感婴怀又怕秋。病体不因衰后觉，宦情谁向死前休。乞身已晚荒三径，葬子无期负一丘。造物傥从心所欲，乐天知命更何求。

吴泳上法苏轼，作的是豪放爽气之词，也与辛弃疾、陈亮、刘过、刘克庄等人同属一个流派。其词语言质朴，情感激烈，奔放遒劲，如《贺新凉・送游景仁赴夔漕》：

额扣龙墀苦。对南宫、春风侍女，掉头不顾。烽火连营家万里，漠漠黄沙吹雾。莽关塞、白狼玄兔。如此江山俱破碎，似输棋、局满枰无路。弹血泪，迸如雨。　　轻帆且问夔州戍。俯江流、桑田屡改，阵图犹故。抱此孤忠长耿耿，痛恨年华不与。但月落、荒洲绝屿。平滟滪，洗石鼓。

《满江红・仓江分韵送晏铃干词》也是颇有气势的词作，

分韵词在吴泳词中是比较少的：

元帅筹边，谁肯办、向前一著。大丞相、孙儿挺伟，素闲兵略。杨柳依依烟在眼，檀车啴啴春浮脚。更何妨、二十五长亭，横冰槊。　　登剑栈，怀关洛。机易去，愁难割。岂而今全是，从前都错。鹿走未知真局面，兽穷渐近空篱落。早经营、勋业复归来，江头酌。

《上西平·送陈舍人》词风遒劲，“男儿若欲树功名，须向前头”和“莫将一片广长舌，博取封侯”，展示了一代中国士子的内心力量：

跨征鞍，横战槊，上襄州。便匹马、蹴踏高秋。芙蓉未折，笛声吹起塞云愁。男儿若欲树功名，须向前头。　　凤雏寒，龙骨朽，蛟渚暗，鹿门幽。阅人物、渺渺如沤。棋头已动，也须高著局心筹。莫将一片广长舌，博取封侯。

《满江红·送魏鹤山都督》是送别老师魏了翁的，其中“倚梅花、听得凯歌声，横吹曲”“管明年、缚取敌人回，持钧轴”，有强烈盼望胜利的愿望：

白鹤山人，被推作、诸军都督。对朔雪边云，上马龙光酴郁。戊己营西连太白，甲丁旗尾扪箕宿。倚梅花、听得凯歌声，横吹曲。　　船易漏，枷难沃。柯易烂，棋难复。阅勋名好样，只推吾蜀。风撼藕塘猩鬼泣，月吞采石鲸鲵戮。管明年、缚取敌人回，持钧轴。

吴泳是主战派，又是战略的稳健派。他在理宗绍定六年（1233）所上的札子中说道：

刘珙、朱熹、张栻最号持恢复大义者也，而珙自西府入奏，则谓“复仇大计不可浅谋轻举，以幸其成”；熹自祠宫上封事，则谓“东南未治，不敢苟为大言，以迎上意”；栻自严陵召对，则谓“敌中之事，所不敢知，境中之事，则知之详

元帥籌邊誰肯辦向前一着大丞
相孫免挺偉素閑兵略楊柳依依烟
在眼檀車嘽嘽春落腳更無妨二十五
長亭橫水親棨登鈎棧懷閣諸機易
去毬誰劃豈而今全是從前都
錯鹿走未知真局面壘窮漸近難
空落早雖營動業復歸來江頭酌
宋溫州知州吳泳滿江紅詞 毅和

书吴泳《满江红·仓江分韵送晏铃干词》

矣。国家比年官吏诞谩，不足倚仗，正使彼实可图，臣惧我之不足以图彼”。是三数人者，岂固遽忘中原哉？实以无穷之事会难可以计料言，不世之大功未容以侥幸成也。

吴泳认为朱熹、张栻和刘珙同为当年最著名的恢复论者，却都基于现实上的困难，反对孝宗草率发动北伐，这并不表示朱熹及其同道淡忘国仇，只是出兵恢复故土关系重大，不能以贪图侥幸的心态，轻率尝试。

桥当路　修篁翠葆人家

吴泳的词作有气涌如山的大器，却也能以婉约显示另一种风格。如《祝英台·春日感怀》，写出了江南小景的恬淡幽隐，也唤醒莲田竹屋的人间美好：

小池塘，闲院落，薄薄见山影。杨柳风来，吹彻醉魂醒。有时低按秦筝，高歌水调，落花外、纷纷人境。　　猛深省。但有竹屋三间，莲田二顷。便可休官，日对漏壶永。假饶是、红杏尚书，碧桃学士，买不得、朱颜芳景。

他的代表作《水龙吟·大月宴双溪》，词中的美好让人不能闭目，是场景与心境的叠合：

修篁翠葆人家，分明水鉴光中住。就中得要，危亭瞰渌，小桥当路。一榻桃笙，半窗竹简，清凉如许。纵武陵佳丽，若耶深窈，那得似、双溪趣。　　一夜檐花落枕，想鱼天、涨痕新露。多君唤我，扫花坐晚，解衣逃暑。脍切银丝，酒招玉友，曲歌金缕。愿张郎，长与莲花相似，朝朝暮暮。

吴泳很喜欢用诗词表现雪景，如《雪夜》中有“夜静悄人迹，溪流皆雪声”。《上西平·雪词》也写出雪之美好：

似斜斜，才整整，又霏霏。今夜里、窗户先知。嫌春未透，故穿庭树作花飞。起来寻访剡溪人，半压桥低。　　兔园册，渔江画，兰房曲，竹丘诗。怎模得、似当时。天寒堕指，问谁能解白登围。也须凭酒遣拿担，击乱鹅池。

《卜算子·和史子威瑞梅》用“漠漠雨”“湛湛江”点燃思乡之情，借此系念着明水中归期、清居中友人：

漠漠雨其濛，湛湛江之永。冻压溪桥并见花，安得杯中影。　　明水未登彝，饰玉先浮鼎。寄语清居山上翁，驿使催归近。

《贺新郎·游西湖和李微之校勘》是游西湖的词，其中“和靖不来东坡去，欠了骚人逸韵”，分明是即景调侃故人：

一片湖光净。被游人、撑船刺破，宝菱花镜。和靖不来东坡去，欠了骚人逸韵。但翠葆、玉钗横鬓。碧藕花中人家住，恨幽香、可爱不可近。沙鹭起，晚风进。　　功名得手真奇隽。黯离怀、长堤翠柳，系愁难尽。世上浮荣一时好，人品百年论定。且牢守、文章密印。秘馆词人能度曲，更不消、檀板标苏姓。凌浩渺，纳光景。

《满江红·再游西湖和李微之》亦是游湖词，水声山色，秋还冷淡，景随风摆撼，用词超妙：

风约湖船，微摆撼、水光山色。纵夹岸、秋芳冷淡，亦随风拆。荷芰尚堪骚客制，兰茗犹许诗人摘。最关情、疏雨画桥西，宜探索。　　蓬岛上，神仙宅。苍玉佩，青城客。把从前文字，委诸河伯。涵浸胸中今古藏。编排掌上乾坤策。却仍携、新草阜陵书，归山泽。

《渔家傲·寿季武博》是写早春的，“翠隐红藏春尚薄。百花头上梅先觉”，叫人读着感觉清寒：

翠隐红藏春尚薄。百花头上梅先觉。清晓寒城闻画角。云一握。鸦翻诏墨天边落。　　碧眼棱棱言谔谔。谏书犹自留黄阁。世事翻腾谁认错。休话著。绿尊且举鸬鹚杓。

吴泳身处南宋中后期，正是江湖诗风盛行之际，他与温州“四灵”等诗人不同的是，明确地反对“从晚唐诸人脚下做起生活”，而将诗笔指向国计民生，其诗往往用语平实，不崇雕琢，不刻意堆砌典故。如《别岁》，他很明白地展示过年盛况，也写照了在异地做官时的伤情，其中毫不掩饰地表露出思乡与怀旧：

故乡于此时，酿熟岁猪肥。骨董羹延客，屠酥酒饷儿。灶涂醉司命，门帖画钟馗。多少伤怀事，溪云带梦归。

向江天　谈兵若建瓴

吴泳多地任职，诗词交友广泛。以下选录几位名词人与他唱和之作，以衬托这位知州在词界的印象和在政坛的良好口碑。

吴潜（1195—1262），字毅夫，号履斋，宣州宁国（今属安徽）人，嘉定十年（1217）举进士第一，曾任参知政事，拜右丞相兼枢密使，封崇国公。他有和词《祝英台近·和吴叔永文昌韵》：

碧云开，红日丽，宫柳碎繁影。犹记朝回，马兀梦频醒。天教一舸江湖，数椽涧壑，渐摆脱、世间尘境。　　已深省。添买竹坞千畦，荷漪两三顷。鹤引禽伸，日月峤壶永。不须瓮里思量，隙中驰骛，也莫管、玉关风景。

吴潜还有一阕《满江红·送吴叔永尚书》：

举世悠悠，何妨任、流行坎止。算是处、鲜鱼羹饭，吃来都美。暇日扁舟清霅上，倦时一枕薰风里。试回头、堆案省文书，徒劳尔。　　南浦路，东溪水。离索恨，飘零意。况星星鬓影，近来如此。万事尽由天倒断，三才自有人撑抵。但多吟、康节醉中诗，频相寄。

刘克庄也有一阕《满江红·和叔永吴尚书时吴丧少子》，词中“白雪调高尤协律，落霞语好终伤绮”，读了叫人泪沾巾：

著破青鞋，浑不忆、踏他龙尾。更冷笑、痴人擘划，二三百岁。殇子彭篯谁寿夭，灵均渔父争醒醉。向江天、极目羡禽鱼，悠然矣。　　杯中物，姑停止。床头易，聊抛废。慨事常八九，不如人意。白雪调高尤协律，落霞语好终伤绮。待烦公、老手一摩挲，文公记。

刘克庄（1187—1269），字潜夫，福建莆田县人，曾四度立朝，五度罢官。他是南宋豪放派词人，南宋后期文坛宗主。刘克庄与吴泳亦为好友，《沁园春·和吴尚书叔永》可窥刘、吴两位词家所共有的深厚家学、学术修养与文学取向：

我所思兮，延陵季子，别来九春。笑是非浮论，白衣苍狗，文章定价，秋月华星。独步岷峨，后身坡颍，何必荀家有二仁。中朝里，看叔兮衮斧，伯也丝纶。　　洛中曾识机云。记玉立堂堂九尺身。叹苕溪渔艇，幽人孤往，雁山马鬣，吊客谁经。宣室厘残，玄都花谢，回首旧游存几人。新腔美，堪洗空恩怨，唤起交情。

洪咨夔（1176—1236），字舜俞，号平斋，临安人，嘉泰二年（1202）进士。他曾用吴叔永韵写了一阕《浣溪沙》，写出寂寞的秋色。词人多用叔永韵，说明吴泳在词坛上的地位：

细雨斜风寂寞秋。黄花压鬓替人羞。归舟云树负箜篌。　　燕子楼寒迷楚梦，凤皇池暖惬秦讴。暮云凝碧可禁愁。

史料与方志对知州吴泳的记录与评述很少，他所留下的诗词唱和，可弥补这方面的欠缺。谨用洪咨夔《答吴叔永叔长二绝》作为对吴泳后期诗词生活的评价：

刮霜面目澹无华，落落孤山处士家。若使世间蜂蝶觉，光风纵好不成花。

瓶笙吹彻砚蜍干，独有梅花伴夜寒。万境空明香一点，世尘元自不相干。

附　录

周行己　伊洛渊源百世师

周行己画像

周行己（1067—1125），字恭叔，世称“浮沚先生”，是永嘉学派的早期创立者，“元丰九先生”之首。他自筑浮沚书院，传授二程伊洛之学，最早将伊洛之学传播至温州，其学术研究与教学活动对温州乃至浙江学术产生重要影响。

师出伊川　苏黄诗风学问诗

周行己做学问是真正意义上的游学，从师不论流派，学术兼问百家。他十五岁随父宦游京师，十七岁（元丰六年，1083年）补太学诸生。他与八位温州青年在太学读书，形成了温州最早的学术群体——“元丰九先生”。学习路径上，他先从新学，继从关学，后从吕大临问学，被称为“横渠之再传”。周行己从程颐学习，也接纳苏轼、黄庭坚的诗文，并向乡人林石问学《春秋》。这种不守一家门户，博采众长的学术思想取向，为后来的温州学者树立了榜样。周行己学问的复合性，也反映在诗词创作上，如《和丁忠节三首・其三》就阐明了不立门户之见，开放多元的道理，道出学术上兼收并蓄和“用舍行藏皆是道”的隐喻：

大儒出处自无心，调燮功高利物深。用舍行藏皆是道，不分朝市与山林。

《示负书》是周行己的读书自嘲诗，说的是读书万卷、悟得中庸、取得本真，均须心中有经纶：

平生万卷漫多闻，一悟中庸得本真。从此尽将覆酱瓿，只于心地起经纶。

周行己的学问诗举重若轻，如《杨花》，笔调流畅，富有哲理，以树叶、树枝和树根来表达自己的生活态度：

杨花初生时，出在杨树枝。春风一飘荡，忽与枝柯离。去去辞本根，日月逝无期。欲南与反北，焉得定东西。忽然惊飙起，吹我云间飞。春风无定度，却送下污泥。寄谢枝与叶，邂迨复何时。我愿为树叶，复恐秋风吹我令黄萎。我愿为树枝，复恐斧斤斫我为椽椽。只愿为树根，生死长相依。

《和子同观音寺新居》可见周行己的学术态度，开篇的几句，坦率而不遮掩地数落了太学士们“靡不有”“愧遁逃”的现状：

太学士千数，济济多白袍。其中靡不有，令人愧遁逃。风俗且如此，焉能独守高。详择乃其道，或得贤与豪。近复失段子，呜呼命不遭。吾生得觊豁，谁能置圈牢。武或万人敌，何用学六韬。文士亦龌龊，劳心徒忉忉。利害竟何许，相去九牛毛。脱略或吾事，青松隐蓼蒿。麟凤岂仰见，狐狸多叫号。如不卜清旷，乐此阮与陶。文思韩吏部，诗见杜工曹。挥麈谈风月，中夜声飉飉。往往移北山，不必反楚骚。吾道用无穷，所志各有操。或隐身幽讨，或放迹游遨。平生事已定，用心奚独劳。

两宋之交，温州渐现学术上融汇诸家、包容开放的气象，学术主旨虽有不同，但融汇包容的学术特点则殊为一致。“永嘉以经制言事功，皆推原以为得统于程氏”，周行己、许景衡等虽为程门弟子，却倾心苏轼的学问和诗文，同情苏轼的遭遇。《宋元学案》记载：“周恭叔……从程先生（伊川）学问，而学苏公文辞以文之，世多讥之者。”所谓“世多讥之”指受到洛党同门的讥笑。清四库馆臣评论《浮沚集》时以“绝不立洛、蜀门户之见”来评论周行己，颇能说明南宋永嘉学者兼容并包的学风。全祖望在《宋元学案》中评论南宋永嘉学者的治学态度时也说：“皆左袒非朱，右袒非陆，而自为门庭者。”对朱、陆之争以超然态度处之，置身事外而冷静关注，足见永嘉学术包容兼蓄的气象。从周行己《寄鲁直学士》中可以看出，他对苏轼、黄庭坚的敬重，对大自己二十二岁的黄庭坚充满景仰：

当今文伯眉阳苏，新词的皪垂明珠。我公江南独继步，名誉籍甚传清都。达人嗜好与俗异，谁欲海边逐臭夫。小生结发读书史，隐悯每愿脱世儒。几载俯首黉堂趋，争唼粱藻从群凫。野人鼓瑟不解竽，悠悠举目谁与娱。幸有达者黄与苏，谁复局蹐如辕驹。古来志士耻沈没，参军慷慨曳长裾。相知宁论贵贱敌，诗奏终使兰艾殊。当时仲宣亦小弱，蔡公叹其才不如。乃知士子名未立，须借显达齿论余。婴儿失乳投母哺，当亦饮食琼浆壶。

“幸有达者黄与苏，谁复局蹐如辕驹。”周行己颂扬苏、黄，而在他身后一百多年，叶适及“永嘉四灵”崇唐抑苏、黄，叶适诗评说：“至本朝初年，律诗大坏，王安石、黄庭坚欲兼用二体擅其所长，然终不能庶几唐人。”叶适认为宋调不如唐音，连王（安石）、苏（轼）、黄（庭坚）也难以达到唐人的高度。回溯周行己的治学与作诗，审视叶适崇唐抑宋的观点，可窥南北宋诗风在温州的嬗变过程。

家贫不弃　倚遍栏干日又西

周行己是哲人，但做官不大，是位安居乐业的学问家。他于元祐六年（1091）登进士第，当时还只有二十五岁。登第后周行己名动京师，因他丰仪秀整，语音如钟，学识渊博，在京的显贵多愿以女儿妻之，而他终以“吾未达时，有姨母贫家女，得吾母意，属许婚之约”，向贵人们推辞婚约，后以双瞽贫女为妻。其师程颐就此事评论说：“颐年未三十时，亦做不到此事。”周行己门高不攀，家贫不弃，程颐说自己也做不到，这让周行己留下美名。

周行己中进士后，迟迟未能得官，直到绍圣四年（1097）

冬去洛中自行谋职，在水南籴场监当官，其目的是就近向程颐求学。他三十六岁时才正式被朝廷录用，担任太学博士。但他愿分教乡里，以便养亲，请奏于朝，授温州教授。他是宋代实施教授制度时温州的第一位教授。宣和七年（1125），周行己辞官回乡途中，病卒于山东郓州，享年五十九岁。

周行己一生只做过一些六、七品的小官吏，但他是位有政治抱负的学者，他的《上宰相书》，文中可见豪迈气质与经世之道："逮事三主，始终一心。丰功伟绩，昭焕今古。"其中"丰功伟绩"这个成语就出自于此。

周行己多年在温州，生活在基层，接近平民，他对当时一些社会问题如财政、经济等方面比较关注。《上皇帝书》尚可窥见经济思想的端倪：

臣所谓修钱货之法者……其或铁钱尚轻、物价尚贵，又有二说以济之：铁钱脚重，转徙道路不便于往来，一也；拘于三路（河北、陕西、河东）而不可通于天下，不便于商贾，二也。臣欲各于逐路转运司置交子如川法，约所出之数桩钱以给，使便于往来，其说一也；朝廷岁给逐路籴买之数，悉出见钱公据，许于京师或其余铜钱路分就请，以便商贾，其说二也。前日钞法交子之弊，不以钱出之，不以钱收之，所以不可行也；今以所收大钱桩留诸路，若京师以称之，则交钞为有实，而可信于人，可行于天下。其法既行，则铁钱必等，而国家常有三一之利。盖必有水火之失、盗贼之虞、往来之积，常居其一。是以岁出交子公据，常以二分之实，可为三分之用。

周行己从城市商业和商品经济的发展中看到，作为主要货币的铜钱的数量不断增加，从宋太宗年间铸钱八十万贯，到宋神宗年间铸钱五百零六万贯，增加了五倍多，但还是出现"钱荒"。这是因为：1. 铜钱大量被富豪之家贮藏；2. 大量外流到辽、西夏、日本、朝鲜诸国；3. 大量被民间销毁去造铜器，或改铸为质量低劣的伪币。当时正值对西夏用兵，朝廷虽重视财政支出以及防止铜钱外流，但货币混乱，大小铜钱、大小铁钱、夹锡钱（用锡代铜降低含铜量的钱）、纸币，以及金、银混淆使用，问题很多。周行己这一道《上皇帝书》正是反映商品经济中出现的毛病。

政论文章，周行己是充满激情的，因为这与他的责任与担当有关。诗歌行吟，周行己始终是平心静气的，将自己的锋芒给遮掩了，但气象却蕴含其中。如《春闺怨三首》就是春天淡然的素描，其中许多妙句，正是闺中少妇的思绪与相思：

春尽辽阳无信来，花奁鸾镜满尘埃。黄莺恰恰惊人梦，欲到郎边却么回。

深院无人帘幕垂，漫裁白纻作春衣。停针忽忆当年事，羞见梁间燕子飞。

燕子引雏来去飞，杨花漠漠草萋萋。窗前睡起浑无绪，倚遍栏干日又西。

政和七年（1117）周行己任乐清县令，未几寓居柳市。他在柳市留下了多首佳作，如《政和丁酉罢摄乐清寓柳市庄居和林惠叔见寄》中充满了豪气。“观其风云会，事业何草草”，便是长叹：

怀禄非其心，事君要以道。古来际遇间，每恨见不早。观其风云会，事业何草草。卓哉张子房，器博用殊少。恐量世主心，用此恰恰好。所以收其才，远从赤松老。富贵非利达，贫贱非枯槁。超超圣贤心，吾欣愿执扫。

《迁居柳市有感》中周行己却将自己比作陶渊明，闭关、避世、忘书之句，透露出无奈的消极情绪：

缅怀彭泽令，从借剡溪居。水漫众流会，山连夜径疏。闭关非避世，为道久忘书。乍惬幽栖趣，永欣尘鞅除。

而从《迁居有感示二三子》中可以看到，迁居柳市之时周行己已经有五十一岁。这一年的白露，凉飔之风让他感叹自己"居无定室"的境遇以及"齿发已凋丧，肌肉乏腴实"的身体状况，流露悲情：

四时忽代序，靡靡无停息。白露应节降，凉飔变晨夕。闲居二十载，迁徙靡宁日。鸟鼠有巢穴，我居无定室。田园固所乏，婚嫁何当毕。贫贱难为好，仁义寡所匹。总总百年内，万事安可必。人生七十稀，我今五十一。齿发已凋丧，肌肉乏腴实。固穷吾素分，苟得鲜终吉。余年当几何，任运非得失。

周行己诗集中写温州的风景诗不多，《重游仙岩》是他留给仙岩的珍贵诗作：

此地一为别，风尘歧路赊。登临原有待，岩谷更重华。石窦寒凝髓，虹梁迥缀霞。仙源端可狎，飞辔绕林涯。

《题永宁传舍》是写家乡的诗，清淡悠悠，绿竹修修，"家园千木奴"是他的居家环境：

浩浩车马迹，往来各有求。而我亦何为，行役不得休。惊风吹沙砾，草木春不柔。荒山相经互，渭水日悠悠。下马古驿亭，开轩竹修修。飒飒爽气入，得慰征途忧。移床取一息，摵摵如清秋。永愿息鞍马，何当具扁舟。我生湖海间，筑居必清幽。城南五亩宅，山高水亦流。家园千木奴，不贵万户侯。既输东皋税，一饱亦易谋。藐然尘嚣外，荣贵如浮沤。咄咄狂痴子，胡为此淹留。

《北山阁》虽写楼阁景色，却是缅怀之诗。"十月客衣单""缅望泾水滨"，诗句读来虽朗朗上口，却颇有惨怆之意：

北山有高阁，暇日聊登游。临眺益惨怆，焉能写我忧。轩轩皆崭石，潋潋瞰溪流。野鸟时上下，白云自沈浮。徙倚事穷览，良时忽我遒。日匿西风下，月出东岭头。寒烟没树杪，劲风夹山陬。十月客衣单，不可重迟留。缅望泾水滨，使我心悠悠。

《发东阳》则用促促词吟出了“居家食不足”的困境。唐代张籍曾写过《促促词》：“促促复促促，家贫夫妇欢不足。”“永嘉四灵”之一的徐照也有一首《促促词》：“丈夫力耕长忍饥，老妇勤织长无衣。”周行己通过《促促词》反映自己的处境，令人伤感：

客行无缓程，悲吟无缓声。促促复促促，居家食不足。徘徊重徘徊，欲行还欲归。近怀远弗顾，强复驱车去。

交友促膝对　诗中无俗坌

周行己有各方面的朋友，其中有太学读书时的温州同学，有仕途中志趣相投的同僚，有诗书之交的艺文同道。他在交友诗中呈现出情怀，唱和之中保有了部分珍贵史料。如《五月二十五日晚自天寿还呈秦少章》是一首交友诗，诗题中的秦少章即秦觏，为秦观之弟。此诗如同语体文、家常话，读来似嫌细碎，却还亲近：

客思日百种，无一适所愿。入夏对灯火，坐窗如坐圈。开口畏祸机，俯首学痴钝。嘉友不在眼，相思剧方寸。晚凉策马出，豁然对清论。盈月阻良觌，欢喜论缱绻。上言得三益，次言科举困。新诗破烦想，觉人体中健。重我特特来，殷勤留一饭。促膝对夜树，萧爽无俗坌。归来劳梦侵，令人欲高遁。

《寿沈守》是周行己写给在温州做知州的沈延嗣的。沈延嗣在弘治《温州府志》的职官表中有记载，行事资料无有记录。《宋史·河渠志》记述他为仓部员外郎，是负责水利的官员："（徽宗崇宁）四年正月，以仓部员外郎沈延嗣提举开修青草、洞庭直河。"宋朱彧《萍洲可淡》记载："大观间议开直河，省洞庭迂险，使者沈延嗣总其事，辟属官。"周行己诗曰：

三甲三壬五福俱，胸中落落贮琼琚。池塘芳草诗情远，富贵浮云世事疏。一郡寿炉薰爱日，层霄仙籍寄真书。君王万亿臣千亿，永作天官拱帝居。

周行己另一首五言《寿郡守》与前一首似有相同，笔墨中也有流金之辞，溢光之句，周与沈的交往可见十分密切。根据沈延嗣的任职情况看，有可能是温州常有洪水灾害，朝廷才派水利官员来温州出任知州：

仙系苏门远，英流富绪长。胚胎潜间气，庭玉焕祥光。永日辉南陆，融风丽北堂。彩余长命缕，香剩浴兰汤。丹穴皆威凤，荆山必豫章。精神森秀发，器质俨温良。懿学传经济，嘉猷合赞襄。庆流多显赫，筮仕早腾骧。游刃无间剧，提衡绝否臧。高情薰爱日，劲节肃清霜。暂借朱轓出，行看皂纛扬。颂声喧道路，舆望属岩廊。时遇生申旦，官临指李乡。众真金阙奏，满郡玉炉香。强仕春秋富，吕朝事业芳。臣千君万寿，赓载济时芳。

周行己与许景衡是瑞安同乡，同是"元丰九先生"之一，他们学术交流密切，情感甚笃。周行己的诗集中有多首诗是写给许景衡的，如《次少伊韵反招隐》透露出许比周小五岁；而"朝纲方有赖，未可话归田"，说的是朝廷还有赖于许景衡做事，他离还乡归田还早着呢：

我已逾衰齿，公犹小五年。少时能作赋，平日不言钱。风采桓公雅，诗情白乐天。朝纲方有赖，未可话归田。

周行己辞乡四年后卧病在家，多承许景衡的接济，《卧病京师蒙少伊察院惠米因叙归怀奉呈》说出了当时周行己借钱借米的生活状况：

卧病逾三伏，辞乡已四年。故人分禄米，邻舍贷医钱。志业其如命，行藏休问天。吾归舟已具，老去合求田。

宋代赵鼎臣与周行己是同年，才气飘逸，记问精博，诗文声名很大，与王安石、苏轼等人交好。他有一首诗是送韩肖胄赴温州任知州的，同时以此诗寄与周行己，此诗带出了三位文化名人。赵鼎臣《送韩存思诚出守永嘉并寄同年周恭叔》曰：

雁荡山前万壑趋，故人新剖左鱼符。眼中风物皆诗句，到处溪山是画图。柑子剩量金尺寸，荔支远致玉肌肤。谢公岩畔因行乐，借问周郎好在无。

《赠沈彬老》是周行己写给“元丰九先生”之一的沈躬行的。沈躬行，字彬老，好古学。王安石当政时，《春秋》经被禁阅，沈躬行设法手摹，藏于家中，学者称其为“石经先生”。此诗对于研究永嘉学派人物有着重要的史料价值：

永嘉人物衰，斯文久零替。学徒寡道心，日与风俗敝。我生衰敝后，上思千载事。实欲闾里间，一一蹈仁义。敬重乡人情，翻遭俗眼忌。晚得沈夫子，学问有根柢。矫矫流辈中，颇识作者意。欢然慰吾心，归此同好嗜。吾子更我听，士也贵尚志。古道自足师，不必今人贵。荼苦不异亩，薰莸不同器。所忧义理愆，何恤流俗议。进道要勇决，取与慎为计。去恶如去沙，沙尽自见底。积善如积土，土多乃成岿。读书要知道，文章实小技。子试反覆思，鄙言有深味。自非心爱合，安能吐肝肺。行行慎取之，纾节思远大。岂但劝乡闾，永为斯民赖。

周行己在温州人的心目中是读书人的代表，他的读书处常有人题诗。南宋赵处澹有《题周恭叔谢池读书处》一诗，为温州古城增添风雅：

粉蝶黄蜂二月天，初晴已觉十分妍。市桥船系垂垂柳，花寺钟敲淡淡烟。幽趣静看青鸟啄，闲情独羡白鸥眠。谢家风月今何许，总入池塘梦里篇。

岂但挥端毫　亦足见风操

周行己临帖用心，是位书法家，他的《钟离中散草书》就是对于书法的见解。他将学问、禅机与书法结合在一起，意境、气度和技法兼论：

学书如学禅，心悟笔自到。若非贤达人，安能字画妙。鸟迹不必传，篆籀亦异好。草圣实奇伟，变化不可料。张颠号神特，酒酣一脱帽。要识善用心，乃知皆同调。近世有钟离，笔力绝能绍。不必卫夫人，自是过逸少。浩如观波澜，划见鲸尾掉。宛转或游龙，突兀忽峰峭。精逸一何有，信是得其奥。岂但挥端毫，亦足见风操。

周行己还有三首有关书法的诗，讲述其学书心得。《偶书楷老帖后》是读帖心得，“禅里相思”是他的高谈：

楷公不见十三年，何处高谈洞下禅。禅里相思无是处，不相思处有谁传。

《李端叔帖》是周行己对书法形态的评论，“黄犀骨”“灿猬毛”是形容书法的筋骨与细腻程度：

铁面黄犀骨，霜髭灿猬毛。晚年聊混俗，犹不废称豪。

《米元章帖》是周行己对书法的见解，遗音在翰墨之中，是书法的境界：

戏事刍陈子，浮生甑堕休。遗音余翰墨，人尚想风流。

最后说说周行己怀念师友的几首诗，诗中情感浓厚，道尽人生漫漫。如《哭吕与叔四首》是周行己祭奠业师吕大临的诗。吕大临，字与叔，宋代金石学家，“蓝田四吕”之一。此四首诗情真切，伊川旧夫子的清瘦形象跃然纸上：

平生已作老蓝川，晚意贤关道可传。一箦未容当百涨，独将斯事著余篇。

淹留也复可疑人，不向清朝乞此身。芸阁校雠非苟禄，每回高论助经纶。

朝闻夕死事难明，不尽心源漫久生。手足启云犹是过，默然安得议亏成。

朝廷依制起三王，叹惜真儒半已亡。犹有伊川旧夫子，飘然鹤发照沧浪。

《次天峰居士韵奉寄》是首长诗，是周行己依韵奉和一位居士友人的。“盍似渊明归去来，不作折腰求五斗。饱食大人如肉山，衮衮奔驰气如吼”，读书人如此发泄，难得一见：

天峰静者巢箕叟，著书不为牛马走。夜雨题诗寄日边，观者辟易皆缩手。呜呼大雅久不闻，吾道悠悠付林薮。伏龙凤雏人未知，腴田猥大皆稂莠。将军为志穷益坚，鲁儒虽死不更守。鹪鹏有翅须抟风，苦李当道谁开口。京师车马十二门，一日万亿无不有。吞腥啄腐何卒卒，正坐诮言芷渐滫。可怜惠施多才卿，不悟据梧瞑低首。功名浩荡怅何许，置身谋虑苦不久。盍似渊明归去来，不作折腰求五斗。饱食大人如肉山，衮衮奔驰气如吼。东山野人气亦芒，郎将自昔今独否。谁能脂韦化百炼，世态欻如屈伸肘。何时尊酒话畴昔，击节新诗意非苟。

永嘉学派早期人物现存的诗文弥足珍贵，周行己为我们留下一百六十多首的诗作，比起“元丰九先生”的其他几位，算是幸运的。这九位先贤中除了周行己和许景衡，其他人留存的诗作都很少。这些珍贵诗作，为我们研究永嘉学派从初兴到盛起，提供了丰富的史料。周行己诗歌的艺术成就很高，他用平实的语言记述了那个时代的人文事物，可视为“永嘉四灵”的源头。

许景衡　浮云有南北 明月满空虚

许景衡（1072—1128），字少伊，人称“横塘先生”。他二十二岁进士及第，历仕哲、徽、钦、高宗四朝，官至尚书右丞、资政殿学士，堪称一代名臣。他是温州“元丰九先生”之一，《宋史》评价他：“景衡得程颐之学，志虑清纯，议论不与时俯仰。”其本传记载：“既没，高宗思之曰：‘朕自即位以来，执政忠直，遇事敢言，惟许景衡。’”《四库全书总目》评曰：“其文章坦白光明，粹然一出于正。”

许景衡《横塘集》中的文章分两类：一是为皇帝代笔写的“制”和为公家草拟的贺人升官或庆贺节日的“启”。这类公文式的官样文章，许景衡都是按惯例用骈体文来写的。二是真正表达个人思想观点的文字，如札子、书简、序跋等，是其文章的精华。许景衡是“元丰九先生”中存诗最多的，留下了近五百首诗作。

许景衡得程颐之学，志虑忠纯，议论不随波逐流。曾任温州郡守的楼钥对许景衡于永嘉学派的贡献予以充分肯定：“惟永嘉许公景衡、周公行己数公，亲见伊川先生，得其传以归。中兴以来，言理性之学者宗永嘉。”孙诒让在《永嘉丛书·横塘集·后跋》中评曰：“盖‘元丰九先生’惟忠简独后卒，名德亦最显。厥后永嘉学者，后先辈出，多于忠简为后进，或奉手受业其门。靖康、建炎之际，永嘉之学几坠而复振，于忠简诚有赖哉！”

遇事敢言　惆怅中原失太平

许景衡在朝时正值宋王朝面临严重的统治危机。1127年，康王赵构渡江，在应天府（商丘）称帝（即宋高宗），即召拜许景衡为御史中丞，后又升其为尚书右丞，让其参与军国大事的决策。许景衡一直被投降派视作眼中钉，不久被贬提举杭州洞霄宫，南下赴任途中，于京口病亡，时年五十七岁。南宋建都临安后，高宗追谥许景衡为“忠简”。

许景衡在特殊时期写下的诗歌，反映了其兴国主张和世事、政事、乡谊事。如他在家乡温州的吹台山上写下《吹台》，“天末空愁眼，尊前且浩歌”，为国担忧：

闻说吹台上，秋来锁薜萝。白云长自在，幽径复谁过。天末空愁眼，尊前且浩歌。山林与廊庙，二者竟如何。

他提出过很多改良政治、经济的举措，这些主张在诗歌里有所体现。如《和唐知府宗博》中谈论了“坐抚斯民”的主张，特别是第三首中的“共看再造恢王业，肯使中原杂战尘。闻有皇都近消息，眉间喜气已津津”，透出他对于国事、战事的关注：

学省当年假佩绅，谁知家世有功臣。朝班长忆倾鹓鹭，海角俱欣识凤麟。坐抚斯民虽有道，细看此境本无尘。自怜老马犹迷路，邂逅何妨一问津。

了无声价继三豪，敢叹崎岖世路劳。纶阁文书惭润色，琳宫香火想焄蒿。鲲鹏变化谁能料，燕雀飞翻自不高。松竹虽无三径在，长歌归去也如陶。

得贤一语可书绅，妙选由来属世臣。千里方能辨驽骥，四灵安可后龟麟。共看再造恢王业，肯使中原杂战尘。闻有皇都近消息，眉间喜气已津津。

《寄卢中甫四首·其一》与《还自乐寿寄卢行之三绝句·其三》，赞扬了友人卢行之为国征战的豪情：

霜风猎猎动旌旄，月落天低锦帐高。旋放洮河三尺水，洗磨十万血腥刀。

当年玉帐抚辕门，鼙鼓声中十万军。妙略未应随手尽，诸郎才气各凌云。

《宋史·地理志》评价浙东学人“善进取，急图利，而奇技之巧出焉”。许景衡是朝政中心人物，也是温州学术代表人物。他在仕途上经受了磨炼，也在风雪高吟、红肥绿瘦的诗句中展现了情怀。如他在《和张子寿晚春》《和张子寿二首》中寄情怀于节候：

东风作恶也轻佻，断送残红四散飘。自是春愁浑未解，不堪诗句苦相撩。冥濛薄雾迷归燕，料峭余寒入敝貂。斋阁但知拚一醉，尽教窗雨夜萧萧。

红紫纷纷尽斗妍，游蜂舞蝶亦翩翩。一年纯是愁闲事，三月过来几醉眠。生怕杨花飞似雪，忽惊荷叶大如钱。诗人只解寻佳句，分付春愁与少年。

风雨朝来不甚颠，残花赢得更留连。帘栊寂寂莺方乳，桑柘阴阴蚕欲眠。老杜只将诗作伴，孝先偏与睡相便。江湖潋滟皆春水，好在横塘旧钓船。

许景衡以诗言志，笔下展示了作为温州人中为官者的坚韧与耐力，让人感受到古代温州士人除了有义利兼重的价值观，还有在入世出世间借诗歌追求清拔的人格力量。他在《和左与言谢寄酒》中写下“新诗飘飘写胸臆，青天白日飞霹雳”，发出了霹雳般的声音：

君不见梅子真，当年狂歌吴市门。神仙隐逸两何有，耿介感激空千言。我今幸生太平日，千载相望同禄秩。闲看世事浑不知，一心只愿饥肠实。有谁解与鲁公米，无田也酿渊明秫。瓮间细酌新泼醅，既醉欢娱亦萧瑟。江湖谁肯便相望，一尊犹及诗人尝。榴花竹叶应拨去，落盏且看鹅儿黄。高斋肆筵尽嘉客，长鲸一吸无余沥。座上杯盘未狼藉，愁见长瓶卧东壁。新诗飘飘写胸臆，青天白日飞霹雳。休言李杜门限牢，到底输我巧钻刺。我诗杉鸡竹兔耳，未见虎狼先辟易。异时更敢说较量，缩手从今作降敌。

而在《和左与言》中却有“官况凄凉”“诗寄海渍”的低吟浅唱：

贫病年来谢还往，交亲书问可相闻。如何旧好怀天末，犹及新诗寄海渍。吾子叔孙尽咸籍，主人兄弟亦机云。群居犹有游从乐，官况凄凉独广文。

许景衡的爱国诗尤为动人心魄，《次韵经臣见赠》就写出了国家危难、山河破碎的悲痛：

犬羊无故事喧争，惆怅中原失太平。天上风霜方鼓动，人间草木已欣荣。共怀前日千龄遇，谁使蒙尘万里行。泪眼时时望沧海，百川渺渺向东倾。

作诗对许景衡来说真是余事一桩，但他的所歌所咏，倾注了真情，表现了凝重，如“官况凄凉独广文”“泪眼时时望沧海”。其中可以领略到豪气韵律，如“洗磨十万血腥刀”“共看再造恢王业”；也可以欣赏到闲情逸致，如“落盏且看鹅儿黄”“三月过来几醉眠”“长歌归去也如陶”。

鸟倦知还 诗里渊明日日来

许景衡是学人出身的官员，诗律精深，诗风高远。他的诗登览高致，吟讽低昂，草木有韵；在地方官任上，在友人唱和之间，写闲草野花，诵落日莲峰，清新而俊逸。如在《梅》中，他将雪满长安与不识寒的闽越进行艺术对比，常人熟视无睹的地域风物，他却能有另一番的深透解释：

朔风吹雪满长安，闽越生来不识寒。却有暗香飘六出，不须借与外人看。

《墨梅花三绝 · 其一》是首题画诗，让人满眼清新，感受“东风第一花”的气质：

园林飒飒正飞沙，欻见东风第一花。画里有诗还会么，分明竹外一枝斜。

许景衡的诗在气度上能收能放，自然流露出横塘豪笑、短艇依然的风格，并有丰富的哲学语言。孙诒让认为他的诗“声音清拔，不露吭厉之气”。《过襄城三首》是行旅之作，弦歌遗音，如同鸣琴百里：

公子言归岁月深，弦歌犹自有遗音。谁云故国无乔木，看取青青著作林。（其一）

父老分明识长官，青衫绿鬓照朱颜。故知廊庙经纶意，也似鸣琴百里间。（其二）

《野外》中有思乡的感叹，却语言有度，收住了情感：

野外连荒草，楼头正夕阳。凭栏空远目，何处是吾乡。王粲从军乐，少陵羁旅伤。男儿知底事，出处两难忘。

《次韵似之运使奉呈左经臣兄二首》是与友人的唱和诗，有着浓浓的生活情趣与官场的际遇感慨，从中可以领略当时官员之间的情感交往。“应怜未归客，白首尚红尘”，是无奈的自嘲：

江海闲来久，篇章老更新。蒿莱犹自饱，天地岂吾贫。旧友今持节，诸郎亦可人。应怜未归客，白首尚红尘。

酒胆他年大，诗名近世无。山林多避寇，里巷笑为儒。老去慵开眼，秋来欲染须。凉风千万里，的的为南图。

《过西湖怀詹致一》属于怀友之诗，让许景衡一写，气象倍增。诗中没有明显的怀念字眼，仍写出了友人不在身边的遗憾，“斜日湖山我独来”，多少留恋在其中：

忆昨篮舆出城郭，灵芝轩槛共徘徊。故人短棹今天末，斜日湖山我独来。

《次韵张敏叔�轩》则更显轻松，“留题后”与“变四时”组织得很紧凑，“犹好在”与“添寒枝”呼应得很恰当，反映出哲人用笔的清纯：

兰陵公子留题后，野草闲花变四时。惟有此君犹好在，年年添得岁寒枝。

《戏远大师》也是属于师友交往的调侃诗，诗中人物个性飘逸，冲淡高雅：

庐阜远公真好事，白莲社里尽高才。师今更不曾沽酒，底事渊明日日来。

《醉柳亭》是许景衡回忆在河间的异乡生活之作，看似诗意不深，但淡淡的语言中，满是南北漂萍的情结感叹：

忆在河间醉柳亭，十年南北叹漂萍。举头河上如相识，多谢逢人眼更青。

《退食》说的也是再寻常不过的事。每人都有归休之时，可许景衡此诗写得很得体，并充满积极的心态。末句“短艇依然倚钓滩”，有趣且随和：

退食寻常无个事，杖藜萧散有余欢。小桥落日莲峰碧，别圃薰风荔子丹。早路谋身多龃龉，余生随意得盘桓。横塘应笑归来晚，短艇依然倚钓滩。

古代诗人写雁荡的诗很多，可许景衡写雁荡就是不一样。《题雁荡山图》是一首不同凡响的诗，尤其是“看取荡中多少雁，只应飞倦始知还”，清拔景象中有对人生倦还的深刻感叹：

别来尝忆旧跻攀，好信迢迢慰病颜。多按地图传药石，不烦魂梦到仙山。尘沙犹在微茫处，云水都归指顾间。看取荡中多少雁，只应飞倦始知还。

菊花言境界　俯仰到横塘

许景衡弱冠在汴京入太学时，苏轼已继欧阳修之后主盟北宋文坛、诗坛，完成了诗文革新运动。许景衡学术思想上尊从二程，诗风则受到欧、苏、曾、王和黄庭坚等主流诗家的影响。《闻子瞻南迁》是许景衡在绍圣四年（1097）苏轼被贬时所作，对苏轼满怀敬仰之心：

陇蜀崎岖外，华夷闻望中。黑头方世用，青眼忽途穷。遂作天涯客，何如塞上翁。幽愁还有作，笑杀赞皇公。

王国维在《人间词话》中说“言气质，言格律，言神韵，不如言境界”，诗的意象和与之相适应的词藻都具有个性特色，可以体现诗人的风格。《德起惠酒》写的是横塘小筑的情趣，其中有书斋萧然、心事蹉跎，更有亲友携酒饷蔬的愉悦场景：

横塘今作小塘居，斋几萧然一卷书。心事蹉跎嗟老矣，天涯流落念归欤。尚烦亲好频携酒，多谢园人日饷蔬。此境从来无远近，只应在处是吾庐。

《九日追怀叔父兄长登高》是许景衡重阳追怀亲人的作品。

他在诗中写出了“对酒重悲嗟”“荒篱菊自花”的妙语，佳节对酒抒发情感，其词意表达了个性：

殊方复嘉节，对酒重悲嗟。逝水人何处，荒篱菊自花。南楼秋色远，西岭夕阳斜。旧日登高处，于今定几家。

《代书寄福清王居士》是一首问候诗，其中“身从驿骑三千里，人在天涯八十余”“自是浮云有南北，谁知明月满空虚”两联均是妙对：

前日匆匆问起居，此心耿耿复何如。身从驿骑三千里，人在天涯八十余。自是浮云有南北，谁知明月满空虚。半生俯仰今尘土，安得从容扣草庐。

许景衡在诗中善用“浮云”二字，前一首有“浮云有南北”，而在《朱君文拉游净明寺因迓张宰诗》里又出现“浮云识醉歌”。许景衡笔下的“浮云”，在不同人物、不同场景里均表现出活泼的神情。而“风苗翠浪翻，海屿青螺远”一句，也不是一般诗人能写出来：

火云涌晴空，矗矗尽奇巘。午汗麾白雨，俯仰无从遁。招提据高冈，万木森偃蹇。凉飙落冰雪，爽籁发丝管。朱侯真好事，十里过南坂。怜我堕深甑，相将振余喘。栏干俯屈曲，巾屦容跣袒。风苗翠浪翻，海屿青螺远。况兹接尊酒，笑语倾怀悃。浮云识醉歌，彩羽惊檀板。新凉知几日，已觉秋风转。事业愧初心，明时羞冗散。主人勤使事，睽阔心不展。双凫归未归，红日林梢晚。

许景衡善交际，除了“元丰九先生”之间的交游酬酢，还与左经臣、张敏叔等在朝官员交往过从，其诗中体现了乡曲之谊和对永嘉后学的提携。如《题海山亭怀左经臣诗》：

去年登斯亭，江山照尊俎。眼中十年旧，一笑便尔汝。今年登斯亭，春风糁花絮。故人渺天末，云海滞鳞羽。尺素相濡沫，耿耿不我与。壁间指旧题，珠玉暗尘土。良辰岂易得，陈迹空处所。眷言继高韵，寸缕惭织组。嘉我二三子，肴核佐玉醑。欢然为倾倒，落日争起舞。丈夫贵适意，穷达付出处。洛阳真小儿，顾慕涕如雨。江流无日夜，而此独不去。何须数岁月，俯仰亦今古。

许景衡诗集中赠答酬和张敏叔的诗比较多，“多谢题诗相慰藉，应怜涉世最艰难”，体现了二人之间的相知相助：

风月关心自不闲，诗家本领更多般。千篇要继杜陵后，万里宁辞蜀道难。今日赤帷新刺史，几年锦帐旧郎官。莫嫌白首功名晚，松柏从来耐岁寒。（《张敏叔守梓州》）

寿春太守紫髯翁，忆得当年笑语同。应为江山尽诗助，更无音信问途穷。簿书觑著铃斋静，棋局拈来蜡炬红。也待去为樽俎客，却怜身世尚漂蓬。（《寄张敏叔》）

东嘉匕箸琢红玉，北苑枪芽模紫金。野人何知敢持饷，诗老发兴为高吟。松江莼鲈有家世，吴宫风月无古今。饭稻煮茗穷胜览，纷纷市朝尘土深。（《和酬张敏叔》）

留连五斗未投闲，独坐穷愁有万般。多谢题诗相慰藉，应怜涉世最艰难。载闻诗老推工部，何止神童说长官。我亦半生收好句，夜光偏照箧中寒。（《再和张敏叔》）

《依虞仲韵寄刘元礼》是写给“元丰九先生”之一的刘安上的。“元丰九先生”是永嘉学派的先驱，他们之间有学术交流，也有诗情互寄。许景衡寄刘安上的诗现存三首，说明他们关系密切。诗中“云泉何啻千年别，尘土长怀一笑欢。但扫劳心身后事，何须天地掌中观”两联，也是对人生的反思：

先友相从古所惇，杖藜当日喜盘桓。云泉何啻千年别，尘土长怀一笑欢。但扫劳心身后事，何须天地掌中观。果容怜念如前约，卜筑从今始苟完。

東嘉已著琢紅玉北苑蘖芽模紫金
野人何知敢持餉詩老叢興爲高吟
松江蒓鱸有家世吳宮風月無古今飯
稻羹魚窮勝覽終市朝塵土深
許景衡 和酬張敏叔 近書樓 巖和

书许景衡《和酬张敏叔》

《铭刘安节墓》则是写给刘安上之兄刘安节的。他们兄弟同是“元丰九先生”之一，史称“二刘”。“始乎致知物斯格，沈涵充积卒自得”一联，既是对刘安节的评价，也道出永嘉学人的学问初衷：

温温刘子其美璞，斯文有传与敦琢。始乎致知物斯格，沈涵充积卒自得。众人巧智独敦朴，众人迫隘独恢廓。众人利欲独淡泊，洞然无碍油然乐。

最后，我想用许景衡《论学》作为结尾：

咨尔学者，学古之道。惟古善教，有伦有要。其学维何，致知格物。反身而诚，物我为一。匪曰我私，推之斯行。亲亲长长，而天下平。

此诗虽只四十八字，却字字珠玑，字义深深，其中“致知格物”“物我为一”“亲亲长长，而天下平”，不就是永嘉学人的追求吗？

杨蟠　为官一十政 最忆是温州

杨蟠（约 1017—1106），字公济，别号浩然居士，临海县章安（今属台州椒江区）人，庆历六年（1046）进士。杨蟠与苏轼既是同僚也是诗友，苏轼知杭州，杨蟠通判州事，与苏轼唱酬甚多。杨蟠是位豁达、长寿的官员，七十八岁知温州，平生为诗数千篇，编为《章安集》。

杨蟠是一位久负诗名的官员，他长期在杭州、温州、扬州等任职和生活，人品和诗品为欧阳修、王安石、苏轼等名家所赏识。他曾说："为官一十政，宦游五十秋。平生忆何处，最忆是温州。"

温州城市规模整治始于杨蟠

史志载，温州建置单列建郡之前，属临海所辖。戴栩在其《江山胜概楼记》中有载："然《晋志》永嘉属临海，合三郡户不满二万，今较以一县，何翅倍蓰！计其当时荒凉寂寞，翳为草莽之区，与今之鄽肆派列、阛阓队分者，迥不侔矣。以故市声澒洞彻子夜，晨钟未歇，人与鸟鹊偕起。楼跨大逵，自南城直永宁桥，最为穰富，俗以双门目之，而罕以谢称也。独郡有大宴会，守与宾为别席更衣之地。酒三行登车，迎导殿诃，回集府治，往往快里陌观瞻而已。"

温州自323年建郡，至今已有一千七百年。单列建郡后，人口增加，城市规模逐步扩大，据戴栩《永嘉重建三十六坊记》载，温州原来的城市状况是："永嘉州郛延袤十八里，较诸雄藩会府虽不及，视列城则过之。在昔民聚未稠，甲乙可数，比缁黄者称寺观，目姓氏者兼艺能，大略有以辩识足矣。质而俚、厖而未纯者弗计也。后乃文化寖成，藩饰聿至。"

绍圣二年（1095），温州市政建设迎来一个转折，这是因为杨蟠知温州后，对城市进行了一次较大规模的整治。杨蟠是在杭州任过职的官员，有大城市视觉，文化起点高，规模意识强。他参照杭州，对温州的建设也有"小杭州"的蓝图，划分州城街巷，将原来的五十七坊进行扩大，规划架构，定为三十六坊。地名以胜地、善政引领，以流风、儒英掖导，以弘扬遗忠、遗爱、招贤、从善为人文指要。戴栩写道："《祥符图经》坊五十有七，绍圣间，杨侯蟠定为三十六坊，排置均齐，架缔坚密，名立义从，各有攸趣。故摭其胜地则容城、雁池、甘泉、百里是已；溯其善政则竹马、棠阴、问政、德政是已；挹其流风则康乐、五马、谢池、墨池是已。否则歆艳以儒英，掖导以世美，梯云双桂，儒志棣华，与夫扬名袭庆、绣衣昼锦云者，彪布森列，可景可效。而最切于防范，俾家警户省，则孝廉孝睦之号，遗忠遗爱之目，或旌以招贤从善，或蕲以简讼平市，义利明而伦类彰，取舍审而操向正，有不说之教焉。"

北宋时期城市改建和整治，在全国来说也是大势所趋。如在青州任职的黄裳（1044—1130）改青州十六界为三十六坊，"为之门，名各有物，庶乎其有义也。迎春之类，以辨坊名之也；延宾之类，以遗事名之也；文正之类，以人才名之也；自正之类，以道化名之也"。杨蟠将向上的文化理念植入温州城市建设之中，规划与地名命名同步进行。杨蟠在地名命名上“为美名以志”，用心用意，为政设教，普及教化。他根据温州典故和历史故事，以政寓教：“分画井鄽，标表术衕，此政也，而有教焉。”又曰：“名者教之所自出也，讵容漫漶而就湮，摧圮而终废哉！”戴栩的《永嘉重建三十六坊记》，揭示了杨蟠孜孜不倦于此的原因。

一百多年后，沈枢、史焕章两位知州又对温州进行重建，但基本上沿袭杨蟠的路子。戴栩说：“百二十余年而沈守枢更建，如杨侯之旧。又五十年而焕章少卿史公实来，其规设益逾于沈矣。观其博栋竦楹，翼以楗础，飞榱延橑，被之藻彤，阡周陌匝，绚焉如眉目之在人。出者入者，触名感义，一睹而三思焉，渠不知所以自懋哉！绍其续增者曰状元、衮绣、祈报、丰和，复其续废者曰崇仁、荣亲。又永宁馔酒，宝珠井莲，为一郡都会，撤而新之。还明伦曰登瀛，易浣纱曰鼎桂。总四十而仍旧称，以杨侯重也。初，杨侯既名其坊，又什以咏之，曰‘三十六坊月，一般今夜圆’，至今稚髫弱娈交口诵道，岂非以其人蕴藉而平易近民之效哉！”

所谓“古者以德名乡之义”“彰善旌淑”，其意义均在于此。自北宋杨蟠对温州三十六坊定名之后，跨越千年在城市中仍有活力，一些地名至今还在沿用。

诗歌里留有宋时温州地名

杨蟠不仅规划了温州的街坊，并以诗彰显了温州城市的地名。杨蟠在任时写有《永嘉百咏》，后代官员如郭钟岳、方鼎锐等人仿杨蟠，写下了不少有关地名的竹枝词。以下举要杨蟠的《永嘉百咏》地名诗：

杨蟠对王羲之人文古迹的追忆有《五马坊》。五马街，是温州市中心一条历史悠久的商业步行街，北宋时就称五马坊，也是杨蟠定名的三十六坊之一。以诗为纪，说明宋代就传唱王右军在温州的故事，从此千年沿袭：

相传有五马，曾此立踟躇。人爱使君好，换鹅非俗书。

《墨池怀古》，杨蟠也将王羲之传说写进地名诗中，墨池的遗迹尚存：

书画尝闻晋右军，当时深遁乐天真。空山寂寞人何在，一水泓澄墨尚新。灵运也思轻印绶，季鹰还解忆鲈莼。高风敻古应相照，共是知几此避身。

《春草池》另有一番情愫，杨蟠感慨康乐之后千年变迁，池草依旧：

寂寂绿岩畔，相期无数人。不知康乐后，池草几回春。

江心孤屿是温州的名胜，杨蟠的《登孤屿》就是一幅画图，将孤屿勾勒得仙气十足。暮年来温州做知州的杨蟠，学着谢灵运的做法，把在温州治政当成"天应赐我闲"之事：

把麾何所往，海上有名山。潮落鱼堪拾，云低雁可攀。一城仙岛外，双塔画图间。当路谁知己，天应赐我闲。

温州的南塘河，自唐代韦庸于会昌年间疏通建设后，成为历代文人爱之咏之的景区。杨蟠《南塘》曰：

出门日已晚，棹短路何长。赖有风相送，荷花十里香。

杨蟠的《华盖山》是一首城市的地形地貌诗。温州是风水城市，周边山形正好是北斗七星的形状：

七山如北斗，城锁几重重。斗口在何处，正当华盖峰。

唐代状元刺史张又新也曾写过一首《华盖山》，但那时的城市规模不大，江城只有数百家居住：

一岫坡陀凝绿草，千重虚翠透红霞。愁来始上消归思，见尽江城数百家。

千年前杨蟠就写有《永嘉双莲桥》，双莲桥在现今温州的小南路：

昨日采莲者，双双桥畔新。旧花今不见，喜见似花人。

《莲花庄》写于温州会昌湖畔。莲花庄为北宋温州官员郑赓所建，郑赓因思亲归乡，在湖中种满莲花，故名莲花庄：

会昌湖上客，今已化为尘。一束青刍奠，空思如玉人。

《永嘉》这首七律千百年传唱，与苏轼的“自言官长如灵运，能使江山似永嘉”一样出名：

一片繁华海上头，从来唤作小杭州。水如棋局分街陌，山似屏帏绕画楼。是处有花迎我笑，何时无月逐人游。西湖宴赏争标日，多少珠帘不下钩。

《去郡后作》是杨蟠最爱温州的见证，诗中西岑、遗爱、思远楼、谢公楼均为温州城市的古地名：

为官一十政，宦游五十秋。平生忆何处，最忆是温州。思远城南曲，西岑古渡头。缘觞春送酒，红烛夜行舟。不敢言遗爱，惟应念旧游。凭君将此句，寄写谢公楼。

杨蟠诗千首　秋月与春风

杨蟠是北宋诗词名家，他为人豁达，为政智慧，人品和诗品为欧阳修、王安石、苏轼等文坛名家所赏识。王安石曾致书杨蟠说：“读足下之文，但知畏之而已。……愿造请所闻焉。”

欧阳修《读杨蟠章安集》将杨蟠与著名诗人苏舜钦、梅尧臣一同议论：

杨蟠 为官一十政 最忆是温州

爲官一十政宦游五十秋平生憶何處最憶是溫州思遠城南曲西岑古渡頭綠觴春送酒紅燭夜行舟不敢言遺愛惟應念舊游憑君將此句寄寫謝公樓 楊蟠去郡後作 蔚和

苏梅久作黄泉客，我亦今为白发翁。卧读杨蟠一千首，乞渠秋月与春风。

杨蟠于元祐四年（1089）任杭州通判，与时任杭州知州的苏轼既是同僚，也是吟友，公余唱和甚多。他们挽手湖上踏雪赏梅，杨蟠作《梅花诗》一组，苏轼步其韵作《次韵杨公济奉议梅花十首》，后又作《再和杨公济梅花十绝》。杨蟠从温州任满后重返杭州，写有《钱塘西湖百咏》。

杨蟠的晚年在温州、杭州、扬州等地为官，他轻松驾驭政事，日子安排得闲适。宋方勺《泊宅编》曾记："杨蟠宅在钱塘湖上，晚罢永嘉郡而归，浩然有挂冠之兴。每从亲宾，乘月泛舟，使二笛婢侑樽，悠然忘返。沈注赠一阕，有曰：'竹阁云深，巢虚人閴，几年湖上音尘寂。风流今有使君家，月明夜夜闻双笛。'"

苏轼（1037—1101）比杨蟠小二十岁，杨蟠《除夕次东坡守岁韵》应该是八十岁以后的作品，但他心态很好，多有励志之辞。诗中"明朝四十过"疑为"明朝八十过"：

人生无百年，谁问岭龟蛇。容颜镜水换，老丑不可遮。殷勤守此岁，来岁复如何。南邻祭灶喧，北里驱傩哗。须臾罢无为，但听楼鼓挝。明朝四十过，暮景真易斜。初心自慷慨，白首还蹉跎。寄语少年子，虽强不足夸。

他在杭州写下一系列的风土诗，如同在温州写下《永嘉百咏》一样，带有地名和风物名。《保叔塔》写得有气势：

寂寥千古事，今日有谁登。落日云间合，空中露几层。

莼菜是杭州特产之一。杨蟠《莼菜》曰：

休说江东春水寒，到来且觅鉴湖船。鹤生嫩顶浮新紫，龙脱香髯带旧涎。玉割鲈鱼迎刃滑，香炊稻饭落匙圆。归期不待秋风起，漉酒调羹任我年。

南屏山在杭州西湖南岸，山峰耸秀，怪石玲珑，棱壁横坡，宛若屏障。杨蟠《南屏山》曰：

日落游人散，山寒起树声。玲珑石上穴，处处有云生。

飞来峰位于灵隐寺旁，有佛教石窟造像三百四十余尊，为我国江南地区少见的古代石窟艺术瑰宝。苏轼诗曰："溪山处处皆可庐，最爱灵隐飞来孤。"杨蟠《飞来峰》曰：

飞来天竺远，山秀已含春。不遇名僧识，千年岂有神。

孤山既是风景胜地，又是人文荟萃地，附近有文澜阁、西泠印社、秋瑾墓、放鹤亭等。杨蟠《孤山》曰：

袅袅云中路，沧浪四面开。诗人吟不得，唤作小蓬莱。

"西湖龙井虎跑水"，为西湖双绝。杨蟠《虎跑泉》曰：

天藏物启有灵根，玉乳银浆岂易分。净鉴当空寒自照，流珠落涧远先闻。润生冉冉双林雨，香出蒙蒙一井云。今日石鱼行酒地，次山重为勒铭文。

钱塘江最早见名于《山海经》，因流经古钱塘县（今杭州）而得名，是吴越文化的主要发源地之一。杨蟠《钱塘江上》曰：

一气连江色，寥寥万古清。客心兼浪涌，时事与潮生。路转青山出，沙空白鸟行。几年沧海梦，吟罢独含情。

通判杭州　疏影暗香来

杨蟠在任杭州时是苏轼的副手，称之为"通判"，掌管粮运、家田、水利、诉讼等事项，并负责监察州府长官。苏轼在杭州任内，先后同事过三个通判，相互之间融洽和谐。第一位为世交梅灏，字子明，苏州人。苏轼《寄题梅宣义园亭》中有"羡君欲归去，奈此未报恩。爱子幸僚友，久要疑弟昆"。

第二位为袁毂，字公济，一字容直，四明人，是苏轼开封举人试的同年。当时，袁毂考第一，苏轼考第二。但到了省试，他却迟于苏轼四年才中进士。袁毂秉性淡泊，与世无争。苏轼在《袁公济和刘景文登介亭诗复次韵答之》中说："却思少年日，声价争场屋。文如翻水成，赋作叉手速。"苏轼的"争场屋"之句，就是指曾经的开封举人试。又说："今年复为僚，旧好许重续。升沉何足道，等是蛮与触。共为湖山主，出入穷涧谷。"这位长得清瘦如鹤的袁公济，与苏轼是"青鬓共举，白首同僚"的老朋友，后来调知处州。

第三位便是杨蟠。杨蟠以奉议郎出为杭州通判，是应苏轼力邀，这也是苏轼第二次任职杭州，而杨蟠此时已经是高龄了。苏轼曾将这次与杨蟠同事的经历比作岑参与范季明，"同僚比岑范，德业前人羞"。

杨蟠曾两次各作梅花诗十首求和于苏轼，苏轼每次欣然步韵酬和。二人共有四十首梅花诗，无一句意思重复，无一字落入俗套，成为佳话。宋吴曾《能改斋漫录》指出苏轼诗中的"玉奴"为"玉儿"之误，"东坡《和杨公济梅花》诗云：'月地云阶谩一尊，玉奴终不负东昏。'……《南史》：'齐东昏侯妃潘玉儿，有国色。'牛僧孺《周秦行记》：'薄太后曰："牛秀才远来，谁为伴？"潘妃辞曰："东昏侯以玉儿身死国除，不宜负他。"'注云：'玉儿，妃小字。'东坡盖用此。而两以'儿'为'奴'者，误也，然不害为佳句"。

如今杨蟠诗已佚，所幸苏轼次韵诗尚存，谨录苏轼《次韵杨公济奉议梅花十首》：

梅梢春色弄微和，作意南枝剪刻多。月黑林间逢缟袂，霸陵醉尉误谁何。

相逢月下是瑶台，藉草清樽连夜开。明日酒醒应满地，空令饥鹤啄莓苔。

绿发寻春湖畔回，万松岭上一枝开。而今纵老霜根在，得见刘郎又独来。

月地云阶漫一樽，玉奴终不负东昏。临春结绮荒荆棘，谁信幽香是返魂。

日出冰澌散水花，野梅官柳渐攲斜。西郊欲就诗人饮，黄四娘东子美家。

君知早落坐先开，莫著新诗句句催。岭北霜枝最多思，忍寒留待使君来。

冰盘未荐含酸子，雪岭先看耐冻枝。应笑春风木芍药，丰肌弱骨要人医。

寒雀喧喧冻不飞，绕林空啅未开枝。多情好与风流伴，不到双双燕语时。

鲛绡剪碎玉簪轻，檀晕妆成雪月明。肯伴老人春一醉，悬知欲落更多情。

缟裙练帨玉川家，肝胆清新冷不邪。秾李争春犹办此，更教踏雪看梅花。

苏轼《再和杨公济梅花十绝》:

一枝风物便清和，看尽千林未觉多。结习已空徒著袂，不须天女问云何。

天教桃李作舆台，故遣寒梅第一开。凭仗幽人收艾蒳，国香和雨入青苔。

白发思家万里回，小轩临水为花开。故凭剩作诗千首，知是多情得得来。

人去残英满酒樽，不堪细雨湿黄昏。夜寒那得穿花蝶，知是风流楚客魂。

春入西湖到处花，裙腰芳草抱山斜。盈盈解佩临烟浦，脉脉当垆傍酒家。

莫向霜晨怨未开，白头朝夕自相催。斩新一朵含风露，恰似西厢待月来。

洗尽铅华见雪肌，要将真色斗生枝。檀心已作龙涎吐，玉颊何劳獭髓医。

湖面初惊片片飞，樽前吹折最繁枝。何人会得春风意，怕见梅黄雨细时。

长恨漫天柳絮轻，只将飞舞占清明。寒梅似与春相避，未解无私造物情。

北客南来岂是家，醉看参月半横斜。他年欲识吴姬面，秉烛三更对此花。

后 记

《南宋温州诗话》，是我读诗的记录。

我是从二十世纪八十年代开始从事一轮县级修志工作的，过了三十年后，于2012年被温州市政府聘任为《温州市志》的主编。八年时间的修志，繁重严谨的文字工作，是读诗让我添加逸趣，这本《南宋温州诗话》是修志之"余事"，是学诗笔记。

读诗和写诗的爱好，是我在前一轮修志时养成的。我将此作为史志从业的修养，寸积铢累，从中获益。平阳文史界张鹏翼、王建之、黄庆生、陈镇波、郑立于、马允元、周干、蔡启东等老先生，鼓励我指导我写古诗。苏渊雷先生是县志顾问，在读史读诗方面给予我悉心指导。

"字学晋碑终日写，诗成唐体要人磨。"（徐照诗句）古人读诗、写字是要花很大功夫的，我将此作为"余事"，也些微领会到了磨诗、临碑的乐趣。我主要读的是古代温州学者的诗词，从中了解史志上所没有的资料，尤其是学者之间的交往诗，或可清晰了解人物和学术承继上的关系，以弥补地方志上记述的欠缺。

"诗言志"，《诗话》力求反映南宋士人诗中的心态。温州地方史研究者在永嘉学派学术研究上下功夫为多，而南宋温州诗词影响、学术与诗词关系，为永嘉学之"边角料"，皆少有深究者。笔者实在是考索之功无深，体察不细，仅以浅显诗话谨加于前人与同人。

四年前，方韶毅先生主编《温州人》杂志，开设栏目，邀请我在杂志上开设栏目，陆续发表《温州诗话》。这本集子就是我在杂志上发表文章的整理汇编，也是我八年主纂《温州市志》的副产品之一。《南宋温州诗话》收入三十篇诗话，以南宋温州诗人为主，为了较全面反映永嘉学人的诗风，也收录了两位北宋人物周行己、许景衡。郑伯熊、伯英兄弟存诗较少，但他们是永嘉学派主要人物，不可或缺，便合成了一篇诗话。书中亦收入几位外地在温州做官的诗人。本书是零散诗话的汇集，行文上显得粗糙，各篇诗话之间亦存在资料的交叉重叠，虽后期花了两个月的时间进行修改，但还是发现诸多漏洞和错误，这也只能留给以后有机会再做订正了。

感谢温州市文史研究馆提供出版支持，感谢陈增杰、金柏东、洪振宁、卢礼阳、方韶毅等师友在我撰写和出版过程中的指导与帮助。感谢画家陈学者先生为本书绘制人物画。

东嘉修志人　张声和

2022 年 7 月 30 日于温州南塘

温州市文史研究馆出品

晚近温州人物年谱丛刊

黄绍箕年谱	谢作拳　编著
刘景晨年谱	卢礼阳　著
	黄山书社　出版

温州学人印象丛书

一代词宗夏承焘	方韶毅　编
考古泰斗夏鼐	王世民　编
籀园守门人梅冷生	卢礼阳　编
一代师表金嵘轩	夏海豹　陈伟玲　编
戏曲史家王季思	黄仕忠　编
弦歌中西赵瑞蕻	易永谊　编
	文汇出版社　出版

宋元温州诗略（上下册）	陈增杰　编著
	浙江大学出版社　出版
永嘉学派文献概说	洪振宁　编著
	黄山书社　出版
南宋温州诗话	张声和　著
	凤凰出版社　出版